MARIGOLD MIND · PHOTO STUDIO

메리골드 마음 사진관

윤정은 장편소설

북로망스

나도 모르는 내 마음을 찍어드립니다.

읽고 싶은 마음이 있다면 오세요,

마음 사진관으로.

MARIGOLD MIND PHOTO STUDIO

차례

프롤로그

009

메리골드 마음 사진관

018

에필로그

299

"오늘따라 유난히 편안해 보여요, 지은 씨."

"편안해요. 더 바랄 수 없이 만족스러운 날이에요."

조도를 낮춘 조금은 어두운 세탁소 한편, 시간을 가늠하기 어려운 공간에서 나지막한 목소리가 오간다. 향긋하게 내린 차를 한 모금 마시고 내려놓은 지은이 나긋한 바람결에 숨을 깊이 들이쉬었다.

"해인 씨. 당신에게서 여전히 익숙하고 그리운 냄새가 나요."

"같은 그리움일지도 몰라요. 지은 씨가 그렇듯… 저 역시 오래전 헤어진 엄마를 많이 그리워하니까요. 엄마는 '리라'라는 예쁜 이름을 가졌어요."

"사랑의 꽃인 라일락 말이죠?"

"맞아요. 그래서인지 엄마는 늘 푸른 꽃향기가 났어요."

지은의 눈빛이 이내 호기심으로 반짝였고 해인은 이야기를 이어나갔다.

"엄마는 무표정하던 사람들이 카메라 앞에 설 때만큼은 환하게 웃는 모습을 보고 마법 같은 순간이라고 느끼셨대요. 그래서 행복 카메라를 만드셨고요. 엄마는 그런 사람이었거든요, 따뜻한 사람. 마음이 슬픈 사람을 웃게 해주는 걸 좋아했어요."

"행복 카메라라니. 낭만적인데요. 더 이야기해 줘요."

"매뉴얼 북에 따르면 행복 카메라에는 불행과 행복을 찍는 필름 두 가지가 들어간대요. 셔터 버튼을 한 번 누르면 두 감정이 동시에 찍히는 거죠."

"환상적이네요. 저 푸른 꽃잎들처럼. 아… 그런데 해인 씨, 우리 전에도 이 얘기 나눈 적 있어요? 왠지 익숙해요."

"아니요, 처음 하는 이야기인걸요."

해인은 침을 꿀꺽 삼킨다. 이미 지은과는 행복 카메라에 대해 아주 많은 이야기를 나누었다. 이야기를 들을 때마다 흥미로워 눈을 반짝이는 지은에게 해인은 했던 말을 하고 또 하며 그녀의 눈빛을 마음에 담았다.

부모님을 잃은 슬픔에 백만 번이나 똑같은 모습으로 자신을 가두고 다시 태어나야 했던 지은이다. 메리골드에서 마법의 결계가 풀리고 비로소 나이 들어가게 된 것은 해인의 행복 카메라가 우연히 찍은 사진 한 장 때문이었다. 끝없는 환생을 멈춘 건 지은이 그토록 바라던 일이었지만, 해인은 기억을 잃어가는 지은이 애처롭다. 길고 검은 머리카락이 어느새 눈처럼 새하얗게 바뀐 지은을 바라보며 해인은 더 이상 미룰 수 없는 때가 왔음을 깨달았다.

"당신에게 선물을 하고 싶어요. 지은 씨가 행복해질 수 있도록… 당신이 가장 바라던 일을 실현시켜 줄게요."

해인의 말에 지은이 숨을 멈추고 고요히 공기 속에 머문다. 지은이 내쉬는 숨결에 시계의 초침이 움직이고 바람은 두 볼을 스친다. 마침내 결심한 지은이 해인의 눈을 바라보며 입을 열었다.

"좋아요. 고마워요."

"여기 앉아요. 눈을 감고 속으로 열을 세는 거예요. 그리고 간절히 바라는 순간을 떠올려요. 사진으로 그 마음을 찍어줄게요. 인화되는 순간, 그 마음은 현실이 됩니다."

"알겠어요."

눈을 감은 지은의 표정은 단호하면서도 편안해 보인다.

"지금 선택에 후회는 없나요?"

"후회로 가득한 삶은 이미 오래 살아온걸요. 바라던 순간이에요. 염려 마요."

"그래요. 그럼 이제…."

"잠깐만요. 곁에 있어줘서, 힘들 때 기댈 어깨를 내어주어서, 손잡아 주어서, 마음을 찍고 결계를 풀어주어서 고마워요. 해인 씨를 만난 덕분에 이번 생은 외롭지 않고 따뜻했어요."

지은이 행복한 미소와 함께 이야기를 마치는 순간 행복 카메라가 찰칵, 하는 경쾌한 소리로 사진을 찍는다. 곧이어 지은의 눈동자 위로 나이테처럼 켜켜이 쌓인 추억들이 흘러가고, 행복한 기억들이 해인의 행복 필름에 새겨진다. 아름다운 인생의 장면들이 이윽고 필름의 마지막 장에 다다랐다.

"나… 그동안 행복했네."

긴장이 풀린 듯 나른해진 지은의 목소리를 뒤로 하고 해인은 옥상으로 걸어 올라가 카메라의 필름을 빨랫줄에 걸었다. 그러자 뒤따라 온 지은의 곁으로 진한 라일락 향기가 번지면서 양손에 날아든 초록색 나뭇잎들이 천천히 한 장의 사진으로 바뀌었다. 이윽고 지은이 사진을 바라보는 순간, 흩날리던 꽃잎들이 지은의 눈물을 타고 푸른 하늘로 날아 올라가고, 지은도 이내 꽃잎과 함께 빛으로 부서지듯 사라졌다.

마지막 꽃잎이 해인의 손으로 톡, 하고 떨어지고 나서야 해인은 털썩 주저앉았다. 그녀가 가장 원하던 삶을 이뤄줄 수 있는 사람이 바로 자신이라는 사실을, 해인은 처음부터 알고 있었다. 카메라 필름을 빼낸 자리에 푸른 꽃잎이 날아와 담긴다. 꽃잎 같은 사람이 마침내 꽃잎이 되었다. 서서히 어둠이 걷히며 날이 밝아온다. 슬픔으로 퍼렇게 멍든 해인의 마음처럼 새벽도 푸르다.

"푸른 새벽은 사랑하는 이가 행복하길 바라는 마음으로 시작하는 것이었구나. 그래서 아침이… 아침이구나."

1층으로 내려온 해인이 남은 차 한 모금을 마시며 생각에 빠져든다. 간절히 바라는 일은 언젠가 상상하지 못하는 방식으로 이루어진다던데. 얼마나 더 간절히 바라야만 하는 걸까. 해인은 가슴이 아프지만 지은이 행복하기를 진심으로 기도한다.

"엄마, 피자 이런 거 몸에 안 좋아. 나 간장계란밥 먹고
싶어. 집에 가자, 응? 이거 사지 말자!"

대형 마트 계산대에서 어린 윤이 큰 소리로 엄마의 손
을 잡고 조른다. 가뜩이나 마른 엄마는 움츠러든 어깨 때문
에 등이 더 굽어 보인다. 엄마는 크고 불빛이 화려한 공간
에 오면 몸이 더 움츠러든다. 계산대에 있던 점원이 불쾌한
표정으로 윤과 엄마를 위아래로 훑어보더니 목소리를 높여
말한다.

"안 사실 거면 나와주세요! 지금 마감 시간이라 바빠요.
뒤에 줄 서 있는 거 안 보여요?"

"아이코 깜짝이야! 어린이한테 왜 큰소리를 내세요! 아

줌마! 내가 안 먹고 싶거든요! 엄마, 빨리 가자. 일루 와."

윤은 계산대의 아주머니를 노려보며 지갑에서 지폐를 꺼내려는 엄마의 팔목을 잡아끈다. 엄마는 힘없이 윤의 손에 이끌려 마트 밖으로 나온다. 피자를 괜히 먹어보고 싶다고 말했나 보다. 한 달 전부터 피자가 먹고 싶다고 엄마를 졸랐는데 사실 피자는 아홉 살 인생에서 한 번도 먹어본 적 없는 음식이다.

무심코 먹고 싶은 것, 가지고 싶은 것을 말하면 엄마 아빠가 미안해한다. 들을 수는 있지만 말을 할 수 없는 엄마는 어린 윤이 떼를 쓰면 도배 일을 하고 가져온 자투리 벽지에 "미안해 아가, 엄마가 다음에 꼭 해줄게"라고 적었다. 입술이 쭉 나오던 윤은 언제부턴가 조르지 않는 데에 익숙해져 갔다.

그런데 며칠 전 피자 가게 앞을 지나는데 냄새가 너무좋아 지나칠 수가 없었다. 배 속이 꼬르륵… 사람들이 피자를 먹는 모습을 몰래 숨어 구경했다. 가게 안에 있는 사람들은 행복해 보였다. 환한 불빛 아래 모여 앉아 온갖 재료가 올라간 커다란 피자를 웃으며 나누어 먹는다. 한참을 구경하다 집으로 돌아와 엄마를 보자마자 저도 모르게 말이 나와버렸다.

"엄마, 있잖아. 내가 꼭 먹고 싶은 건 아닌데, 혹시 열 밤 뒤에 피자 사줄 수 있어? 꼭 먹고 싶은 건 아냐. 알지?"

오랜만에 무언가를 사달라는 말에 놀란 엄마는 잠시 멍하니 윤을 응시하다 메모지에 "알았어, 우리 딸"이라고 적었다. 윤은 신이 났다. 열 밤을 세 번 지나 드디어 피자를 파는 대형 마트에 갔다. 열 밤이 두 번이건 세 번이건 그건 중요치 않다. 지난번에 구경한 매장이 아니어도 괜찮다. 윤은 기다리는 일에 익숙하니까. 사실 이번에도 그냥 지나치려 했는데 엄마가 "피자 사러 가자"라고 적은 종이를 내밀어 눈이 튀어나올 듯 깜짝 놀랐다. 아침에 등교하며 얼마나 심장이 두근거리던지. 종일 기분이 좋았다. 학교 수업이 끝나기만을 기다려 집으로 부리나케 달려갔다.

"엄마, 나 너무 설레! 우리 진짜 피자 사러 가는 거야? 오늘 내 생일인가? 헤헤."

일을 마치고 돌아온 엄마의 팔에 매달려 종알거리다 마감 임박 세일 시간에 맞추어 계산대에 선 엄마를 보니 마른 등이 유난히 더 굽어 보인다. 가슴이 두근거린다. 엄마의 지갑엔 만 원짜리 두 장과 천 원짜리 다섯 장이 들어 있었다. 잠시 카드와 현금을 번갈아 보던 엄마가 카드를 꺼냈다.

"아줌마, 이거 승인 거절 떴어요. 다른 카드 줘봐요."

승인 거절이라는 마트 계산원의 퉁명스러운 말투에 엄마는 놀라 눈을 크게 뜬다. 매번 시장에서 몇 천 원어치 장을 보다 오랜만에 카드를 꺼냈는데 거절이라니 어찌할 바를 모르겠다. 그런데 지갑에 있는 현금 2만 5천 원에서 1만 5천 원을 꺼내려는 찰나, 윤이 엄마를 잡아끌고 나온 것이다. 마트 앞에 정차된 아빠의 야채 트럭 앞까지 둘은 앞만 보고 걸었다. 투두둑, 하고 윤의 손에 엄마의 남방 소매 단추가 뜯겨 잡힌다. 그제야 윤과 엄마는 서로를 마주 본다. 윤을 바라보는 엄마의 눈가에 물기가 고이고, 윤은 못 본 척 고개를 돌린다. 엄마의 얼굴, 마른 얼굴. 짧은 시간 동안 더 수척해진 얼굴에 윤은 마음이 따갑다. 어려도 감정은 다 안다. 마트 앞을 지켜보고 있던 아빠가 황급히 트럭에서 내린다.

"피자는 어디 있어?"

"아빠, 여기 피자 맛없어 보여. 나 맘 바뀌었어! 우리 얼른 집에 가서 간장 계란밥 먹자. 나 그거 먹고 싶어!"

트럭 앞자리에 나란히 앉은 세 사람은 말이 없다. 아빠는 거뭇해진 턱수염을 어루만지며 집으로 향한다. 세 사람은 서로에게 미안해 창밖만 바라본다. 우리는 왜 이리 미안해야만 하는 걸까. 가난은 사랑하는 이를 매일 미안하게 만든다. 침묵을 깬 건 봉수다.

"윤아, 배추랑 호박 넣고 맛있게 팔팔 끓인 된장국도 먹고, 고소하게 호박전도 부쳐줄까?"

"아빠, 배추랑 호박 시들었어? 팔아야 하는데 어떡해."

언젠가부터 트럭에서 못 팔고 남아 시든 채소들만 먹어

온 이들이었다. 싱싱한 채소는 당연히 먹을 엄두도 내지 않았다. 너무 일찍 철들어 버린 아이가 안쓰러워 말없이 아이의 손을 쓰다듬는다. 아이의 손이 따뜻하다.

"우리 오늘은 시든 거 말고 싱싱한 야채 먹자. 아빠 오늘 많이 팔았어! 아파트 장 서서 갔는데 오늘따라 손님이 많더라. 얼른 가서 아빠가 맛있게 해줄게."

"와 신난다! 호박전도 먹는다니!"

환호성을 지르는 윤의 목소리에 영미와 봉수는 허공을 바라본다. 둘의 눈빛에 깊은 슬픔이 배어 있다. 집을 향해 언덕을 오르는 낡은 트럭의 뒷모습에도 오늘은 슬픔이 묻어난다. 우리는 어디로 가야 할까. 우리가 가는 곳이 우리의 집이 맞을까. 낡은 단칸 월세방에 불이 켜진다. 집이다. 그래도, 집이다.

가난한 집에도 밤은 오고 불이 켜진다. 한 구짜리 버너에 올린 낡은 프라이팬에선 지글지글 야채전이 부쳐지고, 불빛도 켜지고 사랑도 켜졌지만 오늘 밤은 이상하게 배가 고프다. 먹어도 먹어도 허기가 져서 세 사람은 말없이 밥을 입에 꾹꾹 눌러 넣는다. 두 그릇의 밥공기를 비우고 정적을 깬 사람은 봉수다.

"우리 내일 여행 갈까?"

윤과 영미가 놀라 먹던 밥을 삼키지도 못하고 봉수를 바라본다. 여행이라니, 우리 형편에.

"왜 이렇게 놀라, 아빠 비상금 있어. 전에 엄마가 유튜
브에서 봤다고 어디 가보고 싶다고 했잖아, 거기가 어디
지? 메리… 실버?"

영미가 된장국 묻은 입술을 옷소매로 슥 닦으며 도배지
로 만든 메모지에 네 글자를 꾹꾹 눌러 쓴다. "메리골드."
도배 일을 하다 점심을 먹으러 간 함바식당의 주인장이 텔
레비전으로 유튜브를 보고 있어서 무심결에 눈길을 주었
다가 밥이 식는 줄도 모르고 영상이 끝날 때까지 보았다.
천국이 있다면 저곳이 아닐까. 천국이 우리 같은 사람에게
도 허락된다면 그곳에서 생을 마치고 싶었다. 아니, 생을
마칠 순 없더라도 죽기 전에 한 번이라도 저 아름다운 도
시를 직접 눈에 담고 싶었다. 빠듯한 살림에 차마 가보자
는 말은 꺼내지 못하고 영미는 봉수와 윤에게 영상을 보여
줬다.

"그렇지, 거기. 메리골드. 두 면은 바다이고 두 면은 도
시인 언덕 끝에 있는 마을이라고 했지? 거기엔 꽃바람도
불고 좋은 사람들도 많을 거라고 했잖아. 아빠도 태어나서
한 번도 바다에 가본 적이 없어. 그리고 마음… 세탁소? 그
런 데도 있고 김밥이랑 떡볶이 파는 분식집도 있다는데, 우
리 내일 하루 장사 쉬고 김밥 먹으러 갔다 올까?"

봉수는 짐짓 과장되게 얼굴 근육을 움직여 말한다. 윤과

영미는 덩달아 흥이 나 고개를 끄덕인다. 다시 밥을 씹는다. 윤은 혀끝에 닿는 밥알이 아까보다 달게 느껴진다.

"아빠, 오늘은 밥에 설탕을 넣었나 봐. 엄청 달아."

"우리 윤이 맛있어? 많이 먹어."

"아빠, 더우니까 집에 오면 목에 두른 거, 그거 벗어. 상처 때문에 손님들 무서울까 봐 쓰는 거지? 안 무서운데. 괜찮은데. 근데 턱에 이 상처는 언제 생긴 거야?"

"이거? 별거 아니야. 알았어, 벗을게. 더워도 국은 따뜻해야 제 맛이지. 식기 전에 더 먹자."

짧게 자른 윤의 머리카락을 손가락으로 빗어 넘기며 봉수는 목에 맨 등산용 스카프를 풀어 허벅지에 올려두고 아이의 숟가락 위에 멸치 반찬을 올린다. 종일 매고 있던 스카프를 푼 자리가 허전해 목을 만지자 지렁이처럼 목울대 주위로 길게 그어진 상처가 만져진다. 어지간하면 없어질 텐데, 깊게 밴 상처는 흥이 져 그날을 잊지 못하게 한다.

어쨌든 오늘은 밥그릇을 비워야지. 그리고 일찍 잠자리에 들어야지. 밥상을 치우고 잠자리에 든 세 사람은 눈을 감았지만 동이 틀 때까지 뒤척거린다. 어쩌면 세 사람에게 처음이자 마지막이 될지도 모를, 여행 전날 밤이다. 어쩌면, 아마도 어쩌면, 참말로.

❖

다음날 아침, 일찍 일어난 봉수는 아직 자고 있는 가족들이 깨지 않게 살금살금 트럭을 살펴보러 나왔다. 여행이란 단어가 자신의 입 밖으로 나오다니, 생소하다. 꿈이었나. 한여름의 자동차는 새벽부터 뜨겁다. 자동차 열쇠를 꽂아 오른쪽으로 돌리니 '푸르르' 하고 트럭도 깨어난다. 시동이 걸리다 꺼진다. 다시 한 번, 또 한 번.

푸르르, 푸르르, 푸르르 탈탈탈탈.

"아이고, 다행이다. 시동 안 걸리는 줄 알고 마음 졸였네. 감사합니다, 감사합니다!"

시동이 걸리고 트럭에 생기가 돌자 봉수는 안도한다. 중고로 구매한 낡은 트럭은 더운 날과 추운 날 어김없이 말썽을 부리는데, 오늘은 참말로 다행이다.

"아침부터 운이 좋네, 세 번 만에 시동이 걸리고. 오늘은 운수가 좋은 날이야. 기름이 얼마나 있나 볼까?"

혼잣말에 멜로디를 넣으며 남은 연료 게이지를 확인해 보니 반 정도 차 있다. 내비게이션으로 거리를 확인해 보니 메리골드에 갈 수는 있지만 돌아오기엔 부족한 상태다. 봉수는 오른쪽 조수석에서 돌돌 말린 검은 비닐 봉투를 꺼내어 거스름돈으로 준비해 둔 천 원짜리 다발을 센다. 끝까지세고 다시 또 세어본다. 셀 때마다 천 원씩 불어난다면 잠도 자지 않고 밥도 먹지 않고 돈을 셀 수 있을 텐데, 속도 모르는 야속한 돈은 마흔여덟 장에서 멈춘다.

'딱 두 장만 더 있으면 5만 원인데, 기름을 넣으면 다음 장사는 어쩌지? 물건 살 돈이 없는데… 벌써 석 달치 월세도 밀렸는데, 정말 큰일이네.'

다시 돈을 넣으며 조수석 깊숙이 넣어둔 서류 봉투를 꺼낸다. 국가에서 제공하는 무료 건강검진을 받았는데 병원에서 당장 입원하지 않으면 목숨이 위험하다고 한다. 어쩌면 길어야 석 달을 살 수 있다고 했다. 봉수는 당장 입원하라는 말에 벌떡 일어나 뒤도 보지 않고 트럭으로 돌아왔다.

"이보시오, 사람 형편 봐가면서 돈 벌려고 해야지, 아무리 병원이 영리여도 이러면 안 되는 거 아닙니까? 죽어도 내 집에서 죽을랍니다!"

큰소리치며 병원을 나왔지만 입술이 바싹 바르고 손이 벌벌 떨렸다. 병도 사람을 골라서 오는 건가. 고단한 이에겐 고단함만 쌓인다. 열심히 살았는데 남는 건 고통밖에 없다. 거기다 입원이라니. 살아봐야 석 달인데 죽을 목숨에 왜 돈을 쓰는가. 남겨진 영미랑 윤은 어떡하라고. 낮에 다녀온 병원 생각에 봉수가 눈을 질끈 감고 있는데 영미가 세상이 무너진 것 같은 얼굴로 마트 주차장으로 들어서고 그 옆에 윤이 화가 잔뜩 나 씩씩거리고 있던 것이 지난밤의 일이다.

"소설처럼 마법을 쓸 수 있다면 천 원짜리가 5만 원짜리로 색깔이 확 변했으면 좋겠어. 허허."

자기가 생각해도 어이가 없었는지 봉수가 고개를 절레절레 흔들며 지저분한 차 내부를 정리한다. 시한부고 뭐고 아직은 살아 있다. 일단 그럼 된 거 아닌가.

인기척에 봉수가 황급히 손에 들고 있던 종이를 감추고 차에서 내린다. 영미가 잠을 설친 푸석푸석한 얼굴을 하고 나와 트럭 뒤편의 야채들을 정리하고 있다. 도배 일을 쉬는 날에는 영미도 야채 장사를 거든다. 손님이 오기까지 긴 기다림도, 서로의 땀을 닦아주는 일도, 비닐 봉투에 야채를 담아 손님에게 건네는 손길도 모두 함께한다. 정리를 마친 영미가 봉수를 발견하고 메모지에 글자를 적는다.

우리 메리골드 가서 야채 팔 수도 있잖아.

그렇지. 메리골드에 가서 트럭에 남은 야채를 팔 수도 있겠지. 살면서 영미는 봉수가 하는 일에 반대하는 일이 없다. 봉수와 친형제처럼 가까이 지내던 친구가 식당 운영 적자를 대출에 대출로 막으며 버티다 보증을 부탁했을 때에도 영미는 봉수의 뜻에 따랐다. 1년이면 나아질 줄 알았던 경제난은 3년이 넘도록 그대로였고, 결국 연락을 끊고 사라진 친구의 보증 빚을 떠안게 되었을 때에도 영미는 그저 봉수를 다독여 주었다.

그동안 열심히 일해 겨우 장만한 집과 차를 빼앗기고 나니 봉수는 미안함과 수치심에 고개를 들 수 없었다. 예전의 활기는 온데간데없었다. 믿었던 친구의 배신에 좌절한 봉수는 장사를 하면서도 표정이 어두웠고 말수도 줄어들었다. 야채 트럭의 매출도 자연히 떨어졌고 영미라도 부지런히 일을 늘려 월세방 보증금을 마련해야 했다. 그런 봉수의 심정을 알기에 영미는 오늘처럼 무모하게 여행을 떠나려는 그의 마음을 말하지 않아도 안다. 그래서 이번 여행도 함께 한다.

"가서 관광을 해야지, 야채 팔 생각부터 하게 해서 미안해, 영미야. 우리 윤이 낳고도 여행 한 번을 제대로 못 갔네. 늘 나중에, 나중에. 리어카 장사할 땐 트럭 장만하면 가자 하고, 또 윤이 태어나니 윤이 키우다가 전셋집 옮기면 가자고 했잖아. 비로소 내 집 장만하고 여유가 생기나 했는데… 정말 미안해 영미야."

봉수는 고개를 깊게 떨구며 영미의 손을 잡는다. 그날, 만 18세가 되어 보호가 종료되고 사회로 나가야 했던 그날처럼 둘이 잡은 손에 힘이 들어간다.

봉수와 영미는 같은 보육원 출신이다. 봉수의 부모는 철 없는 10대 후반에 불장난으로 봉수를 낳았고, 노름과 도박을 하다 밥 먹듯이 교도소에 들어갔다. 없는 살림살이를 두 사람은 치열하게 몸싸움하며 부셔댔다. 아빠와 엄마가 서로 욕하며 싸우는 모습에 익숙해진 봉수는 큰 소리가 들려와도 울지 않게 됐다. 어느 날 밤엔 엄마가 울었는지 진한 화장이 얼룩진 얼굴로 담배를 피우며 이런 말을 한 기억이 있다.

"내가 그때 열일곱에 너를 가져서 네가 알아서 떨어지라고 계단을 몇십 번을 굴렀는데도 살아서 태어난 거야. 네놈은 참 태어날 팔자였나 봐. 질겨… 딸꾹… 아우 봉수야, 너 돈 있니? 엄마 술 좀 사다 줘."

"엄마, 나한테 돈이 어디 있어. 이럴 거면 왜 낳았어?"

"돈 없어? 딸꾹, 이 자식아, 네가 아니었으면 내가 이렇게 안 살았어! 저 거지 같은 새끼랑 안 살았지! 딸꾹… 야, 술 사 오라니까 뭐 하는 거야!"

"엄마는 대체 왜 이러고 살아?"

"어린놈의 새끼가 엄마한테 못 하는 말이 없어, 너 일루 와!"

그게 엄마의 마지막 매질이었다. 그날 엄마는 자신의 손목에 칼을 그었고, 봉수의 목을 끈으로 졸랐다. 목의 상처는 그때 생겼다. 그러나 안타깝게도 엄마와 봉수는 그날 둘 다 죽지 않았다.

'내가 태어나지 않았어야 하는데. 나는 존재 자체가 불행인 건가.'

매를 맞은 밤이면 이불 속에 숨어 부모가 차라리 죽어버

26

렸으면 좋겠다고 간절히 빌었다. 일곱 살쯤부턴 부모가 술이 취하면 봉수는 본능적으로 집 밖으로 도망쳤다. 한쪽이 술이 덜 깨면 다시 봉수를 때리기 때문이다. 그나마 양쪽이 번갈아 교도소에 들어갔는데 그 밤 이후 둘이 같이 사라졌다. 오랫동안 보지 못할 거라 했고, 먼 친척에 의해 보육원에 맡겨졌다.

'여기선 그래도 매일 맞지는 않네, 다행이다.'

여덟 살에 보육원에 맡겨져 3일째 되던 날, 봉수는 안도했다. 하지만 보육원 아이들은 먹을 것이 부족해 늘 굶주렸고, 조금이라도 잘못하면 원장에게 얻어맞았다. 소리치고 도망쳐도 갈 곳이 없었다. 누가 나서서 도와줄 수도 없었다. 도와줬다가 두 배로 맞기만 하니, 갈 곳 없는 처지에 다른 아이의 울음소리를 듣고도 이불을 뒤집어쓴 채 함께 울기만 했다.

지옥에서 도망쳐 봤자 죽음 아니면 다시 지옥이다. 희망보다 절망을 먼저 배운 아이들은 불행인지 다행인지 보호 종료가 되면 정부에서 5백만 원을 지원받아 나왔다. 맞고 배고프고 힘들어도 보육원 말고는 살아본 적 없는, 키만 훌쩍 자란 아이들은 사회에 나와 방황했다. 지금보다 더 나은 삶이 있을 거라곤 기대하지 않았지만, 지금보다 더 불행한 삶을 준비 없이 마주한 이들의 소식은 처참했다.

"영미야, 나랑 같이 가자. 우리 서로에게 가족이 되어주자."

가족이 되어주자는 봉수의 말에 영미는 고개를 끄덕했다. 손을 잡고 방을 보러 다녔다. 보증금 5백에 월세 20짜리 방을 얻고 영미는 섬유 공장에서 실밥을 따고 미싱사로 일하다 정부에서 제공하는 도배사 자격증을 취득했고, 봉수는 공사 현장 인부, 수산시장 새벽 배송, 동대문 새벽시장 사입 등의 일을 쉬지 않고 했다. 열심히 일해 번 돈을 허투루 쓰지 않고 차곡차곡 모아 적금에 넣었고 어느덧 두 사람에게 윤이 찾아왔다.

"예쁘다 영미야, 너무 예뻐. 이렇게 작고 예쁜 아이가 세상에 어디 있어!"

갓난아이를 처음 본 두 사람은 기쁨과 절망을 동시에 느꼈다. 감정이라는 것이 이렇게 동전의 양면처럼 한 번에 올 수 있다니. 너무 행복한데 너무 슬펐다. 이 아이도 우리처럼 가난하게 살면 안 되는데. 불운과 불운이 만나 가정을 이루고 행운이 태어났다. 아이만은 매끄럽고 윤나게 키우고 싶었다. 그래서 이름을 윤이라고 지었다. 봉수와 영미는 윤이 태어난 이후 더욱 열심히 일했다. 세상살이를 힘들어하거나 원망하는 것조차 사치였으니까. 그리고 오늘이다. 열심히 산 것 같은데, 손에 무언가 쥔 것 같았는데 모래성처럼 모두 빠져나갔다. 결국 어제와 같은 오늘. 내일도 어제와 다를 바 없는 오늘. 감히 희망을 기대할 수 없는 삶을 살아온 봉수는 삶의 빛이었던 영미를 보물처럼 조심스레 끌어안는다.

"영미야, 왜 이렇게 말랐어. 나 만나서 고생 많지?"

영미는 봉수의 품에 안겨 고개를 두어 번 젓는다. 다 괜찮다는 듯 봉수의 등을 두 손으로 토닥거린다.

'버텨낸다면 이 길의 끝에 무언가 있지 않을까.'

희망은 배우지 않아도 마음에 절로 품어진다. 잡초 같은 마음이다. 뽑고 또 뽑아도 징그럽게 절로 자라는 희망, 바로 그 잔인한 감정 말이다. 그리고 열여덟 살, 시설 보호 종료가 되던 날 막막함에 짐 가방을 메고 문 앞에 서 있는 자신의 손을 힘주어 잡아준 날을 잊지 못한다. 봉수는 영미에게 우산 같은 사람이다. 영미는 그의 오른손을 펼친다. 이 손가락은 생의 비를 막아준 우산대이다. 손바닥을 물끄러미 보다 손가락으로 마음을 적는다.

고마워.

도배 일로 굳은 손가락으로 손바닥에 글을 적으니 간지럽지도 않다.

"영미야 내가 더 고마워. 그리고 사랑해."

둘은 동시에 서로를 보고 하늘을 올려다본다. 구름 한 점 없이 맑은 날, 비도 오지 않고 눈도 오지 않을 그런 날이다. 여행 떠나기 딱 좋은 날이구나.

봉수, 나 윤이 키우며 생각했어. 아이가 이렇게 예쁜데 우리는 왜 미움받고 버려졌을까. 그리고 왜 원장 같은 나쁜 놈은 돼지처럼 배 튀어나와 잘만 사는 거지? 세상이 불공평해.

영미가 내민 메모지에 봉수는 먹은 것도 없는데 명치가 아프다. 마음이 체한 것 같다. 아무 대답도 못하는 봉수에게 영미는 다시 마음을 적어 보인다.

우리 다시 태어나지 말자. 또 버려지면 너무 아파.

봉수는 고개를 끄덕인다. 보육원을 떠난 뒤에도 둘은 서로의 부모에 대해 말한 적 없다. 입으로 꺼내어 봤자 무얼 하겠는가. 꺼내고 다시 보면 더 곪아 터지는 상처가 있다. 둘은 동시에 같은 생각이라도 한 듯 서로를 마주 본다. 오늘인가, 우리가 약속한 그날이.

"영미야 있잖아, 우리 차에 메리골드에 갈 만큼만 기름이 있는데 주유 먼저 하고 갈까?"

말을 들은 영미의 표정이 굳는다. 봉수의 말은 단순한 주유의 의미가 아니다. 그의 언어를 이해한 영미는 단호하게 고개를 젓는다. 표정이 결연하다. 지금까지 살아온 것 자체가 말도 안 되는 날들이라 생각했다.

"아이고 이 불쌍한 것, 엄마 아빠는 어데 가고… 아이고… 내가 죄가 많아서 자식새끼들이 저 모양이제…."

낡은 시골집 마당에 덩그러니 서 있는 영미를 보며 할머니는 주저앉아 울었다. 전화 한 통으로 통보하듯 자식을 버리고 간 엄마와 아빠 대신 영미는 노쇠한 할머니 손에 자랐다. 둘은 각자 재혼해 아이를 낳았다고 했고 영미를 한 번도 찾아오지 않았다. 할머니는 임종 일주일 전 자신의 죽음을 예감한 듯 영미를 보육원에 데려다줬다. 이미 열 살이나 된 영미는 보육원 복도에 서서 울고 또 울었다. 할머니가 없는 세상은 상상조차 할 수 없었다. 낡은 시골집이어도 간장에 비빈 밥밖에 먹지 못해도 할머니랑 살고 싶었다. 영미를 따뜻하게 쓰다듬어 주던 할머니의 주름진 손길이 그리웠다. 단 하루라도 더 할머니 곁에 있고 싶었던 영미는 할머니에게 연락해 주리라는 기대에 눈을 질끈 감고 혀를 깨물었다.

"어, 야! 너 피…!"

잠이 오지 않아 복도를 서성이던 봉수가 영미를 발견하고 놀라 소리를 지르려는 찰나, 영미가 봉수의 입을 틀어막았다. 영미는 울지 않았다. 눈물 대신 핏방울이 뚝뚝 떨어졌다. 봉수는 이 날 처음 만난 영미의 아픔을 읽었다. 둘은 잠든 보육교사의 방문을 조용히 두드려 병원 치료를 다녀왔다. 그날 이후 봉수는 영미가 아파 오랜 날을 속으로 울었다. 둘은 살아도 같이 살고 죽어도 같이 죽기로 손가락 걸고 약속했다.

"영미야, 언젠가 네 목소리 듣고 싶다. 내가 열심히 일해서 네 목소리 찾아줄게."

봉수는 그날이 생각날 때마다 속으로 다짐했다. 한 순간의 실수로 간절한 다짐도 지키지 못하는 못난 놈이라는 자책도 매일 하면서. 영미는 대답 대신 지갑에서 2만 5천 원을 꺼내 건넨다. 물끄러미 지폐를 바라보는 봉수의 남방 앞주머니에 돈을 꽂고 희미하게 웃는다.

봉수 나랑 살아줘서 고마워. 근데 우리 다음 생에는 같은 장소에서 같은 이름으로 만나지 말자.

둘이 같이 산 지 1년 째 되던 날, 시장에서 통닭을 사 와 나눠 먹은 뒤 영미가 적어 건넨 마음을 기억한다.

"그래, 같은 장소에서 같은 이름으로 만나지 말자. 우리 두 번은 하지 말자, 이런 삶."

봉수는 웃으며 대답했다. 슬픔은 원래 속으로 삼키는 것 아닌가. 그래서 늘 속에선 피 맛이 났다. 뱉을 일 없는 슬픔의 맛은 빨갛다.

"엄마 아빠, 언제 일어났어? 우리 정말 오늘 여행 가는 거야? 오늘 장사 안 해도 돼?"

"우리 딸 일어났어? 그럼, 장사 안 해도 돼요. 걱정 마세요 공주님!"

"아빠, 그럼 우리 트럭에 야채 싣고 가서 메리골드서 장사할까? 하아암 졸려…."

잠에서 깬 윤이 부스스한 잠의 흔적을 안고 걸어와 둘에게 안긴다. 영미는 윤의 눈곱을 떼어주며 고개를 끄덕이며 웃는다. 다정한 세 사람. 세 사람은 다시 집으로 들어가 계란 프라이를 올린 밥을 김에 싸 먹고 옷을 갈아입고 양치를 하고 간단한 짐을 챙겨 트럭에 오른다.

　"오늘은 우리 휴게소 가서 핫바도 먹고, 알감자도 먹고, 소시지도 먹자! 먹고 싶은 거 다 사줄게!"

　"우와 진짜? 신난다! 나 그럼 못난이 핫도그도 먹을래! 케첩 세 번 발라서!"

　"그래, 우리 윤이 핫도그도 먹자! 자 이제 출발합니다, 안전벨트 매세요!"

　자동차에 기름은 다 채우지 않은 채로 여행을 떠난다. 핸들을 잡은 봉수의 두 손에 힘이 들어간다. 세 사람은 길을 떠난다. 드디어, 오랫동안 생각해 온 그날인 것이다. 불운과 불운이 만나 행운이라 자신들에게 거짓말하던 달콤한 꿈에서 나와야 할 때, 가장 아름다운 장소에 가기로 했다. 태어난 건 선택할 수 없었지만 죽는 건 선택하고 싶었다. 그래도 최대한 미루고 버티고 기왕이면 잘 살아보려 했는데. '잘'을 빼고도 '살아본다'는 것 자체가 왜 이리 어려운지. 세 사람이 출발하자마자 비가 내린다. 방금까지 쨍쨍하던 하늘에서 장대비가 내린다.

　"비가 내리네, 안전하게 모실게요, 갑니다!"

봉수가 와이퍼를 작동시킨다. 다행이다. 오늘은 가야 할 곳이 있어서. 목적지가 있고 책의 마지막 장을 덮을 수 있다면 조금 더 참을 수 있다. 빗방울은 점점 세차게 내리고 핸들을 잡은 봉수의 손에는 굳은 힘이 들어간다.

"사장님 안녕하세요, 오늘은 김밥 좀 많이 말아주세요."

"아이고 해인 사장, 웬일로 김밥을 마이 말아달라? 배가 마이 고픈 겨? 좀 이따 재하 여기로 오기로 한 겨?"

"재하는 야근이래요. 알록달록 예쁜 김밥이 많으면 보기 좋잖아요. 오늘은 왠지 김밥이 많이 먹고 싶네요. 한 다섯 줄 쯤 가능할까요?"

"여윽시 해인 사장이 내 김밥의 진가를 아는고마잉! 그람 그람, 열 줄도 말아줄 수 있지! 포장해 줘?"

"아니요, 먹고 갈게요. 그런데 오늘은 해가 일찍 졌네요. 오후인데 벌써 캄캄한 밤 같아요."

해인은 김밥을 주문하고 허공을 응시하며 테이블에 앉는다. 마음이 허한지 자꾸 배가 고프다. 밥을 많이 먹으면 마음의 허기를 밀어낼 수 있을까. 궁금하다. 평소보다 빨리 어두워진 바깥을 살펴보던 우리분식 사장은 콧노래를 흥얼거리며 김밥을 만다. 우리분식 사장의 뒷모습을 물끄러미 바라보던 해인이 들고 있던 쇼핑백을 조심스럽게 테이블 위에 올렸다.

"뭐여? 영양제여?"

"아니요, 지은 씨가 사장님께 꼭 전해드리라고 한 선물이요. 지은 씨가 입던 스커트를 앞치마로 만들었대요."

"어메, 그 이쁜 거를! 아이고 지은 사장도 참말로…."

김밥을 테이블에 내려놓고 쇼핑백에서 앞치마를 꺼낸 사장이 서둘러 새 앞치마를 맨다. 검은색 바탕에 붉은 동백꽃이 새겨진 앞치마다. 우리분식 사장은 앞치마를 꺼내 들고 요란하게 목소리를 높였다.

"아이고! 가면서도 무슨 선물을 남기고 그랴! 늙은이 눈물 나게…. 워메 뭐로 맹글었길래 이래 보들보들 좋은 겨? 입기 아까워서 어쩐댜. 고마우! 근디 지은 사장이 입던 거면 이제 내 앞치마에서도 꽃잎들 날아다니고 막 그러는가?"

해인은 우리분식 사장의 농을 들으며 피식 웃는다. 기분 좋은 농이다. 어떤 말은 사람을 죽게 하고, 어떤 말은 사람을 살게 한다. 말하는 대로 인생이 흘러간다는데 사장의 농은 사람을 살린다.

"자자, 여기 김밥 나왔어잉. 마이 묵어!"

해인이 눈앞에 산더미처럼 쌓인 김밥을 바라보며 젓가락을 손에 드는 순간 딸랑, 하고 분식집의 문이 열린다. 세

명의 가족이다. 못 보던 얼굴. 커트 머리에 눈이 크고 청바지를 입은 여자아이와 흰머리가 반이 넘는 단발머리를 노란 고무줄로 단정히 묶은 여자, 그리고 카키색 반팔 티 위에 초록색 체크 남방을 입은 남자다. 낯선 도시에 온 이들답게 어색함과 흥분이 묻어난다. 눈동자엔 찐득하고 깊은 슬픔과 절망과 묻어 있다.

"저… 김밥 좀 먹을 수 있습니까?"

"아이고 그람 그람, 여가 김밥 집인디 얼마든지 먹을 수 있제. 첨 보는 얼굴들인디 여행 왔나벼? 아가 자다 깼고만, 잠이 얼굴에 가득해. 얼른 여기 앉으. 천천히 골라."

우리분식 사장이 손짓으로 가리킨 자리에 봉수가 먼저 앉고 맞은편으로 윤과 영미가 앉는다. 윤이 차에서 잠드는 바람에 휴게소에 들르지 못한 세 사람은 배가 몹시 고프다. 메뉴판을 동시에 바라보는 세 사람을 향해 옆 테이블에 앉아 있던 해인이 말을 건넨다.

"이 동네 처음이신가 봐요. 괜찮으시면 이 김밥 드실래요? 방금 시켰는데 일행이 못 올 거 같아요. 혼자 먹기엔 너무 많은데. 몇 줄만 가져가세요."

세 사람은 놀라 해인을 바라본다. 낯선 도시에서 처음 만난 낯선 이가 이유 없이 김밥을 준다니. 저 안에 알 수 없는 무언가를 넣은 것은 아닌지 의심의 눈길을 보내지만 아무리 봐도 남자의 눈은 선해 보인다. 머뭇거리며 대답하지 못하는 봉수와 영미와 달리 두 사람의 표정을 살피던 윤이 벌떡 일어나 두 손을 공손하게 모으고 허리를 숙여 인사한다. 먹을 수 있는 기회가 있을 땐 열심히 먹어야 하는데 이게 웬 행운인가.

"감사합니다. 맛있게 잘 먹을게요."

윤이 받아 온 김밥 세 줄을 앞에 두고도 둘은 머뭇거린다. 우리분식 사장이 오뎅 국물을 커다란 스텐 그릇에 담아 후추를 한 번 툭 치고 들고 온다.

"아이고 부담 없이 먹어요, 해인 사장이 평소엔 두 줄만 먹는데 오늘따라 다섯 줄이나 시킨다 했더니 배가 불른가. 김밥 남음 아깝잖여? 안 그려? 머 안 시켜도 되니께 편하게 먹고 가잉. 아가, 돈가스 꼬치 하나 줄까? 너 피카츄 꼬치 알어?"

"피카츄 꼬치 알아요! 먹어본 적은 없어요."

"아이고 그렇구만, 그기 많이 남아 있는디 할미랑 나눠 먹어줄 텨?"

"정말요? 우와 감사합니다!"

볼이 미어지게 김밥을 입에 넣고 씹으며 앉은 자리에서 윤이 고개를 꾸벅 숙인다. 봉수와 영미도 얼결에 고개를 숙이고 김밥을 먹기 시작한다. 체면을 차리기엔 배가 고프다. 이상하게 처음 온 동네인데 따뜻하다. 참 이상한 사람들이네, 처음 본 우리에게 이렇게 잘해주고. 살면서 받아본 기억 없는 친절과 호의가 낯설지만 일단 배가 고프니 허겁지겁 먹기 시작한다. 김밥은 금세 동이 난다. 봉수는 양 볼이 미어터지게 잘 먹는 윤을 애잔하게 바라보다 사장을 향해 손을 든다.

"저… 사장님, 여기 김밥 두 줄 주세요."

"아이고 맛있지? 그려 두툼하게 말아줄게잉."

우리분식 사장이 신이 나 김밥을 말기 시작한다. 두 줄인데 네 줄 같은 김밥 산이 세 사람 앞에 놓인다. 분명 허기를 채우고도 남을 양인데 이상하게 먹어도 먹어도 배가 고프다. 이상해, 정말 이상한 도시야.

"먹어도 먹어도 맛있제? 그기 내가 김밥을 잘 말아서 그려. 마음에 허기가 지면 계속 배가 고픈 겨. 먹어도 먹어도 마음이 채워지지 않응께 배에서 음식을 달라고 아우성치는 거제. 마음이 가득 차면 그땐 배가 안 고파지니께, 허기 채울 때까지 걱정 말고 묵어잉. 이제 문 닫을 시간이래도 김밥 재료가 남아 아까웠는디 잘 됐어! 허허, 아가, 오뎅 하나 먹을 텨? 사비스여!"

"정말요? 감사합니다! 할머니 저는 오뎅 열 꼬치는 더 먹을 수 있어요!"

입이 미어터지게 김밥을 먹는 윤을 보며 우리분식 사장은 오뎅을 한 손으로 가득 집어 초록색 플라스틱 그릇에 담는다. 오뎅을 윤의 테이블에 내려두고 해인 앞에는 오뎅 국물을 내려두며 앞자리에 앉는다.

"근디 해인 사장, 증말 세탁소 안에 사진관을 차린 겨?"

"네, 지은 씨가 없으니 세탁소를 열 수도 없고, 지은 씨의 공간을 그냥 둘 수도 없어서요. 세탁소 1층 가운데에 세 평 정도를 유리벽으로 둘러서 사진관으로 만들었어요. 허벅지 즈음 높이로 나무 기둥을 올리고, 그 위는 다 유리예요. 1층 벽면에 책장도 짜 넣었어요. 앞으로 2층에는 영사기를 올려두고 필름을 상영하려고 해요. 마음 세탁소를 추억하는 분들이 오시면 바 테이블에서 차도 내어드리고요. 마을 분들이 편하게 이용하시면 좋겠어요."

"아이고 잘했네. 가만 있자, 마음 사진관이 오늘 오픈했는디 나도 가서 영정사진이라도 함 찍어야제?"

"사장님께서 벌써 영정사진을 찍으시려구요? 아직 한창이세요."

"나가 지은 사장 가는 거 보고, 오늘이 마지막 날이라면 뭐를 가장 하고 싶을까 생각을 해봤어. 근디 나는 마지막까지 여서 김밥을 말고 싶더라고. 배고픈 사람들 볼이 미어터지게 밥을 먹는 거를 보고 싶어. 그라니께 죽는 거도 사는 거도 무섭지가 않아. 무얼 하고 살고 싶은지를 흰머리가 이래 마이 나서야 알게 되는 것이 참말로… 그라니께 나는 영정 사진 찍는 게 슬프지가 않으!"

"그럼 제가 곱게 찍어드릴게요."

훈훈한 외모의 남자와 나이 든 분식집 할머니의 대화가 웃음소리를 타고 건너편 테이블로 흘러 들어왔다. 봉수와 영미는 본의 아니게 두 사람의 이야기를 들으며 잠시 숟가락을 멈추었다. 오늘이 생에 마지막 날이라면 나는 무엇을 하고 싶은가. 봉수가 영미와 윤을 바라본다. 윤이 아작아작 김밥을 씹는 소리 외에는 아무 소리도 들리지 않는다. 바로 그때 분식집 안으로 꽃잎이 날아들며 정적을 깼다. 분식집 안으로 파란 꽃잎이 원을 그리며 날아들어 오더니, 순간 눈앞에 전단지를 내려놓은 것이다. 윤이 놀라 두 눈을 비빈다.

"엄마, 내가 지금 뭐 본 거야? 우리 꿈꾸고 있어?"

영미도 놀라 윤을 바라본다. 봉수는 입 안 한가득 씹던 김밥을 까맣게 잊은 사람처럼 눈만 껌뻑거린다. 자리에서 일어선 해인이 꽃잎에 날아온 종이를 세 사람 앞에 내려놓았다.

"좀 놀라셨죠. 걱정 마세요, 꿈 아니고 현실입니다. 이상한 일은 아무 일도 일어나지 않아요. 사실 이 옆 건물에는 마음의 얼룩을 지워주는 마음 세탁소가 있는데요. 오늘 세탁소 1층에 마음 사진관을 열었어요. 김밥 다 드시면 사진 찍으러 오시겠어요? 오픈 기념으로 테스트 촬영을 해드릴게요."

파란 꽃잎들이 해인의 손끝 언저리에서 주변을 빙그르

르 감싸며 돈다.

'이상한 삼촌이야. 인간으로 변신한 괴물인가? 그럼 우리는… 이제 어떻게…?'

그림책에서 보았던 마법사가 눈앞에 나타났다는 생각에 윤이 힘껏 들이쉰 숨을 두 손으로 틀어막는다.

"진짜가 봐, 꽃잎들도 날아다니고! 대박 사건, 너무 신기해!"

윤의 말을 들은 해인이 손가락으로 원을 그리자 꽃잎들이 세 사람의 주변을 감싸며 사라진다.

"꼬마 아가씨, 겁먹지 않아도 돼. 이 꽃잎은 내 친구들이야."

해인이 윤을 보며 빙그레 웃자 윤도 해인을 따라 빙그레 웃는다. 좋은 감정은 복사한 듯 같은 감정을 불러온다.

"최근에 제가 사랑하는 사람이 곁을 떠났습니다. 누구나 마지막을 맞이하지만, 갑자기 떠나게 되면 남겨진 이들이 너무 슬프죠. 우리분식 사장님도 자신이 아니라 남겨진 이들을 위해 영정사진을 찍으시려는 거니까 놀라지 마세요. 아, 물론 가족사진도 찍어드릴 수 있습니다."

영정사진이라는 말에 봉수와 영미는 찰나의 눈빛을 교환한다. 영미는 조심스럽게 꽃잎이 테이블에 두고 간 전단지를 들고 읽는다. 두 손이 떨려 종이도 함께 떨린다. 손을 진정시키려고 아랫입술을 깨물지만 입술도 함께 떨린다.

지우고 싶은 마음이 있으신가요.

마음의 얼룩을 행복한 기억으로 바꾸어 찍어드려요.

보고 싶은 마음을 사진으로 찍어 보여줄 수도

보고 싶은 순간을 사진으로 찍어 보여줄 수도 있어요.

당신이 행복할 수 있다면

당신의 슬픔이 안녕할 수 있다면

얼룩진 마음을 행복한 마음으로 바꾸어 드립니다.

어서 오세요, 행복한 마음을 찍어드리는 마음 사진관입니다.

—사진관 주인 백

"엄마, 우리 가족사진 한 번도 안 찍어봤잖아! 오늘 무료래. 우리 찍으러 가자, 응? 응? 나 가족사진 찍어보고 싶었단 말이야."

윤이 전단지를 읽고 있는 영미의 팔을 잡고 울상을 짓는다. 영미가 반응이 없자 이번엔 팔에 볼을 비비며 입술을 삐죽거린다. 이윽고 전단지에서 눈을 뗀 영미가 윤의 볼을 어루만지며 고개를 끄덕이고, 봉수를 향해 눈빛을 보낸다. 어떤 마음은 말하지 않아도 마음으로 공명한다.

"진짜? 우리도 사진 찍을 거야? 신난다! 오늘 내 인생 최고의 날이야!"

금방이라도 울 것 같던 윤의 환호성에 분식집이 온기를 띤다. 봉수는 윤의 머리카락을 쓸어내리며 마음속으로 혼잣말을 한다.

'마음을 찍어주는 사진관이라… 찍힐 마음 같은 게 있으려나. 인생에서 언제나 행운은 기가 막히게 우리를 피해 갔는데. 그런데 오늘은 평소랑 뭔가 다르네.'

줄곧 내리던 비는 세 사람이 우리분식에 들어온 뒤로 어느새 잦아들었다. 익숙한 일이다. 날씨가 맑다는 일기예보에 장사를 많이 하려고 야채를 잔뜩 들여오면, 어김없이 바람이 불고 인적이 뚝 끊기기 일쑤였다. 불행에 익숙한 이들은 행복을 고려할 겨를이 없다. 불행이 문신처럼 새겨져 그것이 불행인지도 모르기 때문이다.

"비가 멈췄네요. 일기예보가 오늘도 틀렸네요. 맑을 거라더니."

해인의 혼잣말에 봉수는 '저렇게 근사해 보이는 사람한테도 일기예보는 틀릴 수 있구나' 생각한다. '그 비가, 나에게만 내리는 비가 아니었나.'

"얄궂네, 아까는 밤처럼 캄캄하더니 다시 밝아졌댜? 오늘은 무신 날이긴 날인가 벼. 아이고, 고와라! 아가 일루 와봐, 너 무지개 본 적 있어? 무지개 떴어야!"

우리분식 사장이 비 갠 하늘에 선명하게 뜬 무지개를 보며 박수를 친다. 윤은 먹던 오뎅 꼬치를 보물처럼 소중하게 쥐고 사장 옆에 서 무지개를 바라본다.

"우와… 할머니 너무 예뻐요. 무지개가 이렇게 생겼어요? 저 무지개 처음 봐요!"

"여는 지대가 높아서 무지개가 잘 보여. 비 그치면 가끔 뜨니께 종종 놀러와 아가, 아이고 이뻐라, 오늘따라 더 곱네."

어느새 입구 앞에 나란히 서 하늘의 무지개를 한 방향으로 바라본다. 오늘 처음 만난 이들이 낯설지 않고, 오늘 처음 본 무지개가 이토록 따뜻하고 아름답다니. 봉수는 세상이 '아름답다'고 느낀 게 언제인지를 떠올려 본다. 영미의 손을 처음 잡은 날이었나, 윤이 태어나 품에 안겼던 그날인가. 이상하게 마음이 아이스크림 녹듯 흐물거린다. 안 되는데, 이렇게 살고 싶어지면….

"마음 사진관 첫 손님이네. 너 이름이 뭐니?"

"제 이름은 윤이에요."

"윤? 예쁜 이름이네. 너랑 어울려. 내 이름은 해인이야. 만나서 반가워."

"우와, 삼촌도 이름 예뻐요!"

"이제 나랑 사진 찍으러 같이 갈래?"

"삼촌이랑요? 네, 좋아요!"

윤에게 손을 내민 해인이 우리분식 사장을 본다. 사장은 한쪽 눈을 찡긋하며 어서 가라고 손짓을 한다.

"아이고 근디 야채가 떨어졌네, 사러 나가야 허는디 무릎이 아퍼. 어이 아가, 어여 사진 찍고 할미한테 다시 와잉. 너 매운 거 묵을 줄 알어?"

"네, 저 김치도 고추장도 잘 먹어요!"

"아따 잘 됐다잉, 마침 열무가 맛있게 익었응께 시원하게 열무국수 말아주께. 할미 혼자 묵기 심심한디 올 거제?"

"감사합니다! 할머니 혼자 있어서 심심해요? 그럼 내가 국수 먹고 놀아줄게요. 좀 이따 봐요!"

윤이 왼손은 해인의 손을 잡고 오른손은 배꼽에 가져다대며 허리를 숙여 인사한다. 어느 때보다 생기발랄한 윤을 보며 영미는 눈빛이 흔들린다. '안 되는데, 이러면… 살고 싶어지면 안 되는데…. 우리처럼 비루한 삶을 윤에게 주면 정말 안 되는데.' 복잡한 마음으로 분식집을 나선다.

"저 사장님, 여기 계산 좀 부탁드립니다. 얼마입니까?"

분식집 문을 나서려던 봉수는 바지에 손을 닦으며 돈을 꺼내려다 남방 주머니에 아무것도 없어 놀란다. '아까 영미가 준 돈이 어디 갔지?' 빈 주머니에서 손을 꺼내지도 못하고 놀란 봉수를 보며 우리분식 사장이 분식집 문밖으로 봉수의 등을 민다.

"지갑을 두고 왔나 보구마잉. 언능 사진 찍고 와서 천천히 줘, 오픈 기념 공짜야 공짜!"

"아… 저, 그래도 금방 차에 다녀올 수 있습니다. 잠시만요."

"아이고 뭐가 그리 급혀! 이 동네에 밥집은 여기밖에 읎어. 이따 아가 간식까지 더 묵고 천천히 줘도 되니께 괜찮여."

사장의 괜찮다는 말에 괜스레 눈물이 핑 돈다. 왜 이리 받아본 적 없는 온기로 마음을 덥히는지. 여름이라 날이 더워 그런가, 메리골드에 온 뒤로 체온이 올라간다. 눈물이 떨어질 것 같아 봉수는 고개를 꾸벅 숙이고 분식집을 서둘러 나선다.

"아이고, 살 사람은 살아야제. 저 반짝거리는 뽀얀 애기를 봐. 어쩔 거여. 이제 됐응께 난 믹스 커피나 한잔 해야긋다."

마음 사진관을 향해 걸어가는 이들의 뒷모습을 보며 우리분식 사장이 혼잣말을 한다. 사실 우리분식 사장이 세 사람을 처음 발견한 건, 출근길에 올려다 본 메리골드의 가파른 언덕에서였다. 조금만 밀면 당장이라도 떨어질 것처럼 아슬아슬하게 서 있는 트럭에는 산송장 같은 두 사람과 엄마에게 기대어 잠든 아이가 타고 있었다. 사장은 그 길로 얼른 분식집 문을 열고 들어가 밥을 안쳤다. 갓 지은 밥에는 참기름 한 통을 들이부었다. 고소한 냄새라도 맡으면 차에서 내릴까 싶어 문 앞에서 선풍기를 틀고 밥을 볶았다. 아이가 고소한 냄새를 맡고 잠이 깨기를 간절히 바랐다. 그다음 해인이 들어왔고 김밥을 잔뜩 말아달라는 말에 사장은 내심 안도했다.

"뭐든 선택은 스스로 하는 것잉께 가만히 있는 사람덜한테 말을 할 수도 없고. 혹시 내 챔기름 마법인가? 아니제, 이제 이 앞치마 가지고 이래이래, 손 휘휘 저으면 나도 마법 쓸 수 있으려나?"

사장은 앞치마의 빨간 꽃잎을 손으로 쏘는 시늉을 한다. 한참을 혼자 웃다가 오른손으로 왼쪽 가슴을 쓸어내리고는 스텐 컵에 믹스커피를 털어 넣고 젓가락으로 휘휘 젓는다. 송장 같은 사람들이 허기를 느끼고 밥을 먹는다. 그 사람들을 위해 밥을 해줄 수 있으니 행복하다. 그러고 보면 행복, 그까짓 거 믹스커피 한 잔만큼이면 충분한 거 아닌가.

"으메! 행복이고 자시고 맛이 왜 이려? 커피에서 웬 맬치 맛이랑 후추 맛이 난댜? 내 정신 좀 봐! 나가 긴장을 다 했나 보네, 오뎅 국물에 커피는 처음 타봤는디 나름 커피 맛 좋다잉. 아주 좋아. 껄껄!"

사장의 웃음에 남은 꽃잎들이 춤을 추듯 문을 나선다. 오늘을 저리 춤추듯 살 수 있다면, 그럴 수만 있다면 얼마나 좋을까. 사장은 꽃잎을 보며 생각한다.

"오메 비가 다시 오네, 장마인가. 저리 비가 시원하게 와야 무지개도 뜨고 해도 나제. 비가 오고 폭풍이 불고 바람이 불어야, 또 마른 날이 오제. 시원하게 내리는 비 핑계 삼아 시원하게 울어재낄 수도 있고 말이여. 오늘 밤은, 저 비에 많은 게 씻길 거여. 암, 그럴 겨."

47

❖

목구멍이 간지럽다. 자고 일어나면 연기처럼 사라질 것 같은 비현실적인 도시에서 생경한 일들을 겪고 있다. 영미는 낯선 이들을 따라 마음 사진관으로 들어가며 어제와 오늘의 온도 차를 선명하게 느낀다. 어제 윤과 마트 계산대 앞에 서 있을 땐 눈보라가 휘몰아치는 한겨울이었는데, 오늘 우연히 들어간 우리분식의 온도는 뜨거운 한여름이다. 차갑고 뜨거운 가운데 마음 세탁소 안의 사진관이라는 저 공간으로 들어서는 길은 따뜻한 꽃바람이 불어오는 봄이다.

'왜 이러지, 땀띠인가.'

영미는 목덜미 주변을 벅벅 긁는다.

"엄마, 목 간지러워? 손톱으로 긁으면 어떡해, 목 빨개졌어, 피 날 거 같아! 내가 호, 해줄까?"

봉수의 손을 잡고 앞서 걷던 윤이 입구에서 목을 긁고 있는 영미의 손을 잡아 내린다. 자신을 향해 뛰어와 입술을 오므리며 호, 하고 불어주는 윤에게 영미는 고개를 끄덕이며 이번엔 손등으로 목을 문지른다. 종아리까지 오는 낮은 패널 앞에 도착한 영미는 그 앞에 적힌 글을 읽는다.

증명사진 가족사진 취업사진
영정사진 마음사진 행복사진

가능합니다.

'행복사진… 행복… 행복이 뭐지….'

한 음절씩 끊어 읽다 마지막에 시선이 걸린다. 마음사진과 행복사진이라. 그런 사진은 대체 어떤 사진일까. 행복이 무엇인지도 모르겠는데 행복사진을 찍어준다니. 참 이상하고 수상한 사진관이네. 영미는 의심의 눈길로 건물을 바라본다. 자신을 지키기 위해서 보이는 대로 믿지 않는 것에 익숙한 영미다. 호의와 환대는 불행이 데리고 온 동료들로 알고 살아왔다. 잘해주는 사람에 대한 습관적 경계주의보가 걸린 영미는 불안한 마음으로 주변을 살핀다. 살펴보아도 흠이 없다. 겉보기에도 따뜻한 분위기의 단단하게 잘 지어진 2층 목조 건물이다. 도배를 하며 많은 공간을 다녀보아 공간이 풍기는 느낌에 민감한 영미다. 들어서는 순간 불편한 공간에선 틀림없이 무슨 일이 일어나도, 난다.

'이상해. 정말 이상해.'

이상하다. 이 공간은 안심이 된다. 일곱 개의 나무 계단을 지나 라일락꽃이 흐드러지게 핀 동그란 아치형 입구도 아름답다. 두 면이 도시고 두 면이 바다인 이 마을에선 꽃향기와 바다의 짠 내음이 뒤섞여 풍긴다. 라일락 꽃향기인가. 늘 도배풀 냄새만 맡던 영미의 코 속은 모처럼 좋은 향기로 간지럽다.

사진관을 연 기념으로 지은이 해인에게 선물했던 라일락 정원에 은은한 향기가 감돈다. 그동안 마음 세탁소를 운영하며 사람들의 얼룩진 마음을 깨끗이 세탁해주고 다림질하며 행복해했던 지은의 마음을 닮고 싶어 사진관을 시작한 해인이었다. 카메라 앞에서만큼은 거짓으로라도 웃는 사람들에게 거짓 없이 마음을 움직이는 사진을 찍어주고 싶은 마음이었다. 어떤 이유로 마음이 움직이는지는 모르겠지만.

"이유를 모를 때는 일단 지금 할 수 있는 일부터 해야지. 시작해 보자."

해인은 긴 다리로 성큼성큼 앞장서 걸어가 먼저 문을 연다. 봉수와 윤이 들어간다. 마지막으로 영미가 세 걸음 남겨두고 문 앞에서 내부를 들여다본다. 조명은 밝지 않다. 다행이다. 영미가 문 앞에서 안을 바라보자 앞서 들어가던 봉수와 윤이 뒤돌아 손짓을 한다.

"영미야 들어가자. 우리 윤이 말대로 가족사진 한번 찍어보자."

혹시 민폐 아닐까?

영미는 주머니에서 구겨진 메모지와 펜을 꺼내 적는다.

"무료라잖아. 우리한테 언제 이런 기회가 오겠어."

봉수는 평소와 달리 조금 들뜬 모습이다. 그는 분수를 잘 아는 사람이다. 과한 욕심을 부리지도, 헛된 희망을 품

지도 않는 이가 무슨 이유인지 사진을 찍고 싶어 한다. '영
정사진을 찍을 수 있다는 말에 흔들린 걸까. 쉬이 흔들리는
사람이 아닌데. 이상해.'

사진만 찍고 금방 돌아가자. 우리 중요한 일이 있잖아. 오늘 아니
면 안 돼.

"그럼, 금방 돌아가야지. 아까 낮엔 날이 너무 밝았으니
까 사진 찍고 밤 어두워지면 가자."

알았어.

먼지처럼 사라지고 싶었다. 애초에 세상에 온 적 없던
사람들처럼 셋이 사라지려 했는데 메리골드에 와보니 고소
한 참기름 냄새가 나고, 밥이 따뜻하고, 꽃향기도 나고, 사
람들도 좋다. 하루쯤은 이런 동네에서 살다 가도 되겠지.
먼지가 되기 전에 누군가 우리의 장례를 치러줄 수 있게 사
진 하나쯤 남기는 것도 괜찮겠지. 어차피 그 사진도 불에
타 재가 될 테니. 영미와 봉수는 동시에 사진관으로 들어간
다. 좋은 음악이 들리고, 좋은 향기가 나고, 따뜻한 불빛이
비추는 저 공간으로 들어간다. 허락된 적 없는 온기에 몸이
떨리지만 용기를 내본다.

"들어가자, 영미야."

봉수의 목소리가 떨린다.

"진짜 원하는 걸 얻기 위해선 때론 위험을 감수해야 하
는 순간도 있어."

어디선가 목소리도 들리는 것 같다. 그런데 무슨 위험을 말하는 걸까. 온 생이 위험이 아닌 적이 없었는데. 만약 다시 태어날 수 있다면 저 반짝거리는 해인이라는 남자처럼 살고 싶다. 슬픔과 불행이라곤 모를 것 같은, 다정하고 따스한 이로 살아보고 싶다. 헛된 욕심. 알지만, 그래도. 혹시나. 만약에.

"이쪽 바 테이블로 일단 앉으세요."

"여기요? 우와 삼촌, 여기는 이뻐서 맨날 밖에서 훔쳐보던 카페 같아요!"

"마음에 들어?"

"네! 완전 너무 너무 너무 좋아요! 저 이런 카페 꼭 한번 들어와 보고 싶었어요!"

"고마워, 꼬마 아가씨. 준비할 시간이 필요한데 기다리는 동안 뭐 좀 마실래? 두 분도 따뜻한 차 한잔 드시겠어요?"

"그럼… 우리 차도 부탁드립니다. 초면에 실례가 많습니다…."

거칠한 양손을 겸연쩍은 듯 포개어 잡은 봉수가 대답한다. 세탁소 손님들의 마음을 열 때 위로 차를 마시는 바 테

이불 자리로 세 사람을 안내한 해인이 긴장한 듯 차를 권한다. 일단 행복 카메라가 지은을 찍었고, 몇 번 만져보긴 했지만 행복 카메라가 익숙지 않아 긴장이 된다. 차분한 성격의 해인이지만 혹시라도 행복사진이 실패할까 걱정되는 마음을 감추지 못한다. 행복사진이 아니라 그냥 가족사진을 찍어주어도 될 텐데. 해인은 직감적으로 이 가족에게 행복 카메라를 작동시켜야만 한다는 느낌이 드는 것이다.

"드세요, 원래는 세탁소에서 손님들께 드리는 특제 차인데. 맛있을 거예요."

"이 차, 어린이가 마셔도 돼요? 아빠가 어린이는 커피 같은 거 마시면 안 된다고 했는데."

"괜찮아, 어린이가 마셔도 되는 차야. 어때? 맛있지?"

"따뜻하고 맛있어요! 아이스크림처럼 달콤해! 엄마 아빠도 마셔봐!"

맛있는 걸 봤을 때 생각나는 사람은 사랑하는 사람이라 했다. 해인이 종이를 세 장 들고 나와 세 사람 앞에 내려놓는다. 재생지로 만든 종이에 한 줄의 글귀가 적혀 있다.

"저희 사진관은 사진을 찍기 전에 간단하게 편지를 쓰는 시간이 있어요. 어려운 건 아니고, '나에게 쓰는 편지'인데요, 오늘 내가 가장 듣고 싶은 말을 여기에 적으시면 됩니다. 다른 사람들은 이 종이의 글을 읽지 않을 거니까 어떤 내용을 쓰셔도 좋습니다. 부담 갖지 마시고요. 길게 쓰셔도 되고, 할 말 없으시면 한 줄만 쓰셔도 돼요. 다 적으시면 말씀해 주세요, 저 카메라 세팅하고 있을게요."

말을 마친 해인이 바 테이블 끝에 가서 냉수를 컵에 가득 따라 단숨에 들이켜고 사진관 안으로 들어간다.

세 사람은 바 테이블에 앉아 멍하니 종이를 바라본다. 이상하게 응어리진 마음이 녹아내리는 기분이다. 마음에 담아둔 말이 터져 나오기 직전, 영미가 가장 먼저 적고, 그 다음은 윤이 그림을 그리며 즐거워한다. 가족의 모습을 바라보던 봉수도 볼펜에 침을 한 번 묻히고 글을 적는다. 해인은 세 사람이 집중할 수 있도록 음악을 낮게 줄인다.

"할 수 있어, 할 수 있어, 해내자."

뒤돌아 눈을 질끈 감은 해인이 두 주먹을 쥐고 스스로를 응원한다. 눈을 뜨자 세 사람이 사진관 문 앞에 나란히 서서 고개를 갸웃하고 있다.

"다 쓰셨군요. 오늘이 사진관 여는 첫날이라 저도 긴장했어요. 쓰셨으면 종이는 이 테이블 위, 여기 편지 봉투에 넣고 밀봉하시면 됩니다. 저는 보지 않고, 적어주신 주소로 내년 이맘때 보내드려요."

"우리 같은 사람들 찍어주는데 뭘 긴장하고 그래요. 사진을 무료로 찍어주는 것만으로도 충분히 좋습니다. 그런데 주소를 지금 써야 하나요?"

"아니요, 사진 찍고 쓰셔도 됩니다. 그럼 이쪽 중앙으로 오시죠."

테이블 위에 놓인 빨간색 우체통을 보며 봉수는 내년 이맘때라는 것이 과연 있을지 생각한다. 우리는 이 문을 나서면, 내일은 없을 사람들인데. 먼지처럼, 흔적 없이… 우리가 사라진대도 누구 하나 슬퍼할까. 남겨질 사람이 걱정이지만, 그래서 셋이 함께 떠나면 되는 거다. 윤에게 이 고통스러운 삶을 물려주지 않아도 되니 오히려 괜찮을 거다. 그런데 출발하기 전과 다르게 왜 이렇게 마음이 불편한 걸까. 불안한 거 같기도 하고. 봉수가 우체통을 바라보며 머뭇거리는 동안 윤은 신이 나서 의자에 앉아 있다. 그 옆에 영미도 어색한 표정으로 앉는다. 이어 봉수도 결심한 듯 앉는다.

"준비 되셨어요? 저희 사진관은 원하는 사진을 찍어드릴 수 있는데요, 오늘은 특별히 두 가지 버전으로 찍어드릴게요. 하나는 행복사진, 하나는 원하시는 미래의 사진입니다. 행복사진은 필름을 인화하는 데 30분 정도 걸리고, 미래사진은 포토 프린터로 즉시 가능합니다."

"포토…? 그… 저는 배운 게 적어 요즘 사람들 쓰는 말은 잘 모릅니다. 그러니까… 지금 당장 빨리 나오는 게 미래사진이라는 거죠?"

봉수가 생소한 단어에 미간을 찌푸린다. 사진이 나오기

까지 30분이나 더 지체하다간 정말 살고 싶어질지도 모른다. 시간이 없다. 윤이 찍고 싶어 하니 사진을 찍되 바로 나가야 한다. 어렵게 먹은 결심이 무너지기 전에. 어차피 3개월 뒤에 죽으나, 오늘 죽으나 같다.

"네, 그럼 둘 중 하나만 찍으셔도 됩니다. 무엇을 선택하시겠어요?"

해인의 말에 봉수는 두 사람을 바라본다. 기대가 가득찬 윤과 표정이 없는 영미가 결정을 하라는 듯 봉수를 본다. 봉수는 해인에게 고개를 돌리고 말한다.

"빨리 나오는 걸로 해주세요. 고맙습니다."

"알겠습니다. 그럼 언제쯤의 미래를 보고 싶으세요?"

"거참, 적당히 알아서 해주시지. 그냥 뭐 한 3개월 뒤로 해주시죠."

있을지 없을지 모를 미래사진을 찍어준다는 저 사람이나, 시한부라며 3개월을 통보한 의사나 죄다 사기꾼인 것 같은데, 사진관은 돈을 안 받는다니 그럼 누구 말이 맞는지 보기라도 해보자는 심정이다.

"알겠습니다. 그럼 세 분 눈을 감아보세요, 제가 열을 셀 동안 인생에서 가장 행복했던 순간을 떠올려 보시는 겁니다."

"행복했던 순간이요? 미래사진이라 하지 않았나요?"

"맞습니다. 믿기 어려우시겠지만 제 카메라는 어떤 생각을 하든 원하는 미래를 보여줄 수 있는 마법 카메라예요."

"거참 별 희한한 카메라도 다 있네요. 알겠습니다. 그리고 사진 찍고 우리 트럭에서 필요한 야채 좀 챙겨 줄게요. 아무리 그래도 사람이 염치가 있지, 너무 공짜로 받는 것도 민망해서…."

"아… 마음 사진관은 원래 돈을 받지 않아요. 편히 찍으셔도 됩니다. 일단 야채는 감사히 받을게요. 자, 그럼 눈을 감고 가장 행복했던 순간을 지금 마음에 떠올려 보세요. 사진 찍습니다. 하나, 둘, 셋!"

찰칵!

불꽃이 일어나듯 강렬한 빛을 내며 해인의 카메라가 사진을 찍는다. 사진을 찍으며 해인도 마음의 장막이 걷히는 기분이 든다. 엄마와 아빠가 사고로 떠난 뒤 오랫동안 마음을 닫고 살았던 해인이다. 사람들 앞에서 감정을 드러내지 않기 위해 카메라의 뷰파인더 뒤에서 세상을 관망해 온 해인이었다. 카메라의 뒤에 숨어서만 진짜 표정을 지었고 그래야 사람들과 잡음이 없었다. 그랬던 그가 지은을 만나며 변해가기 시작했다.

우연히 지은의 눈물을 찍은 뒤부터 해인은 웃는 얼굴도 무표정한 얼굴도 모두 제 얼굴처럼 편안하게 느껴지기 시작했다. 카메라 뒤에 숨어 있던 감정들이 일상에서 자연스럽게 나왔다. 해인은 정답을 찾고 싶었다. 그래서 마음 사진관을 운영해 보기로 한 것이다. 마법 능력을 애써 숨겨왔던 그가 이제 사람들 앞에서 솔직해지려 한다. 눌렀던 셔터에서 손을 뗀다.

포토 프린터에서 아무것도 새겨지지 않은 하얀 사진이 나온다. 인화지가 끝까지 프린트되자 사진으로 푸른 라일락 꽃잎들이 몰려든다. 진한 꽃향기를 머금은 푸른 꽃잎들이 사진 주위를 맴돈다. 뱅글뱅글 돌아다니는 꽃잎을 보며 윤이 소리친다.

"여기는 정말 환상적이에요, 삼촌! 우리 동화 속에 있는 거 같아요! 삼촌 최고!"

윤의 말이 끝나자 푸른 꽃잎들이 초록 나뭇잎으로 바뀌며 세 사람 앞으로 사진을 가져다준다. 영미와 봉수 눈높이에 사진이 와 있고 윤은 두 사람의 팔짱을 끼며 기대에 가득 차 사진을 올려다본다.

"그 사진을 볼지 말지도 여러분의 선택입니다. 사진을 보신다고 해서 저희가 미래를 바꾸어 드리지는 않습니다. 그저 선택을 하게 도와드릴 뿐입니다. 저도 정답을 찾고 싶지만, 아마도 인생에 정답은 없는 것 같습니다. 다만 우리는 물음표를 지닌 채 선택을 하고 그 선택에 책임을 집니다. 최선을 다해. 그런 사람들을 우리는 어른이라고 부르죠."

카메라를 내리고 필름을 꺼내며 해인이 말한다. 선택을 하고 책임을 지는 사람이 어른이라니. 이런 말이 자신의 입에서 나왔다는 사실에 스스로 놀라며 꺼낸 필름을 주머니에 넣고 뒤를 돌다, 다시 세 사람을 향해 몸을 돌린다.

"사진은 보지 않고 나가셔도 됩니다. 만약 사진을 보신다면 사진값은 후불입니다. 살면서 언젠가 어려움에 처한 누군가를 조건 없이 도와주시면 됩니다. 그럼 저는 나가 있겠습니다."

해인이 고개 숙여 인사한 뒤 유리문을 열고 나간다. 다리가 떨려서 도저히 그 자리에 서 있을 수가 없다. 혹시나 해서 이들의 행복사진도 찍어두었다. 세 사람 앞에서 푸른 꽃잎으로 사진을 인화할 수도 있지만 표정을 보니 너무 놀랄 것 같아 옥상 계단을 오른다.

"사진 찍는 삼촌, 저도 같이 가요! 여기 구경할래요."

"그럴래? 그럼 이리 오렴."

처음 와본 공간이 온통 신기한 윤은 해인을 따라 뛰어나간다. 윤과 해인이 사라지고 음악도 끊겼다. 정적이 흐른다. 눈앞에 떠 있는 저 사진을 봐야 할까, 보지 말아야 할까. 초록 나뭇잎에 싸여 사진은 보이지 않는다.

"영미야, 우리 사진 보지 말고 그냥 나갈까?"

영미가 보지 말자면 그냥 일어서 나갈 참이다. 살아 있을지 없을지도 모를 미래에 사진값을 내라니.

"거참 알고 보면 사람 가지고 장난치는 못된 사람들일지도 몰라."

봉수의 말에 가만히 초록 잎에 둘러싸인 사진을 바라보던 영미가 손을 뻗는다. 영미가 손을 대자 나비처럼 날아다니던 초록 잎들이 사방으로 퍼져 연기로 사라진다. 사진을 본 영미는 일순간 온 눈에 핏줄이 선다. 이토록 충격을 받은 영미를 본 적이 없다. 봉수가 영미의 손에 쥐인 사진을 다급하게 붙잡는다. 3개월 뒤가, 정말 있기는 하단 말이야?

"아아… 아… 대…!"

봉수가 놀라 영미를 바라본다. 이것도 마법인가? 우리가 지금 죽어서 이상한 경험을 하는 건가? 영미는 사진을 손에 쥐고 실성한 듯 울며 괴성을 지른다. 영미가 쓰러질 듯 몸을 비틀며 울자 봉수도 함께 영미를 붙잡고 소리를 치며 운다.

"아아아아아, 보…수… 보…수… 아…대… 유…이… 아아아아…!"

짐승처럼 울부짖는 영미는 사진을 손에 쥐고 가슴을 친다. 봉수가 영미를 끌어안자 이번에는 봉수의 가슴을 친다. 영미가, 영미가 말을 하다니. 봉수는 이 마음이 무엇인지 정체 모를 울음으로 함께 운다.

"보…수… 우…리… 사라야 대. 유…이… 으…이… 아대… 보…수… 우…리… 사자…. 아아아아아아…."

영미의 말을 알아들은 봉수가 눈물과 콧물을 함께 흘리며 고개를 끄덕거린다.

"그래, 영미야. 알았어, 우리 살자, 그래 살자. 살아보자, 살자! 근데 영미야, 나… 사실은 말이야…."

"보…스…이…아아아아아… 이거…. 사…지…. 바…야… 대."

영미가 반밖에 남지 않은 혀로 안간힘을 다해 말한다. 이마의 핏줄이 밖으로 튀어 나오려 하고 눈은 이미 핏빛으로 물들어 있다. 그제야 봉수가 사진을 본다. 사진을 본 봉수는 그 자리에 그대로 얼어붙는다.

3개월 뒤의 사진에는 얼굴에 상처가 가득한 윤이 퉁퉁 붓고 멍든 눈으로 혼자 기사를 읽고 있다. 사진 속 기사를 확인한 봉수도 바닥에 쓰러져 짐승의 울음소리를 낸다. 윤이 있는 장소는 영미와 봉수가 자란 보육원이었고, 기사의 헤드라인에는 이렇게 적혀 있었다.

'절벽으로 떨어진 신원 미상의 세 가족, 아이만 살아남고 부모 끝내 사망….'

오늘의 선택을 바꾸지 않는다면 봉수와 영미만 죽고 극적으로 구출된 윤만 살아남는다. 연고가 없는 윤은 경찰 조사 끝에 두 사람이 자란 보육원으로 맡겨진다. 봉수는 지독한 운명의 늪에서 길을 잃는다. 죽지도 살지도 못하는 이 지겨운 생을 대체 어쩌란 말인가. 마음대로 죽을 자유도 없단 말인가… 봉수가 바닥에 털썩 주저앉아 영미를 본다. 영미는 바닥을 손톱으로 긁으며 짐승의 울음소리를 내고 있다. 영미의 손톱 끝이 너덜너덜해져 피가 흐른다. 밖에는 장대비가 세차게 흐른다. 내리는 빗소리인지 울음소리인지 분간할 수 없을 만큼 많은 비가 내린다.

"영미야, 이러지 마 영미야, 내가 잘못했어, 영미야 우리 살아도 살 수가 없어⋯ 사실은 말이야⋯."

띨릴릴리 띨릴리리 띨릴리리리리리리.

아까부터 끈질기게 울리던 전화벨 소리가 이제야 크게 들린다. 봉수는 폴더폰을 집어던진다. 전화기가 바닥에 부딪히면서 수화기에선 다급한 여자의 목소리가 들린다.

"여보세요, 임봉수 씨 맞죠? 얼마 전에 저희 병원에 다녀가셨잖아요! 정말 죄송하지만 저희 실수로 검사 결과가 잘못 전달됐어요! 그날 실습 온 간호조무사가 큰 실수를 했습니다. 정말 죄송합니다. 임봉수 씨 건강에는 이상 없으신데 결과지가 섞이는 바람에⋯ 임봉수 씨 듣고 계세요?"

고요한 공간에 전화기 속 목소리가 크게 울려 퍼진다. 바닥을 긁으며 울던 영미도, 주저앉아 무릎을 꿇고 영미에게 자신의 병을 실토하려던 봉수도 동시에 돌처럼 굳어버린다. 죽는 게 아니라고⋯? 어려움을 남겨두고 갈 바에야 다 함께 죽는 편이 낫다고 생각했다. 만약 메리골드에 오지 않았더라면, 만약 잠들었던 윤이 배고프다고 깨지 않았더라면, 만약 우리분식으로 들어오지 않았더라면, 만약 저 사람들을 만나지 않았더라면, 만약 마음 사진관에 들어오지 않았더라면… 봉수는 이 전화를 영원히 받지 못했을 것이다. 수많은 '만약'이라는 경우의 수 앞에서 봉수는 실성한 듯 웃기 시작했다.

"하하하하… 하하하하하… 하하하…. 영미야… 하하하하… 미안해… 내가 미안해 영미야… 하하하하하하…. 엉엉… 엉엉… 영미야 우리 살자, 살 수 있어, 사는 날까지 살자…. 내가 잘못했어…."

무릎을 꿇고 울음인지 웃음인지 알 수 없이 흐느끼며 손으로 머리를 감싸고 괴로워하는 봉수에게 다가가 영미는 온몸으로 그의 등을 끌어안는다. 봉수, 우리 봉수, 힘들었구나. 말도 못하고, 우리 봉수. 그래서 메리골드에 오자고 했구나. 둘은 보육원을 나오던 그날 약속했었다. 아이는 둘쯤 낳고, 집도 구하고, 마당에 정원도 가꾸며 작은 집에서 성실히 살다가, 살다가, 만약 정말 힘들면, 말도 안 되게 살기 버거운 날이 온다면 한쪽만 남겨두지 말고 같이 세상을 떠나기로 약속했었다. 그때는 세상에서 가장 아름다운 곳에서 죽자고 했었다.

"태어날 땐 우리 마음대로 선택하지 못했지만 죽을 장소는 우리가 선택하자 영미야. 우리, 마지막 눈감는 순간은 아름답게 죽자. 하지만 우리 열심히 살자. 그런 날이 오지 않도록. 영미야 우리 같이 살자."

오래전 봉수의 말을 기억한 영미는 메리골드에 가자고 했던 순간부터 그날임을 직감했다. 봉수에게 무슨 일이 있다. 틀림없이. 불안한 마음에 영미는 간밤에 미리 트럭을 이리저리 살펴보다가 병원에서 받은 소견서를 읽고 말았다. 윤이 태어나기 전의 약속이기 때문에 어떻게든 봉수를 말려볼 작정이었지만 그 안내문을 읽고 앞이 캄캄해졌다. 영미와 둘이 살아갈 윤의 미래를 생각해 보아도 자신의 지난날처럼 암담했다. 그래서 영미는 봉수의 여정을 따라 온 것이다.

하지만 메리골드에 와서 태어나 처음 바다를 본 뒤로 영미는 살고 싶어졌다. 희망, 가져본 적 없는 감정이지만 영미는 바다에서 희망을 보았다. 바닷가 절벽 앞에 차를 댄 순간 갑자기 해가 얼굴을 가렸고 어둠이 찾아왔다. 칠흑 같은 어두움에 드넓은 바다가 넘실댔다. 숨 막히게 아름답고 깊고 무섭다. 그때 멀리서 배 한 척이 움직였다. 우주처럼 적막한 검은 바다에 작은 배 한 척이 파도에 넘실대며 떠갔다. 배에 켜진 작은 등이 바다의 길을 가리켰다. 넓고 깊은 바다에서 저리 작은 배의 희미한 불빛이 비추는 곳으로 길이 생기는 것을 보며, 영미는 어쩌면 암흑 같은 자신들의 인생에도 작은 등이 켜질 수 있지 않을까, 짧게 희망을 품었다. 봉수가 시동을 걸고 직진하기 전에 영미를 돌아본다. 순간 영미는 눈을 질끈 감아버렸다. 영미가 고개를 끄덕였다면 봉수는 아마 엑셀을 밟았을 것이다.

"보…수… 히드러서… 보…수…. 미…아…내…."

발음이 제대로 되지 않는 영미의 힘겨운 말을 들으며 봉수가 다시 운다. 우리 영미, 말을 할 수가 있다니. 우리 영미의 목소리를 살아생전에 들을 수 있다니. 둘은 한참을 얼싸안고 울다 서로를 바라본다. 평생의 아픔을 토해내듯 울어댄 두 사람의 얼굴은 퉁퉁 부어올랐지만 표정은 말갛다. 그래, 우리 살자. 살아보자. 슬픔이 길을 지나갈 수 있도록 두 사람이 울음으로 배웅한다. 시간이 나면 좀 울고 싶었다. 시간을 내서 울 기회가 없었는데 이런 기분이구나. 옷소매로 눈물을 닦아주며 봉수가 말한다.

"우리 영미 목소리가 정말 예쁘다. 이렇게 예쁜 목소리를 더 오래 들어야지. 우리 윤이 데리고 이 마을에서 하루 자고 다시 가보자. 밀린 월세 내고 방 빼자. 보증금 천만 원은 아직 있으니까 지금 집보다 저렴한 월세 찾아보자. 나도 야채 파는 거 말고 다른 일도 더 해볼게. 오토바이 면허 있으니까 배달해도 돼, 영미야."

"고…마…어… 보…수… 수…고…해…서…. 나… 여…기… 조…아…."

영미도 너무나 오랜만에 듣는 자신의 목소리가 신기하

다. 밖으로 나오는 발음들이 신기해 말을 하다 말고 웃는
다. 두 사람이 얼싸안고 있는 아름다운 시간들. 이때 진한
꽃내음이 풍긴다. 짙푸른 라일락 꽃잎이 두 사람의 주변을
뱅글뱅글 감싼다. 두 사람은 황홀하게 꽃잎을 바라본다. 꽃
잎이 봉수와 영미의 얼굴에, 손가락에, 입술에, 머리에 닿
을 때마다 울음의 흔적이 사라진다. 영미의 손톱에 배인 피
가 말라가는 걸 보며 둘은 눈이 동그래진다. 우리, 정말 꿈
꾸고 있는 건가.

"영미야, 우리 살아 있는 거 맞지?"

"어… 어…."

꽃잎은 말끔해진 두 사람의 주변을 천천히 돈다. 둘은
다정히 손을 포개고 일어선다. 두 사람이 마주 잡은 손의
온기는 여전히 따스하다. 그래, 이 손을 잡고 살기로 했지,
살자고 했지. 두 사람이 일어서자 꽃잎은 두 사람을 빙그르
르 태워 옥상으로 데려간다.

"이건 완전 꽃 엘리베이터네. 허허. 영미야, 꼭 오늘이
우리 결혼식 같다. 우리 영미 드레스도 꽃길도 아직 못 해
줘서 늘 미안했는데, 오늘 이렇게 꽃도 타보네. 우리 돌아
가면 드레스랑 반지부터 알아보자."

"보…수… 무…리…하지…마…."

"알았어, 천천히 더 벌어서 살게. 그래도 금반지는 하나
사주고 싶었는데 말이야."

다정하게 팔짱을 낀 두 사람이 2층 옥상으로 올라온다. 어느새 비는 그쳐 있고 바닥에 물기만 축축하다. 깊었던 밤이 허리를 꺾고 있다. 둘을 내려놓은 꽃잎은 하늘로 퍼진다. 하늘에서 내려온 꽃잎인 건가. 영미는 옥상을 두리번거린다. 아무도 없는 옥상에는 여러 개의 빨랫줄이 걸려 있다. 두 줄에는 하얀 면 티셔츠가 걸려 있고, 다른 한 줄에는 필름이 걸려 있다.

"필름이 물에 젖었나? 왜 여기에 말리고 있지?"

봉수와 영미가 필름 앞으로 다가서자 진초록 나뭇잎이 작은 불꽃을 터뜨리듯 팡! 하고 터지면서 두 사람 앞에 사진 한 장을 내려놓는다. 마치 초록의 나비 같다.

"영미야, 우리 진짜 살아 있는 거 맞지? 나 좀 꼬집어 볼래?"

봉수가 믿을 수 없는 광경에 두 눈을 벅벅 문지르고 자신의 볼을 꼬집는다. 아무리 문질러도 사진은 사라지지 않는다. 사진을 들어 올리자 초록 나뭇잎은 사라지고 또렷한 상이 떠오른다. 사진 속엔 세 사람이 있다. 낡고 작은 방에 펼쳐진 동그란 양철 밥상 가운데에 된장찌개를 놓고 계란 프라이를 서로의 밥그릇에 얹으며 함께 웃고 있다. 수건돌리기라도 하듯 젓가락이 모두 서로의 밥그릇 위를 오간다. 계란 프라이 두 개를 서로 나누어 주려고 자기 밥그릇의 계란을 옆 사람에게 주고, 또 옆 사람에게 주며 웃던 그 풍경이다. 사진 속 세 사람은 웃고 있다.

"영미야, 우리 사진이 언제 이리 찍혀 있네. 우리 매일 저녁 이렇게 행복했네."

"사진이 마음에 드세요? 사실 제가 허락 없이 행복사진을 찍어버렸어요. 원래는 2층에서 영사기로 함께 보셔야 하는데, 오늘은 오픈 첫날이라 정신이 좀 없어서…."

사진을 보고 있는 두 사람 옆으로 해인이 나온다.

"아닙니다, 우리는 이 사진이 너무 좋습니다. 그런데 이렇게까지 사진을 찍어주시는 분과 통성명도 못 했네요. 저는 임봉수라고 합니다."

"저는 해인이라고 편하게 불러주세요."

"해인 사장님, 반갑습니다. 그런데 윤이는 어디에 있나요?"

"너무 졸려 해서 옥상 끝방에서 자고 있어요. 밤이 깊었는데 괜찮으시면 눈 좀 붙이고 가시는 게 어떨까요? 마침 방이 하나 더 있어요."

"아닙니다, 우리가 그렇게까지 민폐를 끼쳐서 되겠습니까, 괜찮습니다. 윤이는 제가 업어 차에 태우면 됩니다."

미안함에 손사래를 치는 봉수와 어쩔 줄 몰라 하며 공손히 손을 모은 영미를 보며 해인은 어쩌면 이 사람들을 위해 마음 사진관을 꼭 오늘 열어야 했던 거였구나 싶다. 이들을 살리기 위해 오늘이어야만 했던 것이다. 해인은 두 사람의 손에 들린 사진과 눈앞에 있는 두 사람을 번갈아 본다.

어쩌면 사진은 거짓말에 약할지도 모른다. 행복한 척 웃음 지어도 가짜 웃음은 티가 나고, 억지로 웃지 않으려 해도 진짜 웃음 역시 티가 난다. 그럼에도 불구하고 우리가 사진을 찍으며 웃는 이유는, 우리가 행복한 순간을 사진으로 굳이 남기는 이유는, 행복하지 않은 어떤 날에 꺼내어 볼 희망이자 빛이 필요하기 때문 아닐까. 희망의 빛, 그걸 보게 하려고 사진을 찍는 걸까. 여러 생각이 스쳐가는 찰나에 해인은 졸음으로 가득 찬 봉수의 눈을 본다.

"저, 봉수 님 눈이 반은 감기셨는데… 지금처럼 졸린 상태로 운전하시면 사고 납니다. 눈만 붙이고 가시지요. 소중한 가족들 태우고 가다 사고라도 나면…."

"아, 그렇지 그렇지. 사고 나면 안 되지! 그럼 미안하지만 신세 좀 지겠습니다. 잠깐만 눈 좀 붙이고 가겠습니다."

사고가 난다는 말에 봉수가 정신이 번쩍 들어 영미의 손을 잡고 옥상 한쪽에 있는 방으로 향한다. 몇 걸음 못 가 봉수가 걸음을 멈추고 뒤를 돌아 해인을 본다.

"우리가 참 염치가 없습니다. 아무리 오픈 기념이라 해도 이렇게 받기만 해서…. 생각해 보니 우리분식에 밥값도 못 냈네요. 혹시 고장 난 거 있으면 가져오세요. 제가 고쳐 드릴게요. 짐 옮길 거 같이 해도 좋고. 제가 손재주가 있어서 고치거나 몸 쓰는 거 하나는 자신 있습니다! 하하."

"안 그래도 할 일이 많았는데 잘 됐어요. 일단 오늘은 들어가서 좀 주무세요. 들어가 바로 오른쪽에 있는 방 쓰시면 됩니다."

"고맙습니다!"

영미와 봉수가 해인을 향해 인사를 한다. 방으로 들어가다 다시 한번 더 인사를 한다. 해인도 두 사람을 향해 고개를 숙인다.

두 사람이 완전히 방으로 들어가자 해인이 안도의 숨을 내쉬며 가슴을 쓸어내린다. 오랫동안 쓰지 않던 능력을 꺼내보게 된 것만으로도 마법 같다.

"괜찮아, 잘했어. 수고했어."

해인은 오른손 주먹을 쥐고 왼편 심장을 쿵쿵 치며 말한다. 굉장히 힘들지만 처음 느끼는 감정이 피어오른다. 이 마음은 대체 뭐지? 심장을 치는 해인의 등 뒤로 라벤더 꽃잎이 몰려온다. 새벽이 오고 있다는 신호다.

"아, 매뉴얼 북에서 읽은 그 순서인가? 아침을 여는 푸른 새벽의 시간."

글로만 읽을 땐 이해되지 않던 푸른 새벽의 행복을 비는 시간이 바로 지금이다. 행복사진을 찍고 원본 필름을 걸어 밤에서 새벽이 오는 시간에 하늘로 올려 보내면 행복이 아닌 얼룩의 시간을 빠르게 감아 망각하게 해준다. 인간이 가진 재능 중 쓸 만한 것이 바로 망각 아닌가. 온통 시궁창 같던 암흑의 시간이 망각을 통해 희미해지며 새벽을 밝히고 새 아침을 만든다. '시간이 지나면 다 괜찮아질 거야'는 의미 없는 희망 고문이 아닌, 시계태엽을 돌리는 마법의 주문인 것이다.

해인은 널어둔 필름 앞으로 가서 어색하게 손을 모으고 눈을 감았다 다시 뜬다.

"그런데 무엇을 빌어 하늘로 올려주어야 하지? 그래. 일단 오늘은 저 가족의 행복을 빌어보자."

해인이 다시 눈을 감는다. 오늘 처음 만난 이들이지만 행복하길 바라본다. 눈을 뜬 내일도 행복하게 살아가길 바라본다. 해인이 소망을 빌자 빨랫줄에 널려 있던 필름 속 이미지가 천천히 하늘로 날아간다. 해인의 등 뒤에 있던 푸른 꽃잎들도 하늘로 함께 날아가며 천천히 어둠이 걷히고 푸른 새벽이 온다. 이제 곧 해가 뜨고, 새 아침이 올 것이다. 간밤에 어떤 일이 있었건 아침이 올 것이다.

눈을 뜬 해인이 빨랫줄에 걸려 있던 필름을 걷어 손에 쥐고 새벽이 오는 하늘을 향해 비춰본다. 필름에 맺혀 있던 이미지는 푸른 꽃잎으로 스르르 변하며 하늘로 올라간다. 동네에 진한 꽃내음이 번지고 서서히 아침이 밝아온다. 해가 뜨며 필름은 말갛게 비워진다. 아무것도 새겨지지 않은 빈 필름을 하늘로 비추어 본다.

"지은 씨의 빨간 꽃잎이 노을을 불태워 밤을 밝히듯, 나의 파란 꽃잎이 아침을 여는구나. 진짜 책에서 읽은 그대로 되네. 신기해. 하암… 너무 졸리다. 긴장이 풀려 그런가. 나도 잠깐 눈 좀 붙여야겠다."

계단을 내려가는 해인의 등 뒤로 말간 얼굴을 한 새 아침의 해가 천천히 떠오른다. 소리 없이 고요하게, 아침이 밝아온다. 새 아침이 온다는 사실 만으로도 광명이다. 그러고 보면 광명은 언제나 이렇게 소리 없이 온다. 오는 줄도 모르게, 일상처럼, 아침처럼. 그렇게. 기다리면 언제나, 틀림없이.

가장 먼저 일어난 봉수가 1층으로 내려와 무얼 수리해줄지 살피고 있을 때 우리분식 사장이 나타나 가게 문을 연다. 몇 시에 잠들건 새벽에 일어나는 봉수와 손님이 있건 없건 일찍 문을 여는 우리분식 사장이다.

"아이고, 잘 잤는감? 일찍도 일어났네."

"안녕히 주무셨습니까, 혹시 제가 도와드릴 일이 있습니까?"

"으미 오늘 시간이 있는 겨? 그럼 저기 저거 좀 저리로 옮겨주면 고맙지! 그르치 그걸 거기로! 아이고 역시 힘이 장사여."

"아닙니다. 또 뭘 도와드리면 될까요?"

"잉, 거시기 저 중요허게 도와줄 일이 있었는디… 아 맞다, 나 무릎이 아퍼서 장을 못 봤는디, 당근이 똑 떨어졌지 모여! 자네 야채 트럭에 당근 있으까?"

"물론이죠, 당근만 드리면 될까요?"

"그러면은 오늘은 비빔밥 좀 해 묵을랑께, 그 버섯이랑 오이도 좀 줘 봐바. 얼마여?"

"돈은 됐습니다. 제가 그냥 드릴게요."

"뭘 그냥 준댜. 받아야 할 건 제대로 받고 그냥 주는 건 그냥 주는 거제. 잠깐만 기둘려, 자네 어제 김밥값 안 냈제? 그게 3천 원이여!"

"그럼 야채는 다 해서 5천 원입니다."

"그려? 그럼 내가 자네 2천 원만 주면 되제? 사비스로 깻잎 있음 몇 장 줘 봐바. 이따 애기 참치랑 깻잎 넣고 김밥 좀 싸 줄랑께."

"네, 많이 드릴게요. 트럭에 좀 다녀올게요!"

우리분식 사장이 내미는 2천 원을 받아 들고 트럭에 온 봉수는 조수석을 열어 검은 봉지를 꺼낸다. 소중한 천 원짜리 잔돈 다발에 2천 원을 끼우고 침을 묻혀가며 천천히 돈을 센다.

"마흔여덟… 마흔아홉… 쉰! 정말 간절했던 천 원짜리

두 장이 더 생겼네! 쉰 장이라니. 오랜만에 세보네."

새 아침을 맞자마자 2천 원을 번 봉수는 가슴이 벅차다. 어제와 같은 아침이지만 오늘은 다른 아침이고, 내일도 다를 것만 같은 아침의 시작이다. 이리 가벼운 마음이 드는 아침은 처음이다. 다시 태어난 듯 마음이 가볍다. 불운과 불행이 완전히 씻겨 내려가진 않았지만, 어쩌면 봉수의 인생에도 깨닫지 못했던 행운이 드문드문 도처에 있었을지도 모른다. 어젯밤 하루만으로도 인생에서 만날 수 있는 모든 행운을 다 만난 것 같다. 봉수는 인생에서 가장 큰 행복을 담은 행복사진을 소중하게 운전석 선바이저에 끼운다.

"행복이 뭐 별거냐, 지금 살아 있는 거! 이게 행복이지. 윤이랑 영미랑 함께 밥을 먹을 수 있는 모든 날들이 행복이지! 정말 행복사진이네. 껄껄!"

봉수는 마음이 슬플 때 이 사진을 꺼내어 볼 참이다. 행복했던 순간이 슬픈 날들을 견디게 해줄 테니. 슬프고 다치고 상처받은 시간을 집으로 돌아가 만날 행복을 기다리며 다독이게 될 테니. 봉수는 다시 태어난 듯 살아갈 희망이 생긴다. 사진을 끼우고 백미러를 보며 거울 속 자신과 눈이 마주친다. 두 주먹을 불끈 쥐고, 거울 속에 비친 자신의 눈동자에 힘을 주며 말한다.

"할 수 있어, 봉수 이놈아. 허튼 생각하지 말고 열심히 살어!"

"지금 뭔 소리 하는 겨?"

"아이고 깜짝이야. 사장님 언제부터 거기 계셨어요?"

"나 지금 왔제. 찾아보니께 우리 파도 없고 계란도 다 떨어졌어. 늙은이라 무릎이 아파서 장 보기가 힘든디, 일주일에 두 번씩 우리 가게에 쓸 재료들 싹 다 배달 좀 해줘."

"배달이요?"

"잉, 배달. 요즘 거시기 배달 안 되는 데가 없다던데? 맞네, 여행 왔다고 했제? 멀리 사는 겨?"

"아… 저 그게… 저희는 사실."

봉수가 머리를 긁적이는 사이 영미가 곁에 다가온다. 봉수의 오른팔을 살짝 잡는다. 두 사람의 대화를 들은 영미가 사장을 향해 고개를 끄덕인다.

"아이고 애기 엄마도 잘 잤는감? 그래 배달을 해준다는 겨, 안 해준다는 겨? 멀리 살면 어쩔 수 없고."

해드릴게요.

영미가 메모지를 꺼내 우리분식 사장에게 적어 보인다. 어젯밤 목소리를 내긴 했지만 말을 하지 않고 살아 영미는 이게 더 편하다. 사장은 메모지를 받아 들더니 이를 활짝 드러내고 웃으며 박수를 친다. 사장의 박수에 두 사람도 함께 웃는다.

"잘 됐구만! 잘 됐어! 장 보러 나가는 기 제일 힘들었는디 두 사람 덕분에 이제 편하거써! 아이고, 그럼 난 들어갈게, 야채는 가게로 갖다줘어!"

"네, 사장님. 필요하신 야채들 알려 주시면 가장 싱싱하고 맛있는 것들로 가져다 드리겠습니다. 염려 마세요. 제가 예전에 동네에서 가장 좋은 야채로 가장 많이 파는 사람이었습니다! 감사합니다."

"감사는 뭐, 이제 늙은이 걱정 하나 덜었네. 돈 워리 비해피, 어제부터 이 노래가 라디오에서 그르케 나오더니만 해피여 해피! 어메, 근디 밤에 비가 그렇게 퍼붓더니 쌍무지개가 떴네? 고와라. 그라체, 날도 궂고 비가 와야 무지개도 뜨는 것이고 해도 뜨는 것이제. 아, 근디 두 사람은 이름이 뭐여?"

"저는 봉수이고 이 사람은 영미입니다."

"봉수랑 영미, 아따 이름도 이쁘다. 무지개처럼 이쁘다, 그럼 나는 먼저 들어갈게잉."

우리분식 사장이 온 얼굴에 주름 가득 웃어 보인다. 양팔을 엇박자로 흔들며 뱃살을 출렁이며 트위스트 춤을 추듯 온몸을 들썩이며 가게 안으로 들어간다. 그 모습을 나란히 서 바라보던 영미는 종이에 글을 적어 봉수에게 보인다.

봉수 우리 살자.

"그래 영미야. 우리 살자. 근데 여기는 우리 집에서 너무 먼데, 왜 일주일에 두 번씩 배달을 해드린다고 했어?"

봉수 여기 좋아. 우리 여기서 살자.

"여기서? 이사 오자는 말이야?"

응 나 좋아. 메리골드.

"그럴까? 사실 나도 여기가 이상하게 좋네. 우리가 고향 같은 게 없어서 그리운 도시가 없었는데 여기는 푸근해. 우리 월세 석 달치 밀린 거 내면 이 동네 보증금 할 돈이 되려나. 알아봐야겠다."

나도 나가서 벌어볼게. 오늘부터 우리는 여기가 고향이야.

"그래 영미야, 우리 여기를 고향으로 하자. 이 도시는 우리를 환대해 주는 기분이 들어. 여기서 살자, 일단 방부터 구해보자."

고마워 봉수. 나는 봉수 덕분에 어린 시절부터 지금까지 너무 행복해.

"영미야…"

그러니까 봉수는 아파도 우리 옆에 있어. 나는 봉수랑 있으면 행복해.

"영미야…"

핸드폰 꺼내 봐봐. 우리 사진 찍자.

울음이 터질 것 같은 표정으로 서 있던 봉수는 핸드폰을 꺼내 셀카 모드로 돌린다. 눈물이 맺히는데도 슬프지가 않다. 두 사람의 눈에서 흐르는 뜨거운 눈물의 맛은 짭조름하다. 아프지 않다. 살아갈 희망이라는 게 생겼다. 저기 보이는 쌍무지개처럼, 우리네 삶도 어쩌면 여기서는 고되지만은 않을 것 같다. 두 사람은 심장 뻐근하게 행복해서 운다.

핸드폰을 손에 쥐고 웃으며 울고 있는 두 사람의 등 뒤로 일곱 빛깔 무지개가 번진다. 마치 날개 돋듯이, 무지개가 아름답게 퍼져나간다. 인생이 빨간 맛인 줄로만 알았는데, 노란 맛도 초록 맛도 있을 것만 같은 기대를 품고 무지개를 본다.

"봉수, 거 무랑 가지도 좀 있는가? 묵은지랑 무 넣고 김치무조림 바글바글 끓이고 가지전 좀 해 먹을까 봐. 먹고 싶은 게 많은 걸 보니 나가 아즉 젊으네! 청춘이여, 껄껄. 그나저나 오늘 할 일이 많은디 혹시 자네들 시간 있는감? 가게 일 좀 안 도와줄 텨? 일당 두둑이 쳐 줄게, 와서 당근채 좀 썰어쥐 봐잉! 자, 가능하면 양손 동그라미 혀봐!"

"하암, 할머니 동그라아미! 동그라미 백 개요! 가지전 좋아해요! 저도 할래요!"

"아이고 우리 꼬마 아가씨, 가지도 묵을 줄 알어? 기특혀, 껄껄."

잠에서 깬 윤이 눈곱도 떼지 않고 양손을 위로 올려 동그라미를 그리고 양쪽 다리도 구부려 동그라미를 만든다. 아이의 동그라미를 바라보며 모두 웃는다.

어쩌면 인생은 파란 맛인 것 같기도 하고. 이곳에서 그동안 맛본 적 없는 생의 맛을 만나게 되지 않을까. 주황색

당근과 보라색 가지를 봉투에 잔뜩 담으며 입가에 웃음이 새어 나온다. 윤이 뒤에서 영미의 허리를 감싸 안는다. 영미는 허리에 감긴 아이의 작은 손을 잡아 입을 맞추고 우리 분식 사장을 향해 양팔로 크게 동그라미를 만든다. 동그라미를 한 영미의 팔 뒤로 소리 없이 동그란 해가 뜬다. 고요하게 새 아침이 시작되었다.

"여기 아침 해가 정말 예쁘다. 매일 보는 해가 이렇게 예뻤나? 영미야, 윤아 거기 서봐, 사진 찍어줄게. 사람들이 사진을 왜 그렇게 찍나 했더니, 소중한 순간을 잡아두고 싶어 그런가 봐. 자, 하나 둘 셋!"

찰칵!

사진 몇 장 들어 있지 않던 봉수의 핸드폰 앨범도 잠에서 깨 기지개를 켠다. 사진을 찍은 봉수는 사진관 밖으로 나온 해인을 발견하고 달려간다.

"해인 사장님 안녕하세요!"

"네 안녕하세요."

"궁금한 게 있습니다. 사진을 찍고 푸른색 꽃을 봤어요. 그런 장면은 태어나 처음 본 거라… 꽃이 어떻게 날아다닐 수 있는지 아무리 생각해도 이해되지 않아서요. 마술 도구처럼 신비한 장치가 있습니까?"

"마술은 아니고 일종의 마법이죠."

"마법…이요?"

"네, 마음 사진관에서 행복사진 찍을 때만 마법 같은 일이 일어나죠. 푸른 꽃은 사람들 마음에 든 멍을 찍을 때 나타나요. 원래 하얀 목화솜처럼 고운 마음이 상처로 이리 맞고 저리 맞아 검푸른 멍이 든대요. 그런데 행복사진을 찍으면 행복한 기억이 마음 아픈 상처의 기억을 덮어 아름다운 푸른색으로 변하면서 멍이 빠진대요. 하늘이 파란 건 사람들 마음의 멍을 희석시켜 주느라 꽃잎이 많이 올라가서가 아닐까 싶어요. 꽃잎은 매번 머무는 게 아니라 제가 사진 찍는 대상을 향해 간절한 마음으로 행복을 빌면 행복사진을 찍는 순간에만 나타나요."

"아… 그래서 하늘이 유난히 쨍하게 아름다운 날에는 이상하게 마음이 시리고 눈물이 나는 것이었군요. 정말 놀랍네요."

봉수는 벌린 입을 다물지 못하고 하늘과 해인을 번갈아 바라본다. 코끝에 아름다운 꽃향기가 맺힌다. 어쩌면 이 도시에서는 정말로 행복을 찾을 수 있을 것만 같은, 희망이라는 꿈을 한번 더 가져보고 싶은 기분 좋은 바람이 분다.

"유난스럽다, 정말. 다 늙은 사람들끼리 가끔 만나서 밥 먹을 수도 있지. 왜 그렇게 난리야?"

"엄마, 사람들이 욕해. 내가 석호랑 헤어진 지 벌써 7년 인데 아직도 석호네 엄마랑 밥을 먹고 그 집 며느리까지 만 나면 어쩌라는 거야. 석호 그 자식이 바람나서 헤어진 거 몰라?"

"그거야 젊은 시절엔 그럴 수 있지. 너희 대학 때 만났 잖아. 그리고 석호 와이프가 얼마나 싹싹한데. 걔가 나한테 어머니 어머니 하면서 얼마나 잘하는 줄 아니? 네가 그 반 만 따라갔어도 석호가 바람 안 났을 거다."

"대체 일하는 사람한테 전화해서 이런 말을 하는 저의가 뭔데? 그리고 왜 모르는 번호로 전화를 걸었어?"

"시끄러! 목소리 낮춰! 니 엄마 귀 안 먹었어. 저의는 무슨. 어려운 말 쓰지 말어, 너 많이 배웠다고 엄마 무시하는 거야? 니가 전화를 안 받으니까 지나가던 사람 전화기 잠깐 빌렸어. 딸한테 엄마가 이렇게 힘들게 전화를 해야겠니? 매정한 년."

"문자를 남기라고."

"문자 쓰기 귀찮아. 그리고 석호 엄마를 만나건 말건 너는 너 인생이고, 나는 내 인생인데 왜 난리야. 너도 결혼했잖아. 괜히 여자가 잘 나간다고 유세 부리지 말고 우리 판사 사위 박 서방이랑 애나 하나 만들어. 여자는 자기 남편 돈 받아 생활비 쓰고, 보호받아야 행복한 거야. 맨날 그렇게 야근하다 박 서방도 바람나지. 쯧쯧쯧, 수지 맞을라고 이름을 수지라고 지었더니 대체 뭘 하는 거니."

"이름 짓기 귀찮아서 동사무소 직원이 지었다며."

"계집애가 쪼잔하게 고모가 그냥 한번 던진 말을 기억해. 짓기 귀찮은 게 아니고 추천 받은 거지! 너 나온 해에 가장 유행하는 이름이라길래 지었지! 아무튼 다른 집 자식들은… 어머머 내 정신 좀 봐, 운동 가야 하니까 이만 끊자."

"알아듣게 두서 있게 말하라고! 자꾸 이런 식이면… 여보세요? 엄마? 엄마!"

뚜뚜뚜….

오늘도 이런 식이다. 업무 시간인 걸 뻔히 알면서도 받을 때까지 전화를 걸던 엄마는 자기 할 말만 하고 끊는다. 회의 시간에 진동이 하도 울려 핸드폰을 꺼두면 사무실 번호로 전화를 건다. 그러고서 한다는 말은 대부분 위하는 척하는 교묘한 비난, 신세 한탄, 혹은 오빠가 힘드니까 돈을 보내주라는 말이다. 하도 전화가 많이 와서 이제 비서가 눈치껏 메모를 남기고 전화 연결을 하지 않지만, 오늘처럼 모르는 번호로 전화하는 날엔 속수무책으로 당한다. 오늘의 용건은 7년 전 헤어진 전 남자친구 석호네 엄마랑 밥을 먹으러 갈 건데 나도 올 것이냐는 말이다. 말이 말 같아야 말이지. 머리가 아프다.

"내 이름은 수지가 아니라 수현이라고. 이름 바꿨다고 몇 번을 말해!"

끊어진 전화기에 대고 중얼거리며 다시 읽던 서류로 시선을 돌린다. 분기에 한 번 있는 그룹사 통합 마케팅 전략 기획 목표를 회장님께 보고하기 위해 프레젠테이션을 준비하던 수현은 손가락으로 지끈거리는 관자놀이를 누른다.

재판이 세 개 있어.

휴대폰 진동이 짧게 울리고 엄마의 잘난 사위 박 서방에게 메시지가 온다. 앞뒤 설명을 생략한 사실 통보 문자를 보내는 주민등록등본 1열의 박동욱. 문자의 해석은 긴말하기 귀찮은데 재판이 세 개 있어 스트레스 받고 피곤하니 엄마 집에서 자겠다는 의미이다. 수현은 핸드폰을 열어 '힘내'라고 썼다 지우고 "알겠어"라고 답장을 보낸다.

똑똑똑.

"상무님, 30분 뒤 회의 시작입니다."

"알겠어 아정 씨. 미안한데 혹시 두통약 있을까?"

"그러실 줄 알고 지금 가져왔어요. 생수 여기 있어요."

"역시 아정 씨야. 고마워."

"또 어머님한테 전화 받으셨어요? 사내로 오는 전화는 제가 돌리긴 했는데."

"어, 실수로 받았어. 약 잘 먹었어. 보고서 좀 더 검토하고 이동할게. 아정 씨는 어젠다 모두 이해했지? 오늘 중요한 보고야."

"네, 충분히 복기했습니다. 상무님 그럼 20분 뒤에 회의 리마인드 드릴게요. 그런데 상무님, 제가 이런 말씀 드려도 될지 모르겠지만…."

"해도 될지 모르겠다면 하지 마. 네 안에서도 확신이 안 드는데 그런 말을 미리 까는 건 네 죄책감을 덜고자 하는 널 위한 워딩이지. 단어 선택 신경 쓰라고 했지?"

"죄송합니다 상무님. 무례했다면 사과드립니다."

"오케이, 그 사과 받아들일게. 악의 없는 것도 알고, 아정 씨가 어떤 염려를 하는지 아는데, 이건 내 일이야. 그리

고 여긴 회사고. 나랑 사적으로 친해도 공적으론 구분해 주
길 바라. 이런 말을 해도 상대가 불편하지 않겠다는 확신
이 들면 그때 말해. 말 한마디로 상처 주고, 말 한마디로 치
유하는 세상이야. 때론 하고 싶은 말을 상대를 위해 삼키는
것도 어른에게 필요한 덕목이야."

"네, 조심하겠습니다. 그럼 이만 나가보겠습니다."

지수현의 비서 아정은 노트북을 노려보며 한 손으로 관
자놀이를 지압하는 자신의 상사에게 조용히 목례를 하고
방을 나온다. 같은 동네에서 자란 아정은 수현의 집안 분위
기를 잘 안다. 아정의 언니와 친구였던 수현은 동네에서 공
부 잘하기로 유명한 '엄친딸'이었다. 수현이 아정의 집에
놀러 올 때면 아정은 괜스레 곁을 맴돌았다. 그러다가 수현
이 화장실에서 몰래 엄마와 전화 통화하는 걸 여러 번 듣기
도 했다. 공부도 잘하고 똑똑하고 멋진 저 언니는 왜 저리
화난 듯 미간이 늘 찌푸려져 있나 했더니, 저런 이유였나.
아정은 화장실 앞에 서 있다가 수현이 나오면 들키지 않으
려 방으로 뛰어 들어가곤 했다.

왕래가 끊기고 아정이 대학을 졸업했을 무렵, 하고 싶은
일을 찾지 못한 아정은 운이 좋게 전자기기 회사에 입사했
다. 그다음 해 수현이 상무로, 아정이 비서로 발령을 받으
면서 오랜만에 만나게 됐지만 아정은 표 나게 좋은 티 내는
걸 질색하는 수현의 성향을 알기에 반가움을 크게 내색할

수 없었다. 조용히 문을 닫고 수현의 방문을 응시하다 자리로 돌아올 뿐이었다.

한편 수현은 지금 회사에서 가장 중요한 이슈를 다루어야 한다. 수현의 말 한마디에 한 해 마케팅 예산의 절반이 왔다 갔다 하는 프로젝트의 시작이다. 이번 분기 전략 기획 보고는 향후 유럽과 미국 시장 진출을 위한 휴대폰 신제품 블라인드 테스트로 더욱 신중을 기해야 한다. 전 그룹사의 핵심 인력들이 한 달 밤을 새우다시피 만들어 낸 전략들이다. 내년 진출을 목표로 하라는 회장의 지시에 따라, 이미 시장에서 자리매김한 선발주자들과 경쟁하며 최대한 빠르게 브랜드 인지도를 넓혀야 한다. 개발 중인 휴대폰 시장이 워낙 트렌드에 민감하기 때문에 개발자들도 다 함께 모인 중요한 날이다.

그런데 엄마의 전화에 그만 맥이 풀려버렸다. 이기적인 사람, 이렇게 싫어할 거면 나를 왜 낳은 거지? 아니, 이렇게 싫어하려고 나를 낳은 건가. 감정 쓰레기통인 걸 알면서도 엄마를 거절하지 못하는 자신이 참 한심하다. 내가 지금까지 어떻게 살아남았고, 어떻게 여기까지 왔는데….

"쟤는 계집애가 왜 소름 돋게 이를 악물고 공부를 저렇게 해? 인간미 없이 독해 빠졌어. 아이고, 우리 귀한 아들 왔어? 오늘 하루는 잘 보냈어? 뭐가 먹고 싶어 우리 아들!"

다섯 살 많은 오빠보다 잘하는 건 공부밖에 없던 수현이다. 여자로 태어난 건 수현의 뜻이 아닌데, 여자로 태어났다는 이유로 엄마의 미움받이로 자라났다. 자식은 참 힘이 약하다. 아무리 엄마가 나를 싫어해도 한 번의 따뜻한 눈길만 받으면 마음이 녹는다. 수현은 늘 엄마의 사랑이 고팠지만 언제나 오빠에게만 애정과 관심이 돌아갔다. 그나마 성적을 잘 받아 오면 엄마는 머리를 한 번 쓰다듬어 주며 동네 아줌마들에게 전화를 돌렸다. 엄마의 눈에 들기 위해 내내 공부를 잘하던 수현은 좋은 성적으로 우리나라 최고의 대학 법학과에 들어갔지만 적성에 맞지 않아 방황했다. 그리고 우연히 친구가 가입한 공대 창업 동아리에 들어갔다. 엄마가 여자는 공대에 가면 안 된다고 했는데… 그럼에도 수현은 재밌어도 너무 재미있었다. 그때 만든 화장품 사용 리뷰 어플을 폭풍처럼 성장시켜 스타트업을 창업했고, 높은 금액에 매각해 현재 회사에 스카우트된 지 2년 차다.

수현이 창업해 온라인 시장을 장악한 회사는 오프라인 매장 진출과 글로벌 확장에 성공했고 K뷰티 붐을 타고 해외 시장에서 더욱 가파른 성장세를 보였다. 이를 눈여겨보던 지금의 회사에 스카우트 되면서 수현은 파격적 조건의 초고속 승진으로 이목을 끌었고 최연소 상무까지 달았다.

높은 연봉과 반짝이는 명함에는 그 이상의 성과에 대한 기대와 부담이 동반되었다. 매년 계약을 갱신하기 때문에 올해는 눈에 띄는 퍼포먼스를 보여주어야만 한다. 부담은 되지만 능력을 입증할 수 있어 짜릿하다. 그런데 집에 못 들어간 지가 며칠 째더라. 일주일인가. 입고 있던 후드 티의 냄새를 맡다 헛구역질을 한다. 아무래도 사무실에 있는 정장으로 갈아입어야겠다.

"후… 릴렉스, 마음을 가라앉히자. 명상 음악이라도 좀 들어야지."

수현은 명상 어플을 켜고 잠시 눈을 감는다. 두 손을 모으고 릴렉스… 릴렉스….

지이이이잉, 지이이이이잉, 지이이이잉.

릴렉스하려는 찰나, 휴대폰 진동과 함께 '엄마'라는 두 글자가 뜬다. 수현의 표정이 괴롭게 일그러진다.

"그만 좀 해, 그만 좀! 나 좀 내버려 두란 말이야!"

신경질적으로 휴대폰을 던진다. 휴대폰이 바닥에 몇 번 구르더니 깨지지도 않고 지속적으로 진동을 보낸다. 자사 제품을 사용하는 수현은 힘껏 내던져져도 액정에 실금 하나 가지 않는 핸드폰을 보고 실성한 듯 웃으며 박수를 친다.

"우리 회사, 제품 기가 막히게 잘 만든다! 우리 내년 미국 시장 진출 성공하겠네!"

핸드폰을 집어 들어 몇 걸음 걷던 수현은 물고기 없이

물만 가득 찬 어항을 물끄러미 바라본다. 바다를 보고 싶은
데 시간이 없으니 큰 어항을 들여 물을 본다. 물고기 한 마
리라도 키우는 순간 책임져야 할 대상이 생기는 것 같아 물
고기는 넣지 않았다. 수현은 왼손에 들린 휴대폰을 어항에
넣는다. 서서히 가라앉으면서도 진동은 끊어지지 않고 울
린다.

　"생명이 없는 전자제품이 생명체 같네. 너도 헤엄칠 수
있니?"

　어항 속에서 진동이 울리며 생기는 물의 파동을 바라보
던 수현에게 섬광처럼 어떤 아이디어가 스친다. 그래, 바로
이거야. 노트북을 열고 페이지를 한 장 추가한다.

　똑똑.

　"상무님, 회의 20분 전입니다."

　"아정 씨, 우리 자료 다시 뽑을 수 있을까?"

　"지금…요?"

　"어, 지금. 한 장만 더 추가하면 되니까 기존 자료 그대
로 두고 한 장만 인원수대로 출력하자. 미안해, 너무 타이
트하지. 지금 메일로 쏴줄게. 부탁해!"

　"네, 알겠습니다 상무님. 그런데 괜찮으세요? 안에서 큰
소리가 나서요."

　"괜찮아. 그럼 자료 출력해서 회의실로 와줘. 난 옷 좀
갈아입고 갈게."

"알겠습니다. 정장은 여기 있고, 회의실 내부 세팅은 마무리했습니다."

"역시 우리 아정 씨, 고마워."

수현이 패드를 챙겨 방을 나선다.

"저 상무님! 슬리퍼 갈아 신으셔야죠! 곰돌이 푸 슬리퍼가 귀엽긴 하지만… 머리는 감으셨죠?"

"맞다, 신발. 땡큐! 머리는 어제 감은 거 같아. 묶으면 돼!"

수현을 부르는 아정의 다급한 목소리에 수현은 뒤돌아 아정에게 오른쪽 눈을 찡긋하며 윙크를 한다. 칼날처럼 단정하게 떨어진 단발머리가 윙크와 함께 경쾌하게 흔들린다. 거울을 보며 손목에 걸려 있던 머리끈으로 머리를 단정히 묶는다. 등 뒤에서 아정의 동경의 눈빛을 읽은 수현은 살짝 웃어 보이며 검은색 구두를 갈아 신는다. 수현은 그룹 내 여자 사원들의 롤 모델이다. 여자를 임원으로 잘 채용하지 않는 그룹사에서 실력으로 임원이 된 수현을 닮아가고 싶어 하는 이들이 많다. 수현은 거울을 보며 옷매무새를 점검한다. 정장이 답답해 괜히 몸이 간지럽다. 평소엔 청바지에 운동화를 신고 백팩을 메는 수현은 회장 보고가 있는 날만 정장을 입는다.

"왜 우리 회사는 상무가 운동화를 신고 회의에 들어가면 가재 눈을 뜨고 보는 거야, 불편하게. 꼰대들."

아정이 듣지 못하게 혼자 중얼거리며 수현은 방문을 열고 나선다. 이제 나의 무대다.

"상무님! 핸드폰이 어항에 있어요! 제가 뺄까요?"

"그대로 둬. 핸드폰도 숨 좀 쉬라고 해. 받을 전화, 아니 받고 싶은 전화 없어."

핸드폰에서 멀어져 나는 나의 일을 해야 한다. 내 이름은 지수현. 거꾸로 하면 현수지.

현수지라는 이름에 드리운 그림자가 싫어 스타트업 창업 이후 선택한 나의 이름은 지수현. 나는 지수현이다. 할 수 있다. 심호흡을 한다. 긴장되네. 괜찮아, 마인드 컨트롤. 두려워 할 것은 두려움 그 자체일 뿐이야. 나는 할 수 있어. 속으로 자신을 응원하며 감았던 눈을 뜨니 방금 전의 감정은 사라지고 여유로운 미소를 짓는 수현이 여기 서 있다. 어느새 임원들과 회장이 착석하고 아정이 추가된 한 장의 슬라이드를 나누어 준다. 지금부터 시작이다. 마이크를 잡은 수현이 3초간 침묵하더니 말문을 뗀다.

"지금부터 내년도 해외 시장 진출을 위한 신제품 전략 기획 발표를 시작하겠습니다. 모두가 잘 아는 애플의 스티브 잡스는 직관과 혁신으로 지금의 애플을 일구어 냈습니다. 하지만 우리는 애플과 달라야 합니다. 우리는 이제부터 제품을 팔지 않을 것입니다. 제품이 아닌, 살아 있는 생명체를 판매할 것입니다. 살아 돌보아 주어야 하는, 나를 케어할 수 있는 반려 생물과 함께하는 라이프 스타일을 판매할 것입니다. 이제부터 혁신의 아이콘은 우리가 될 것입니다."

수현의 한마디, 호흡 한 번에 회의장 공기의 흐름이 바뀐다. 임원들의 꼿꼿하던 자세가 수현을 향해 기운다. 오늘도 해낼 수 있겠다. 내 이름은 지수현. 거꾸로 하면 현수지. 지금 이 회의장에는 지수현이 서 있다. 껍데기는 가라는데, 껍데기 말고 내면의 현수지는, 가라!

우레와 같은 박수갈채와 회식의 잔흔은 밤에서 그대로 아침으로 건너왔다. 다만 어제의 박수는 반짝였고, 오늘 회식의 잔흔은 아름답지 않다. 진한 숙취로 잠에서 깨어 수면 안대를 벗은 수현은 침대 옆 협탁을 더듬어 리모콘을 집고 커튼 오픈 버튼을 누른다. 짧은 시간에 촤라락, 암막 커튼이 열리는 모습을 보며 침대에 걸터앉은 수현은 창문 너머 한강 뷰를 바라본다. 강을 바라보던 수현이 일어나 창밖을 바라본다. 눈앞의 강변북로는 토요일 아침부터 분주하게 오가는 차들로 가득하다. 멍하니 밖을 바라보던 수현은 문득 스산한 기운이 들어 잠옷을 여민다.

"다들 휴일엔 어디로 가는 거야? 나도 좀 데려가지. 나는 갈 데가 회사밖에 없는데."

중얼거리며 대충 겉옷을 걸치고 거실로 나온다. 높은 층고의 거실 벽 한가운데에는 김환기의 그림 〈어디서 무엇이 되어 다시 만나랴〉가 걸려 있다. 아무리 보아도 모조품인 것 같은데, 박동욱의 모친은 진품이라고 우긴다.

"무식한 사람."

박동욱 모친이 빨간 립스틱을 바른 입술로 얼토당토않게 우길 때마다 수현은 속으로 되뇌며 그녀의 말이 끝나기만을 기다린다. 사채로 돈을 벌어 월급 사장을 세우고 투자회사를 설립한 박동욱의 모친은 '가성비'를 외치는 사람이다. 그녀가 수현을 맞선 시장에서 며느리로 점찍은 건 '가성비'가 뛰어나서라고 했다. 의사나 변호사 같은 전문직이어서 자기 아들을 기죽이지도 않으면서도 기사에도 나오고 언론에도 가끔 얼굴을 비추니 내놓기 좋은 며느리. 멋도 많이 내지 않고 명품도 좋아하지 않아서 유지비가 적게 들 것 같은 며느리. 결혼 6개월 만에 자신을 가성비로 선택했다고 말하는 박동욱 모친의 빨간 립스틱 삐져나온 입술을 보고 수현은 헛구역질을 했다. 임신 초기였고, 그날 스트레스성 유산을 했다.

"쯧쯧쯧… 쟤는 튼튼하게 생겨서 몸이 왜 저렇게 약해. 보약 한 재 지어 보낼 테니까 감사하게 먹어. 동욱아, 너는

94

재 아파서 밥 차려줄 사람 없으니까 이번 주엔 엄마 집에 와서 지내."

"엄마, 그래도 저 사람 혼자 있는데…."

"뭐가 혼자야. 아줌마가 와서 청소해 주고 냉장고에 반찬도 넣어주는데 호강이지. 그리고 너는 지금 판사 임용된 지도 얼마 안 됐는데 스트레스가 얼마나 많겠어, 우리 아들. 뭐 필요한 건 없어?"

"그렇긴 하지. 요즘 일이 많긴 해. 엄마, 그럼 나 정장이나 사러 갈까?"

"그래그래, 정장도 사고 구두도 사자. 애, 새아가, 너는 편하게 집에서 푹 쉬어라. 너 밥할 기력 있을 때 동욱이 보낼게."

"네, 어머니…."

차별과 정서적 학대에 익숙한 사람은 동일한 상황에서 자신을 지킬 용기가 나지 않는다. 박동욱 모친의 차별과 폭언은 수현이 집에서 엄마에게 받던 대접과 큰 차이가 없었다. 다만 차별 받는 대상이 오빠에서 남편으로 바뀌었을 뿐. 선을 본 지 3개월 만에 집안의 뜻으로 결혼한 박동욱은 사람이 착해 보여서 좋았다. 착한 사람은 자신을 아프게 하지 않을 것 같았다. 하지만 '착한 사람'과 '우유부단한 사람'은 의도치 않아도 다른 대상들을 충분히 아프게 할 수 있다는 걸 결혼 3년 차가 되어서야 알았다.

빈 거실을 지나 부엌 냉장고 문을 열려던 수현은 손잡이에 붙어 있는 파란색 포스트잇을 떼어낸다.

엄마 집에 가 있을게.

무표정하게 떼어낸 포스트잇을 싱크대 첫 번째 서랍에 넣는다. 이미 서랍에는 비슷한 내용의 파란색 포스트잇이 수십 장 포개져 있다. 수현이 그 위에 포스트잇을 붙이고 힘없이 서랍을 닫는다.

"아, 냄새. 이게 뭐야? 웬 날파리가 이렇게 끓어! 이 사람은 대체 배달 음식을 몇 끼를 시켜 먹고 안 치운 거야! 아후, 냄새!"

개수대엔 시켜 먹고 남은 음식이 그릇째로 그대로 포개져 있다. 어림잡아도 서너 끼를 먹은 양이다.

"물컵도 하나 없어. 참 내, 박동욱 왕자님, 미치겠다."

속이 상해 물을 마시려던 수현은 물컵을 모두 꺼내 쓰고 커피잔까지 개수대에 쌓아놓는 광경에 아찔하다. 냉장고에서 생수를 꺼내 뚜껑을 열자마자 목 안으로 들이붓는다. 박동욱에게 전화를 걸려던 수현은 이내 작은 한숨을 쉬며 청소도우미를 신청하고 곧이어 배달 어플을 연다. 자신이 먹을 음식을 고르기도 귀찮아서 맨 위에 있는 식당에서 김치찌개를 시킨다. 지금 박동욱 때문에 감정 소모할 기력이 없다. 오늘 저녁 뉴욕행 비행기를 타고 가서 고객사 기술 제휴를 위한 미팅을 준비해야 한다. 그새 전화기의 진동이 울린다. 화면에 뜬 이름을 본 수현의 미간에 삼각형의 슬픈 신호가 잡힌다.

박동욱 모친

수현은 전화를 받지 않고 진동이 멈출 때까지 물끄러미 바라본다. 감정이 텅 빈 얼굴로 진동이 멈춘 핸드폰을 들고 항공사 어플을 열어 비행기 시간을 체크한 뒤 택시를 예약한다. 항공권은 비즈니스 클래스로, 택시는 기사가 승객에게 대화를 걸지 않고 클래식 음악을 틀어주는 모범택시로 예약을 마무리하고 다시 배달 어플을 열어 커피를 두 잔 배달시킨다. 한 잔으론 잠이 깨지 않을 것 같다. 모든 예약을 끝내고 고개를 드니 수현의 눈앞에서 날파리 두 마리가 엉겨 붙어 날아다닌다. 물끄러미 파리를 바라본다. 저 작은 날파리도 두 마리가 저리 사이좋게 붙어 다니는데. 나는 작은 파리보다 못하단 말인가. 박동욱과 신혼여행 이후 둘이서만 식당에 가거나 여행을 간 적이 있나 생각해 본다. 박동욱은 모친의 말이라면 벌벌 떤다. 수현은 박동욱에게 왠지 모를 동정심과 동질감을 느꼈다. 다른 이유로 엄마를 거절해 본 적 없는 사람의 애처로운 연민에 그를 탓한 적이 없었다.

김치찌개, 배달이 완료되었습니다. 분실 우려가 있으니 식기 전에 가져가셔서 맛있게 드세요.

커피 두 잔, 배달이 완료되었습니다. 문 앞에 두었습니다. 맛있게 드시고 향기로운 하루 되세요.

수현이 날파리를 보는 사이 배달은 완료된다. 대체 어떻게 음식들이 주문한 지 10분 만에 도착할 수 있단 말인가. 물끄러미 배달 완료 문자를 보던 수현의 마음이 씁쓸해진다.

"다정하네. 엄마보다, 남편보다. 낯모르는 배달원분들 메시지가 제일 다정해."

현관에서 배달 음식을 가져와 국물을 몇 수저 떠먹고 커피를 마신다. 비행기에서 자료를 검토해야 하기 때문에 지금 잠이 깨야 한다. 의무적으로 카페인을 들이켜는 수현에게 새 문자가 도착한다.

사랑합니다, 고객님! 생일 축하 쿠폰이 발급되었습니다. 오늘부터 일주일 동안 모든 세탁물에 20프로 할인이 적용됩니다.

"사랑도 생일 축하도 다정도 밥 챙겨주는 것도 다 모르는 사람들이 자동 문자로 해주는구나. 근데 오늘 나 생일이었어? 미역국 시켜 먹을걸."

생일이면 왜 좋아하지도 않는 미역국이 먹고 싶은 건지. 생일이면 왜 나를 좋아하지도 않는 엄마 생각이 나는지 모르겠다. 이번엔 인스타그램을 연다. 화면에는 남편이 해준 음식에 남편이 사준 명품 가방이라며 동창들이 자랑하는 사진이 올라와 있다. 갑자기 입 안이 쓰다.

"니들은 좋겠다. 밥도 해주고 선물도 사주고."

쓴 침을 삼키며 씁쓸함에 핸드폰을 내려두고 수현은 서

둘러 샤워를 한다. 캐리어를 꺼내 들고 출장용 가방을 빠르게 싼 뒤 예약한 택시가 10분 뒤 도착이라는 알람 문자를 받고 현관 앞에 선다. 현관 앞 거울을 보며 마지막 체크를 하는데, 낯선 여자가 저기 서 있다. 누구지 저 여자는? 전자회사 최초이자 최연소 여성 임원 지수현인가, 생일에 축하해 줄 사람 하나 없이 배달 음식을 먹고 있는 현수지인가. 너는 누구니? 진동벨이 울린다.

"여보세요. 네, 도착하셨어요? 1층 현관 앞에서 기다려 주세요. 지금 내려갑니다, 딸…꾹."

택시 기사의 전화를 받고 딸꾹질이 시작된다. 딸꾹, 딸꾹. 아직 마르지도 않은 머리에선 물이 뚝뚝 흐른다. 운동화를 신으려던 수현이 중요한 미팅임을 떠올리고 하이힐을 신는다. 딸꾹, 딸꾹, 딸꾹. 문을 열고 나서려는데 엄마의 전화가 울린다. 그래도 딸 생일인 건 기억하고 있나 보네.

"여보세요, 어 엄마, 나…."

"야 현수지! 너 뭐가 잘났다고 우리 박 판사 며칠을 밥도 안 차려주고 야근을 하니? 사부인한테 전화 왔잖아! 박서방 밥도 못 얻어먹어서 피골이 상접하다고!"

"그 사람이 애야? 자기는 손이 없어, 발이 없어. 왜 같이 일하는 내가 밥을 차려줘야 해?"

"어머어머, 얘 말하는 것 좀 봐. 여자가 남편 밥 차려주는 게 당연하지 유별날 일이니? 그리고 네 주제에 판사 남

99

편 얻은 걸 감지덕지 해야지. 박 서방 아니었으면 너 지금 사는 그 대궐 같은 집이 가당키나 해? 얘가 주제를 몰라."

"이 집 월세야. 내가 월세의 반 부담하고 있고, 판사 월급 적다고 박 서방은 집안에 들어가는 생활비는 아무것도 안 내. 다 내가 부담하고 있다고."

"판사 남편씩이나 두었으면서 네가 돈 더 벌면 더 내면 되지 속물스럽긴. 복에 겨운 소리 하지 말어. 너네 오빠는 25평 코딱지만 한 집에서 사는데 안쓰럽지도 않니?"

"엄마 코딱지는 25평이야?"

"말장난 하지 말고 너 인센티브 받은 거 있지? 그거 오빠한테 보내. 올케한테 미안하지도 않니?"

"내가 왜 올케한테 미안해야 해? 그리고 오늘 내 생일이라고 전화한 거 아니야?"

"생일이 뭐가 대수야. 너 낳느라고 내가 힘들었지. 넌 내 배 속에서 편하게 열 달 있다가 나온 거밖에 더 있어?"

"끊자. 나 출장 가야 돼."

"어머, 박 서방 밥도 안 차려주고 또 출장을 가?"

"지금 전쟁 중이야? 밥 못 얻어먹어서 죽은 귀신 있어? 그리고 93킬로그램 나가는 박동욱이 말랐니, 43킬로그램 나가는 내가 말랐니?"

"이게 막 나가네. 너 어떻게 엄마한테 이렇게 말할 수가 있어! 부모 자식 간에 이러기야?"

그 사이 딸꾹질은 멈추었다. 1층에서 기다리고 있는 택시 기사에게서 전화가 걸려 온다. 바쁘다, 바빠. 참 바빠. 수현은 전화기를 귀에서 떼고 하이힐을 신으며 캐리어를 끌고 나간다.

"아얏, 굽이 부러졌잖아!"

어젯밤 회식이 끝나고 들어오는 길 비틀거리며 어딘가에 끼었던 걸 뺀 기억이 난다. 발목이 아프다. 아직 끊기지 않은 전화기에선 야단스러운 소음이 들린다. 전화기를 들어 올려 수현은 말한다.

"나 구두굽이 부러졌어."

"뭔 소리야 갑자기. 칠칠치 못하게 쯧쯧… 구두굽이 부러졌으면 다른 신발을 신으면 될 거 아니야! 돈도 잘 버는 계집애가 그게 문제야?"

"나 구두굽이 부러졌다고. 발목이 아파."

"그래, 그러니까 다른 신발을 신어!"

"엄마. 보통 사람이 구두굽 부러져서 발목이 아프다고 하면 괜찮냐고 물어보는 게 먼저야."

"보통 사람들이 누군데 그래, 그거야 가족이 아닌 사람들한테 하는 거고."

"엄마는 오빠한테도 그러고 아빠한테도 그러잖아. 나한테만 안 그러잖아."

"딸이랑 엄마 사이에 그런 걸 왜 하니! 넌 내 몸으로 낳은 내 딸인데 내 맘대로 하면 되지!"

"그렇구나. 딸한테는 그런 걸 안 하는구나. 그렇지. 나는 왜 엄마 몸에서 나온 거지? 피곤하다…. 이만 끊자."

엄마의 대답을 듣지 않고 전화를 끊은 수현은 벽에 기대어 고개를 숙인다. 뚝뚝 떨어지는 물이 머리에서 떨어지는 것인지 눈에서 흐르는 것인지. 몇 방울의 물줄기를 바라보는데 다시 전화기의 진동이 울린다. 수현이 고개를 들어 발신자를 확인한다.

"수현! 생일 축하해! 밥도 안 먹고 오늘도 일하고 있는 건 아니지?"

"이서야… 흑흑… 나 구두굽이 부러졌어…."

"구두굽? 발목은 안 다쳤어? 괜찮아? 병원 가봐야 하는 거 아니야? 동욱 씨는 오늘도 집에 없어?"

"이서야… 나 너무 힘들어… 안 괜찮아…."

"무슨 일 있구나. 안 괜찮아도 돼. 울어도 돼."

"이서야… 나 어떻게 살아야 하니…. 엉엉… 도저히 모르겠어. 내 인생이 엉망이야."

"무슨 일인지 모르겠지만 일단 지금은 좀 울자. 너 너무 오랫동안 참아왔어. 너무 잘 살았어, 수고했어."

"고마워…. 내가 조금 이따 연락할게. 오늘 뉴욕 출장이라."

"…괜찮겠어? 일도 좋지만 지금 마음 그대로 가도 괜찮겠어?"

"내 마음이 뭐가 중요해. 일단 일부터 해야지. 전화해
줘서 고마워. 연락할게."

"그래. 근데 수현아, 일보다 중요한 건 네 마음이야. 무
엇보다 가장 중요한 건 너 자신이고 네 마음이야. 너무 무
리해서 일만 하지 말고 여행이라도 좀 다녀와. 알았지?"

"알겠어…."

유일하게 생일을 축하해 주는 이서와 통화를 끊었다. 이
서는 대학 시절에 이력서용 봉사활동을 위해 시작한 노숙
인 밥 퍼주기 현장에서 만났다. 통통한 볼을 한 이서의 주
변에선 반짝반짝 빛이 났다. 달콤한 냄새를 풍기며 행복한
웃음을 짓는 이서의 표정이 신기해서 수현은 넋을 놓고 바
라만 보았다. 1년 간 밥을 퍼주면서도 선뜻 말을 걸지 못
하던 수현에게 먼저 다가와 주고 친구가 되어준 건 이서였
다. 그리고 자신의 고향 메리골드에 대해 많은 이야기를 들
려주었다. 선한 마음을 가지고 서로를 도와주는 꽃내음 가
득한 착한 마을이라고 했다. 밥을 지어 나누어 먹고 서로의
안부를 걱정해 주지만 지켜야 할 선은 적당히 넘지 않는 사
람들이 있는 마을. 마음 세탁소라는 공간에서 마음 아픈 이
들의 상처와 얼룩을 빼주는 사람이 있다는 말을 들을 때마
다 수현은 비현실적이라고 생각했다. 그런 유토피아 같은

마을이 정말 있단 말인가. 설령 있다 한들 그런 삶은 제 몫이 아니라 생각해 여러 번 이서의 초대를 거절했다. 다정을 경험하고 돌아와 현재의 차가운 삶을 견뎌낼 자신이 없기도 했다. 자신의 하루는 매일이 눈보라 치는 겨울인데 이서의 하루는 매일이 봄꽃이 흩날리는 꽃날 같아 보였다.

눈물을 닦고 신발을 갈아 신으려 신발장을 연 수현은 멍해진다. 이 넓은 신발장에는 선택에 필요한 시간을 줄여 불필요한 고민을 제거하기 위한 최대의 효율이 적용돼 있다. 굽 5센티미터의 검은색 구두 다섯 켤레와 색만 다른 똑같은 디자인의 운동화 다섯 켤레가 전부다. 취향도 기쁨도 없는 오직 효율성만 추구한 삶이 신발에도 똑같이 묻어난다.

내가 원하는 삶이 바로 지금이었나.

내가 원하는 것이 무엇이었지.

내가 저 디자인의 신발을 좋아하는 사람인가?

휴대폰에 저장된 연락처가 이리도 많은데 생일에 축하해 주는 이는 이서밖에 없다.

아, 돈을 지불하는 서비스 업체들도 열렬히 축하 쿠폰을 보내주는구나.

지이잉, 문자가 울린다.

상무님, 이사님께서 시간 맞추어 공항 라운지에서 뵙자고 하십니다. 곧 뵙겠습니다.

아정의 문자를 눈으로 읽는다. 나는 누구이고, 지금 여

104

기는 어디이고, 나는 앞으로 어떻게 살아가야 하지? 모르겠다. 도저히 모르겠다. 일은 분명하고 정직했다. 나라는 사람이 어떤 사람인지는 몰라도, 일은 투여하는 에너지만큼 성과와 보상이 확실하고 명확했다. 그래서 마음이 허할 때마다 더욱 일에 매달렸다. 하지만 상무 지수현은 반짝이고, 인간 현수지는 초라하다.

수현인지 수지인지 모를 여자가 여기 서 있다. 수현은 뒤를 돌아 휑하니 넓은 거실을 본다. 사람이 살지 않는 집처럼 온기가 없다. 이 집을 얻을 때에도 박동욱 모친은 보증금을 대출로 마련하고 월세는 반씩 부담하라 요구했다. 반면 예단과 예물은 두 트럭을 받아 갔다. 수현은 대출을 받아 박동욱 모친의 요구를 수용했다. 선 자리에서 만난 선한 눈빛의 박동욱이 마음에 들었기 때문이다. 부모에게 눌려 아직 어른이 덜 된 남자가 꼭 자신과 닮았다고 느꼈다. 하지만 수현의 앞으로 돌아온 건 금은방에서 맞춘 사이즈가 맞지 않는 24K 쌍가락지와 진열장에서 오랫동안 빛바랬을 화장품 세트가 전부였다. 반지가 크다 말하자 그럼 살을 찌우라고 했다. 한눈에 보아도 새 상품이 아닌 듯한 조악한 박스에 담긴 쌍가락지를 건네며 박동욱 모친은 당당했다.

"너는 복 많은 줄 알어. 애한테 좋은 집안 선 자리가 얼마나 많이 들어왔는 줄 알아? 신 회장네 막내딸은 우리 동욱이가 다른 여자랑 결혼한다니까 울었다더라. 네가 시집 오면서 땅을 해 왔니, 벤츠를 해 왔니. 요즘 모피 코트 안 받는 시어머니가 어디 있니? 다른 며느리는 시어머니 차까지 바꾸어 준다더구만… 쯧쯧. 꼴랑 옷 몇 벌에 가방이랑 이불 몇 채 사준 게 전부잖아. 그리고 판사 남편에 이렇게 좋은 집을 골라주는 안목 있는 시어머니가 어디 있니. 나 죽으면 어차피 내 재산 다 너네 거니까, 젊을 땐 스스로 벌어서 해결하는 훈련 좀 해. 이런 훈련 시켜주는 시어머니가 어디 있니. 감사한 줄 알고 우리 교회에 감사헌금 두둑하게 해라. 목사님 이번에 해외선교 가시는데 힘 좀 드리게."

박동욱 모친의 말들이 고막을 스쳐 지나갈 때면 수현은 몸에 흐르는 수분이 모두 증발하는 기분이 들었다. 모친의 폭언에 한 마디도 대꾸하지 못하고 얼굴이 빨개져 고개만 숙이고 있는 박동욱을 보며 분노가 아닌 연민이 들기도 했다. 분노는 자신에게 일었다. 화를 내기보다 자책이 편했다. 나는 왜 그런 무례에 고개 숙였을까. 나는 왜 부당한 일들을 부당하다 말하지 못한 걸까. 수현은 거실에서 시선을 거두고 신발장 문을 닫는다. 굽이 부러진 하이힐을 쓰레기통에 넣고, 운동화를 꺼내 신는다. 핸드폰을 꺼내 문자 메시지를 쓴다.

아정 씨, 미안한데 이번 출장은 다음 달에 가기로 했던 메리골드 인사이트 트립으로 대체할게. 아정 씨는 PM으로 뉴욕 건 진행해. 회사에 보직 변경 신청해 둘게. 이번 건 아정 씨가 서류 모두 준비했으니 잘 할 수 있어. 아정 씨 믿어. 그리고 이사님께는 개인 사정으로 출장에 불참해 죄송하다고 전해드려. 자세한 내용은 나중에 설명할게.

단숨에 문자를 보내고 이서가 그토록 아름답다고 했던 메리골드의 주소를 검색해 메모지에 적은 뒤 핸드폰 전원을 끈다. 전원이 꺼져야 이 세상에서 나의 역할도 꺼지는 것 아닌가. 머리카락의 물기가 말랐는지 더 이상 물이 바닥에 떨어지지 않는다. 캐리어에서 태블릿을 꺼내 쓰레기통에 처박는다. 운동화를 갈아 신고 집을 나선다. 발끝이… 간지럽다. 발끝이.

"어디서 무엇이 되어 다시 만나랴."

거실의 김환기의 그림 제목을 되뇐다. 박동욱, 우리는 어디서 무엇이 되어 다시 만날 수 있을까. 아니, 우리는 무엇이 될 수 있기는 한 걸까. 발끝이 간지럽다. 문을 나서야지.

"지금이 너무 그리워질 거 같아. 아름다워."

혼잣말을 중얼거리며 수현은 왼쪽 가슴을 오른손으로

감싼다. 마음이 일렁일 때 수현의 버릇이다. 아름다운 순간 앞에서, 다시 이 순간이 머지않아 그리워질 거라는 생각이 드는 순간은 처음이다. 메리골드에 도착해 하염없이 걸었다. 이상하다, 왜 이러지. 그 동안 출장으로 아름다운 나라들을 숱하게 방문했지만 몇 시간 걸은 것만으로도 이렇게 기분이 좋아진 적은 없었다.

수현이 울먹이며 택시 기사에게 메리골드의 주소가 적힌 메모지를 내밀던 순간이 아주 오래된 전생 같다. 백발이 성성한 택시 기사는 수현의 표정을 보고 아무것도 묻지 않았고 트로트가 흘러나오던 라디오를 클래식 채널로 바꾸어 볼륨을 높였다. 택시는 메리골드에서 제일 높은 언덕에 멈추었다. 내리자마자 '마음 사진관'이라는 간판이 눈에 띈다.

"마음을… 찍어준다고? 어느 기업에서 발 빠르게 이런 팝업 스토어를 오픈했지? 특이한 바이럴 마케팅이네."

들어가 보려던 수현은 여기까지 와서 일을 궁리하는 자신이 한심해 웃는다. 그리고 하염없이 걸어본다. 지도를 보지 않고, 시간에 쫓기지 않고, 목적지도 없이 발길 닿는 대로 하릴없이 걸어본 적이 얼마만이던가. 아니, 그런 적이 있기는 했던가. 늘 목표와 목적이 분명했던 수현이었다. 1분 1초도 허투루 쓰는 게 아까워 잠자는 시간도 줄여가며 살아왔다. 이서의 말이 귀에 맴돈다.

"중요한 건 내 마음이라… 내 마음보다 소비자의 마음을 파악하는 게 더 쉬울 거 같은데."

마음이라는 게 있기는 한 것인지. 수현은 어느새 마음 사진관 앞에 다시 도착했다. 팝업 스토어라고 하기엔 오래된 안정감이 있었다. 팝업이 아니라면 누가 행복한 마음을 찍어준다는 이벤트를 한단 말인가. 궁금해서 못 참겠다. 들어가 봐야지. 성큼성큼 일곱 개의 계단을 지나 문이 열린 마음 사진관 안으로 들어선다. 카메라를 들고 있던 해인이 수현을 보고 걸어 나온다.

"어서 오세요, 마음 사진관입니다. 앉고 싶은 자리에 앉으시면 됩니다."

"안녕하세요, 지수현입니다. 그런데 여기는 어떤 브랜드의 팝업 스토어 인가요? 뭔가 홍보하려는 의지는 전혀 없어 보이는데…?"

의아해 하는 수현을 향해 해인이 사람 좋은 웃음을 짓는다. 경계를 허물어 버리는, 누구라도 무장해제시킬 것 같은 무해한 웃음을 짓는 남자를 보며 이서의 웃음을 생각했다. 미소의 결도 닮을 수가 있는 건가. 이서한테 오빠가 있었나….

"정말로 마음을 찍어드려요. 보고 싶은 마음을 찍어드립니다. 차부터 한잔 드릴게요. 일단 마시고 천천히 이야기 나누죠."

해인의 말을 듣고 마음 사진관 내부를 자세히 둘러본다. 브랜드 로고가 없는 걸 보니 정말 사진관이 맞나 보다. 기왕 들어왔으니 경험이나 해보자 싶어 마음이 가는 대로 살펴보다가 어차피 찍을 사진이니 미리 준비하려고 의자에 앉는다.

"지수현 정말… 여기까지 와서 효율 못 버리네. 그나저나 뉴욕으로 잘 출발했겠지?"

내심 뉴욕 출장이 걱정되었지만 오늘만큼은 생에 첫 이기심을 부리고 싶었다. 해결해야 할 일은 돌아가서 생각해야지. 평소 수현의 성격과 다르게 오늘은 이상해도 정말로 이상하다. 효율을 따지는 수현은 익숙하지만 해결할 문제를 뒤로 미루는 수현은 낯설다. 해인이 찻잔을 들고 사진관 유리문을 팔로 밀며 들어선다.

"수현 씨라고 했죠? 반가워요. 차 드세요."

"네, 반갑습니다. 잘 마실게요. 고마워요."

"메리골드엔 어떻게 오셨어요?"

"인사이트 트립으로 출장 왔어요. 사실 제 친구의 고향이라 이 동네 이야기를 많이 들어 궁금했어요. 사실 오늘 제 생일이기도 하고요. 생일이 뭐 별일이라고 센티해졌는지 갑자기 안 하던 짓이 하고 싶어져서 무작정 택시를 타고 왔어요. 저 원래 이런 사람이 아닌데."

"잘 오셨네요. 생일은 별일이죠. 세상에서 살아갈 결심으로 나온 날이잖아요. 좋아요, 생일이시니까 선물로 사진 찍어드릴게요. 행복사진, 마음사진, 증명사진 모두 가능해요."

"저를 오늘 처음 보셨는데 생일 선물을 주신다고요? 왜요?"

칼 같은 수현의 단발머리가 의아해하는 고갯짓을 따라 흔들린다. 마음이 선한 사람들이 산다고는 들었지만 낯선 타인에게 생일을 축하해 주는 사람은 처음 본다. 진지한 표정을 보니 심지어 진심인 것 같다.

"마음 사진관은 마음에 대한 이유가 필요 없는 공간이니까요. 그럼 편히 차 마시고 계세요. 저는 잠깐 음악 좀 틀고 올게요."

피로 누적으로 눈이 충혈된 수현을 뒤로 하고 해인은 LP판 앞으로 간다. 왜인지 무슨 일인지 설명하지 않아도 수현의 감정이 전해진다. 프리드리히 굴다와 니나 시몬을 지나쳐 드뷔시의 음반을 고른다. '달빛'을 틀려던 해인이 다시 판을 내려두고 엘라 피츠제럴드와 루이 암스트롱의 〈April in Paris〉가 들어간 음반을 꺼내어 흡족한 표정으로 레코드 플레이어에 판을 올린다. 동그란 판이 빙글빙글 돌아가며 음악이 흘러나온다. 음악은 이내 공간을 가득 채운다. 해인은 음악을 튼 뒤 카메라를 들어 렌즈를 닦는다. 오늘 저 사람의 마음을 닦아주려면 내 마음도, 카메라도 단정해야지,

생각하며 천천히 렌즈를 닦고 손님의 마음이 차오르는 시간을 기다린다.

'April in paris, chestnuts in blossom. Holiday tables under the trees.'

음악이 흘러나오자 수현은 가사를 들으며 여름의 한가운데에 유독 이 사진관만 꽃이 가득 핀 봄 같다고 느껴진다. 이서에게서 느껴지는 따뜻한 봄기운이 이 공간에서도 느껴진다. 그러고 보니 오늘은 올해 중 유일하게 일을 하지 않는 휴일이고, 쉼 같은 하루를 보내며 지금은 사진관 테이블 앞에 앉아 있다. 가사처럼 정확한 나무 아래는 아니지만 나무로 지어진 집에, 나무 서까래가 있는 편안한 건물에 들어와 있다. 마치 나무의 품에 안겨 있는 것처럼.

'공간은 힘이 세구나. 공간이 사람의 생각을 담는 그릇이라더니, 여기를 두고 한 말이네. 그래서 어디에서 어떻게 살아가는지 장소가 중요하다고 하나 봐. 확실히 이 공간에는 마음을 녹여주는 무언가가 있어. 대체 그게 뭘까? 몇 가지 요소가 있는지 정리해 볼까?'

공간 마케팅 공부를 다시 해야겠다고 생각하며 현상분석을 하는 스스로를 발견하고 피식 웃는다. 못 말린다 지수현. 쉬자고 와서 습관처럼 일하고 있네. 숨 쉬듯 일하고 있어. 그러고 보니 이서에게 메리골드에 있는 사진관 이야기를 들었던 기억이 난다. 이서가 맥주 한 잔에 취해 장난을

치는 줄 알았는데 장난이 아니었나 보다.

"메리골드에 마음 사진관이 있어. 그냥 사진관이 아니라 행복을 찍는 사진관이야. 보고 싶은 마음을 찍어주거나, 보여주고 싶은 마음을 찍어주거나, 내 인생의 행복한 순간을 포착해 찍어주거나, 어떤 마음을 찍어서 행복으로 바꾸고 싶으면 그렇게 해주는 공간이야. 멋지지? 수현이 네가 언젠가 꼭 가봤으면 좋겠어."

"말도 안 돼. 마법도 아니고, 그런 공간이 현대에 어디 있어. 드라마나 영화도 아니고. 혹시 증강현실 체험이니?"

"말이 된다니까. 그러니까 메리골드지, 마침내 오고야 말 행복이 있는 마을, 메리골드! 메리골드에선 말 안 되는 일이 없어."

"너도 마법학교 출신이야? 재밌네."

"믿어봐, 믿음은 보이지 않는 것의 실상이라 했으니까."

농담인 줄 알았던 그 대화가 이토록 진실한 대화였다니. 수현은 새삼스레 이 공간이 달리 보인다. 영리를 목적으로 하지 않는 공간 운영이 실제로 존재함에 감탄한다. 사회적 공헌을 기업이 아닌 개인이 하고 있다.

"그런데 이 차는 뭔가요? 처음 마셔보는 차인데 색도 없고 향도 없는데 맛있어요. 마실수록 마음도 점점 편안하게 풀려요."

"이 공간이 원래 마음 세탁소였는데, 그 사장님이 전수해 주신 특제 레시피로 만든 위로 차예요. 맛있죠?"

"굉장히요. 호텔 라운지에서 마신 차보다 훨씬 맛있네요."

기분이 한결 나아진 수현을 보며 해인은 한 장의 작은 메모지를 건넨다. 오늘은 왠지 수현에게 다른 질문을 건네고 싶다.

"수현 씨, 우리는 사진을 찍기 전에 나에게 보내는 편지를 써요. 과거의 나도 좋고, 오늘의 나도 좋고, 미래의 나도 좋아요. 주소를 써주면 오늘로부터 1년 후에 제가 편지를 보내드리는데, 오늘은 다른 걸 적으면 좋을 거 같아요. 괜찮을까요?"

"네, 무엇이든 상관없어요."

"수현 씨, 만약에 말이에요. 만약에 아무거나 다 이룰 수 있는 능력이 수현 씨에게 있어요. 그런데 인생에서 마법처럼 딱 하나만 이루어질 수 있는 게 있다면 무엇을 선택할래요? 그걸 한 번 적어봐요. 저는 조명이랑 카메라 세팅하고 있을게요. 시간 구애받지 말고 편히 적어요."

해인의 질문을 받은 수현의 동공이 확장된다. 인생에서 딱 하나만 이루어질 수 있는 마법이라. 무얼 빌어야 할까. 평소의 수현이라면 자리를 박차고 일어서겠지만 오늘은 이 질문에 답을 하고 싶어진다. 해인이 건넨 종이와 연필을 받아 들고 골몰히 한참을 생각한다. 그리고 보니 나는 가진 게 많다. 좋은 직업, 좋은 집, 만족스러운 업무 성과, 이서 같은 친구까지. 막상 인생에서 딱 하나의 소원을 빌려고 생각하니, 로또 같은 건 생각도 나지 않는다. 평범한 외모라고 생각하지만 불만족스럽지 않다. 노력을 기울이지 않고 요행을 바라는 건 딱 질색이다. 한참을 생각하던 수현은 종이에 느릿느릿 다섯 음절로 글자를 적는다.

행복한 가족.

적은 글귀를 물끄러미 바라보다 괄호를 열고 문장을 추가한다.

(다정하고 따뜻하게 서로를 아끼는) 행복한 가족.

"사장님, 다 적었어요. 주신 봉투에 주소를 적으면 될까요?"

"네, 적어서 그 책상 옆 작은 빨간 우체통에 넣으시면 돼요."

"우체통에 편지 넣는 건 처음인 거 같아요. 이메일이나 메시지만 보내면 되는 시대에."

"저는 빠른 디지털도 좋은데, 편지를 주고받는 과정이 좋아서요. 더욱이 나 자신에게 말을 거는 경우는 잘 없잖아요. 다들 바쁜 삶을 사니까. 그래서 이 순간만큼은 여기에 오신 우리 사진관 손님들께도 자신과의 편지를 주고받는 시간을 선물해 드리고 싶었어요."

"그렇군요. 이상하게 기분이 조금씩 좋아지는 건 왜일까요."

"아마도 그 마법이 일어날지도 모르기 때문 아닐까요? 혹시 알아요? 우체통이 진짜 마법을 부려줄지. 원하는 대로 적으면 그 일이 일어날지도 몰라요. 다만 타인에게 해를 끼치지 않는 선에서요."

"진짜 일어나요? 이것도 마법인가요?"

"하하, 1년만 기다려 봐요. 진짜 일어나나. 혹시 사진 찍을 마음의 준비가 되어 있지 않으시면 그냥 가셔도 좋아요. 모든 것은 자신의 선택에 따른 결과니까요."

"찍고 싶어요."

"어떤 사진을 찍으시겠어요?"

"행복사진이요. 저는 대기업에서 전략 기획을 담당하는데, 소비자의 마음은 쉽게 읽으면서도 제 마음이 원하는 것은 생각해 본 적이 없어요. 이 사진관에 들어와 있는 내내 어떤 순간에 내가 행복한지를 떠올려 보려 해도 잘 모르겠어요. 저도 모르는 제 인생의 행복들을 보고 싶어요."

"좋아요. 자, 그럼 이쪽으로 앉아요. 가장 편안한 자세를 하고 앉으면 됩니다. 사진을 찍고 나서 2층으로 올라가시면 지금 찍은 필름을 상영해 주는 영사기가 있어요. 마음 세탁소와 마음 사진관이 함께 있는 공간이라 2층에는 세탁기도 있고, 영사기도 있고, 편안한 의자들도 있어요. 마음에 드는 자리에 앉아 계시면 지금 찍은 사진의 필름이 영사기에서 상영됩니다.

"고객 체험이 엄청나군요. 저희 제품에도 적용시키고 싶은데."

"하하, 일단 수현 씨 인생의 행복사진을 들여다보고 제품에 적용시키실 수 있다면 얼마든지요. 지금 마음 편안해요?"

"나쁘지 않아요."

"좋아요. 지금부터 눈을 감고 10초간 인생에서 가장 즐거웠던 순간을 떠올려 보세요. 깊게 생각하지 말고 눈을 감은 순간 떠오르는 걸 그대로 생각하고 계시면 됩니다. 자하나, 둘, 셋!"

찰칵!

카메라 플래시가 번쩍 터진다. 수현은 플래시 빛에도 눈을 감지 않고 정면으로 렌즈를 마주 본다. 인생에서 가장 즐거웠던 순간을 생각하는 10초 동안 인생의 기억이 조각처럼 흘러간다. 10초가 이리도 긴 시간이었나. 마음을 내보이면 상대가 실망할까 봐 늘 일 속에 숨어 있던 수현은 렌즈를 사이에 두고 마주한 해인에게 투명하게 마음을 열어버린 기분이다. 들킨 것 같은 느낌이 아니라, 어떤 마음이든 공감해 줄 것 같은 투명함이 저이에게 있다. 속마음이물길처럼 투명하게 열린 시원한 기분이 든다. 어떤 공감은 백 마디 말보다 깊구나. 말을 다 하지 않아도 마음을 알아 줄 것 같은 기분. 무언의 대화에 옥죄이듯 답답하던 심장이 부드럽게 뛴다. 늘 사람을 경계하는 수현은 오늘 처음 본 해인이 낯설지 않다. 카메라를 사이에 두고 있어 그럴까. 혹은 마음을 무장해제시키는 능력이 이 공간에, 혹은 저 사람에게 있는 것일까. 수현은 해인이 오른쪽 검지로 사진기의 버튼을 누르는 순간이 아주 천천히, 느리게 느껴진다.

"저리 다정한 사람이 된다면 얼마나 좋을까, 나도."

수현의 마음을 다독이듯 다정한 꽃잎들이 감싸 안는다.

행복 카메라는 본인이 정말 간절히 행복해지기를 원할 때 더 선명하고 아름답게 작동한다. 카메라 플래시가 터지면서 라일락 꽃향기가 진하게 번지고, 눈부시게 하얀 빛은 곧 보라색 라일락꽃으로 변하여 카메라 주변을 빙글빙글 돈다. 수현이 넋을 잃고 바라본다. 카메라 주변을 빠르게 돌던 짙푸른 꽃잎들이 불꽃놀이를 하듯 사방으로 부서진다. 부서진 불꽃들은 카메라 주변을 맴돌며 초록 나뭇잎으로 일부 바뀐다.

"촬영 끝났습니다. 꽃잎들이 안내하는 2층으로 가 계시면 곧 영사기가 상영될 거예요."

놀라 입을 벌리고 있는 수현에게 해인이 정중히 양손으로 2층을 가리켜 보인다. 해인의 손짓을 따라 푸른 꽃잎들이 수현을 포근히 감싸 안는다. 꽃잎은 보라색인 듯 푸른색인 듯 신비롭다. 꽃잎의 포옹은 부드럽고 따뜻하다. 다정한 꽃잎들의 손길에 수현이 일어선다.

"꽃잎의 포옹을 받다니. 꿈인가? 이토록 생생한 꿈이 있을까? 이 도시에 오다 사고가 나서 지금 천국에 있는 건가. 아니, 죽기 전 마지막으로 가는 곳, 거기 어디야. 거기서 지금 문지기랑 이야기하는 건가."

"저 문지기 아니고 해인이라고 해요. 죽지 않고 잘 살아 계시고요. 믿기지 않으시겠지만 저는 사람의 마음을 읽고 찍는 행복 카메라를 다루는 능력을 가지고 있어요."

"그렇군요. 삶은 늘 믿기지 않는 놀라운 일의 연속인데 오늘은 즐거운 놀라움의 연속이군요."

"즐거운 놀라움이라니 다행입니다. 행복사진을 보기 원하시면 올라가 계세요. 원하는 대로 편히 계세요. 저도 필름 꺼내서 곧 갈게요. 혹시 보지 않길 원하시면 그냥 돌아가셔도 좋습니다. 필름은 안전하게 폐기됩니다."

"원하는 대로 있으면 된다… 참 듣기 좋은 말이네요. 그러고 보니 평소에는 제가 원하는 대로 있지 못했던 거 같아요. 취업할 때 찍은 증명사진이랑 결혼할 때 찍은 웨딩 사진 빼고 제대로 사진 찍은 거 처음인 거 같아요. 폐기하지 말아주세요. 보고 싶어요."

대답을 마친 수현은 마른 눈물을 닦는다. 울지 않았는

데 시원하다. 이전보다 개운한 마음이 들었다. 한바탕 비가 쏟아지고 난 후의 맑은 공기를 마신 기분. 긴 장마 끝에 만난 한 줄기 햇살의 따스함 같은 기분을 오랜만에 느낀다. 사진을 찍은 것만으로도 이렇게 마음이 투명하게 비워진 기분이 들다니. 살면서 처음으로 무조건적인 공감을 받은 것 같다. 아주 오랫동안 깊이 묵혀둔 감정을 게워낸 것처럼 속이 말끔하다. 무언의 공감, 무언의 포옹이 저 카메라에 있는 것일까. 혹은 아까 마신 마음 세탁소 특제 위로차에 있는 것일까? 조건 없이 환대를 받은 기분이 낯설고도 좋아서 심장이 뛴다. 수현은 오른손을 들어 왼쪽 심장을 만진다.

"불안이 아니라 좋아서 심장이 두근거리는 걸 느껴본 게 얼마 만이지. 지금 이런 감정을 타인들은 행복이라 부르는 건가?"

세상에서 가장 긴 10초의 시간이 흘렀다. 이 무엇인지 살필 겨를도 없이 살아온 나의 행복사진에는 무엇이 찍혀 있을까. 기대라는 감정이 몽글몽글 피어 올라오면서 수현의 발끝으로 짙푸른 꽃잎들이 양탄자처럼 몰려든다. 수현은 꽃잎 중의 하나를 집어 들어 조심스레 손에 담는다. 고민하던 수현이 다문 아랫입술에 힘을 꾹 주고 일어선다.

"끝의 끝인 것만 같은 아침이었는데, 시작의 시작인 것만 같은 밤이네."

자신의 입에서 절로 흘러나온 말에 수현은 조금 놀란다. 이렇게 감성적인 말을 내가 하다니. 나쁘지 않네. 이제 무엇이 내 앞에 기다리고 있을까. 우연의 우연이 아닌 필연의 필연인 밤이다. 2층 상영실을 향하는 수현의 발끝은 더 이상 간지럽지 않다.

"세탁기도 있고, 건조기도 있고, 카페 같은 테이블들도 있고, 저 아이보리색 소파도 너무 편안해 보이고. 어디 제품인지 찍어가야겠어. 우리 매장에 둬야지. 이렇게 편안한 조도에 영사기를 쏠 수 있는 하얀 벽까지 있어? 공간 구성 알찬데. 우리도 신제품 팝업 스토어를 이런 느낌으로 재현해 봐야겠어."

수현은 2층의 세탁실 겸 영사실에 올라와 구석구석 인테리어를 살핀다. 휴대폰이 있어야 사진으로 찍어 두는데. 아쉽네. 행복사진을 보고 나면 1층에서 핸드폰 들고 와 이 공간을 영상으로 기록해야겠다고 생각한다.

"그만 좀 일해 지수현. 뉴욕 출장은 도망쳤으면서…."

분명 아정 씨와 이사님이 계약을 원활히 성사시켰을 것이라 생각하면 그다음 스텝을 고민하는 자신이 그간 일로 도망친 게 아니라 일을 정말 사랑한 것일 수도 있겠다는 생각을 한다. 그러고 보면 사랑의 대상에 대한 정의가 살아 있는 생명체에게만 부여되었던 건 아닐까. 꼭 사람만 사랑해야 하나. 식물이든 반려동물이든 애착 물건이든 일이든. 사랑할 수 있는 대상을 사랑한다면 좋지 아니한가. 사랑 없이 말라버린 삶보다는 일이라도 사랑하는 자신의 삶을 좋아했다. 수현은 메리골드로 도망치듯 달려와서도 가장 먼저 일을 떠올렸다. 일 속에 숨어 숨을 쉬고, 일 속에 파묻혀 지냈지만 역시나 일이 가장 재미있다. 소름 돋는 성취의 기쁨이 오늘의 수현을 버티게 했다.

"아이러니하네. 어쩌면 신의 축복일지도."

일에 대해 생각하며 구석구석을 살피다 영사기를 본다. 전 그룹사 최고경영자를 꿈꾸는 수현은 자신이 맡은 부분뿐만 아니라 전 계열의 제품을 자세히 학습했다. 특히 핸드폰에서 빼놓을 수 없는 기술인 카메라 부문도 주의 깊게 살펴본 수현은 오래된 영사기를 살펴보다 흥미로운 점을 발견한다. 오래된 모델의 영사기는 수현의 회사 제품과 동일군인 듯한데, 작은 필름 여든한 컷이 돌아가도록 제작된 자사 제품과 달리 마음 사진관의 영사기는 열두 컷의 필름 섹션으로 구분되어 있다. 인생이 열두 장의 사진으로 축약될 수 있는 것일까. 마음을 찍어주는 사진관이라기에 말장난인 줄 알았더니 진짜 마음이라도 찍혀 있나 궁금하다. 수현이 두리번거리다 영사기 옆 베이지색 의자에 걸터앉는다.

푹신하다. 사람들이 엄마의 품이라 말하는 부드러움이 이런 것일까.

　수현의 엄마는 수현이 아들이 아님을 받아들일 수 없어서 태어나자마자 젖 한번 물리지 않고 차가운 방바닥에 두었다고 한다. 갓난아이가 어찌나 세게 왕왕 울어대던지 분유를 주지 않을 수가 없었다. 이후 수현은 유모의 손에 키워졌다. 눈을 감고 의자에 앉아 세탁소 안에 맴도는 향을 맡는다. 흉곽까지 숨을 크게 들이쉬고 내쉰다. 이내 엄마 생각을 해도 화가 나지 않음이 처음임을 깨닫는다. 수현이 눈을 뜨자 조명은 천천히 어두워지고 영사기가 켜지며 하얀 벽에 수현의 마음 행복사진이 상영된다.

　'You make me happy.'

　첫 장의 글자를 읽으며 수현은 추억에 잠긴다. 저 문장은 동욱과 세 번째 만난 날, 피곤에 절어 카페에 앉아 있는 수현에게 동욱이 냅킨에 적어 건넨 말이다. 매일 야근에 치이고 있는 내가 저이를 행복하게 해준다니. 문장이 낯설어 수현은 한참을 들여다보았다. 엄마 때문에 의무감으로 데이트에 나왔던 수현은 그 순간 동욱이 다른 남자로 느껴졌다. 마음이 맑은 동욱이 좋아진 건 아마 그 순간부터가 아니었을까.

　곧이어 수현이 좋아하는 단골 카페의 커피, 수현이 어

린 시절 키우던 강아지 푸름이, 가을 하늘, 첫사랑과 함께 보던 첫눈의 순간, 가을 낙엽, 도서관 수현의 자리, 시험 끝난 후 개운하게 앉아 있던 도서관 벤치, 함께 일했던 동료들, 수현이 좋아하는 책, 여행지에서 만난 바다, 스타트업 창업 초기 시절 동료들과 포장마차에서 먹던 소주 한잔, 프로젝트 성사를 축하하던 치맥 파티, 수현을 향해 환하게 웃는 이서의 얼굴이 차례로 지나갔다. 영사기는 마치 시곗바늘이 쉼 없이 돌듯, 1년 열두 달이 지나가듯 자연스럽게 수현의 행복했던 순간들을 띄워 보낸다. 크고 작은 순간들 앞에서 수현은 새삼 놀란다. 행복이라는 감정을 모르고 산 줄 알았더니, 저렇게 아름다운 장면들이 많았단 말인가. 수현은 어느새 일어서서 사진을 보고 있다.

"저 사진은 뭐야? 수학의 정석? 내가 스트레스 받을 때마다 수학의 정석을 푸는 버릇이 있긴 한데… 저것도 내 행복이었어? 푸하하, 몰랐네!"

행복이 무엇인지 잊고 살던 수현이다. 그저 오늘 하루 주어진 일을 무사히 마치고, 승진을 하고, 실적을 내고, 어디까지 가야 만족할지 모를 성취를 위해서만 살았다. 그 성취감만이 인생의 효용을 증명하는 것이라 생각했다. 행복을 모르는 게 아니라 행복을 미루어 두고 산 게 아닐까. 행복은 언제나 내 손 닿는 곳 가까이에서 느껴주길, 바라봐 주기를 기다리고 있는데 말이다. 수현의 눈가가 촉촉해진다. 부지런히 돌아가던 영사기의 속도가 느려진다. 어느새 거의 마지막 사진에 와 있나 보다.

"더 보고 싶은데… 아쉽네. 좀 더 성의 있게 열심히 생각할걸."

내 인생의 한 장면들을 모으면 지금까지 보았던 그 어떤 영화보다 더 흥미롭고 재미있는 영상이 된다니. 수현은 남은 사진을 조금 더 꼼꼼히 눈에 담는다. 사진엔 수현의 초등학교 졸업식에 꽃을 사 들고 온 엄마가 찍혀 있다. 사진 속 수현과 엄마는 어색하게 서 있다.

아무리 반장을 해도 학교에 오지 않는 엄마였다. 비가 내리는 날 엄마가 우산을 들고 데리러 와주는 아이들이 늘 부러웠다. 수현이 입고 있는 비싼 옷을 다 주어도 좋으니 다정한 엄마의 눈길을 받고 싶었다. 시장에서 엄마 손을 잡고 장을 보는 아이들이 부러워 학교 끝나고 일부러 시장을 지나 온 적도 있었다. 자신을 향해서만 냉기가 도는 엄마 말고 온기로 가득 찬 엄마들은 어떤 표정을 하고 있는지 궁금해서 훔쳐보았다. 놀이터에서 괜히 그네를 타다 늦은 밤까지 들어가지 않은 적도 있었다. 엄마가 자신을 찾으러 올까 봐. 왜 이제야 왔냐고, 네가 없어졌을까 걱정했다는 말을 해줄 거라 기대하고 늦은 밤 집으로 들어섰을 때, 그때 깨달았다. 엄마에게 수현은 투명의 물성이라는 것을.

그 늦은 밤 집으로 돌아온 어린아이에게 엄마는 시선조

차 주지 않았고, 배가 고프다는 오빠를 위해 서둘러 라면을 끓였다. 오빠가 라면 한 그릇을 다 비울 때까지 엄마는 사랑스러운 눈길로 오빠를 바라보았다. 바라만 보아도 배가 부르다는 건 저런 표정이구나…. 밤늦게까지 놀이터에서 기다리던 수현은 메고 있던 책가방을 풀지도 못하고 배가 고파 부엌을 서성거렸다. 오빠를 사랑스럽게 바라보던 엄마가 자신을 향해 보내는 차가운 시선의 냉기를 견딜 자신이 없어 물로 배를 채우고 오지 않는 잠을 청했던 어린 수현이었다.

그런 엄마가 수현의 초등학교 졸업식에 꽃을 사 들고 처음으로 나타났다. 내키지 않는 표정이었지만 수현은 내심 기뻤다. 드디어 엄마가 자신을 인정해 준다고 생각했다. 그날 찍은 사진 한 장이 수현과 엄마가 함께 찍은 유년 시절 사진의 전부였다.

"그래도 한 장, 행복한 추억이 있네."

수현은 헛웃음을 지었다. 수현이 동욱과 결혼한다고 했을 때 엄마는 가장 크게 기뻐했다. 부모로서의 책임감을 드디어 떨쳐낸다는 해방의 미소였다.

지난 기억들이 수현을 빠르게 스치고 지나가는 사이, 마지막 행복사진이 아주 느리게 영사기에 상영된다. 찰칵. 수현은 사진을 보고 눈물이 뚝 떨어진다. 마지막 사진엔 결혼

후 첫 생일에 동욱이 차려준 생일 밥상이 찍혀 있다.

"수현 씨. 어… 사실 내가 요리를 할 줄 모르는데 생일을 직접 축하해 주고 싶었어. 여기 즉석밥이랑 레토르트 미역국인데 맛은 없겠지만 한 숟갈 먹고 회사 가."

"아… 동욱 씨. 고마워."

레토르트 미역국에 즉석밥을 말아 수현의 앞에 수줍게 건넨 동욱이 냉장고에서 마카롱을 꺼내 초를 꽂는다. 수현이 가장 좋아하는 제과점의 마카롱이다.

"그… 이건 실패가 없을 테니까. 혹시 마카롱 싫으면 당신이 좋아하는 생초콜릿도 저녁에 사 올게."

"아니야, 너무 좋아. 나 태어나서 생일 아침에 미역국으로 밥상 받은 거 처음이야. 너무 감동이야. 맛있게 먹을게."

수현은 동욱의 따뜻한 마음에 오랜만에 아침을 한 그릇 든든하게 먹었다.

"맛없으면 그만 먹어도 되는데…."

"아니야, 동욱 씨가 사 온 거라 더 맛있네."

"다행이다. 세련된 사람이라 이런 거 싫어하면 어쩌나 고민했거든. 아, 이따 저녁에 뭐 해? 내가 레스토랑 예약해 뒀는데 제대로 된 음식 같이 먹을까?"

"오늘 저녁에? 미안해서 어쩌지. 야근 예정인데."

"아… 야근이구나. 일해야지. 알았어."

"그럼 우리 주말에 같이 가자. 미안해."

"어, 알겠어. 미안해하지 않아도 돼. 나는 그럼 엄마 집에 가서 저녁 먹을게. 잘 다녀와."

"그럴래? 알겠어. 이따 봐! 잘 다녀오고."

생일은 태어난 날일 뿐이니 축하 파티보다는 일을 하는게 익숙한 수현이었다. 결혼을 했다고 해서 자신의 생일이 달라질 것이라는 생각은 없었다. 다음 주에 있을 경쟁 프레젠테이션을 위해 오늘 최종 점검 리허설을 하기로 했고, 오늘 아침 동욱의 밥상을 받고 나서야 생일인 것을 알았다. 그러고 보니 그 주 주말에도 수현은 회사에 나가 일을 했다. 아마 동욱은 군말 없이 예약했던 레스토랑을 취소하고 혼자 집에 있었을 것이다.

"동욱 씨… 아…."

관계를 망친 건 자신이었다. 수현은 동욱에게 미안한 마음이 올라왔다. 1층으로 뛰어 내려가 가방에서 휴대폰을 꺼냈다. 최근 두 사람은 이혼을 이야기했었다. 수현이 자신의 엄마 때문에 힘들어하는 것을 중재하지 못하는 동욱이 이제 수현을 놓아주고 싶다고 말을 꺼냈다. 그 말을 들은 수현은 긍정도 부정도 하지 않았다. 무언의 동의로 느낀 걸까. 그러고 나서 동욱은 짐을 싸서 집을 나간 것이다. 지금 당장, 동욱에게 전화를 걸어야만 한다. 휴대폰을 꺼내 동욱의 번호를 찾으려는데 이메일 알림이 울린다. 당연히 업무일 줄 알고 넘기려는데, 발신자는 동욱이다. 연애 시절 한창 주고받다가 결혼 후 조용해진 메일이었다. 늘 회의와 미팅으로 바쁜 수현은 전화보다 메일이 더 빠르고 편리했다. 동욱의 메일을 읽던 수현이 외마디 탄성을 지른다.

"동욱 씨… 당신 정말… 참…."

dear. 수현

수현 씨, 생일 축하해. 전화나 메시지로 말을 하면 서로 오해가 커질 것 같아서 메일을 보내. 오랜만에 당신에게 메일을 쓰네.

내가 남편으로서 많이 부족한 거 알아. 처음 수현 씨를 만났을 땐 눈이 부셔서 제대로 바라볼 수 없었어. 내게 호감이 없는 거 알고 있었지만 나는 수현 씨의 눈빛이 좋았어. 수현 씨는 자체로도 태양 같았거든. 소심한 내가 용기를 내서 연락을 하고 세 번째 만났을 때 내가 냅킨에 적어준 글을 보고 수현 씨가 처음으로 웃어 보였어. 그 문장은 영화를 보고 연습한 건데, 직접 하면 따귀라도 맞을 것 같아서 냅킨에 적었던 거야. 그리고 기적처럼 수현 씨랑 결혼을 하게 됐지.

결혼이라는 걸 처음 해봐서, 남편도 처음이라, 그리고 우리 엄마에게는 아빠도 없고 나밖에 없어서 모든 것이 낯설고 어려웠어. 당신도 엄마도 내게 너무 소중한데 관계를 어떻게 조율해야 할지 모르겠더라. 차라리 고시 공부는 외우기만 하면 돼서 쉬웠는데. 법전이 아닌 진짜 인간관계는 너무 어려웠어. 가족 관계가 공부처럼 된다면 얼마나 좋을까.

지난주에 내가 이혼 이야기를 꺼낸 건 비겁했던 거 같아. 엄마 때문에 힘들어하는 당신을 놓아주기만 하면 된다고 생각했어. 그런데 요즘 심리학 책도 읽고 상담도 받으면서 관계에 대해 공부하다 보니 어쩌면 우리는 서로 제대로 된 부부가 되지 못한 게 아니었을까 싶어.

수현 씨. 내가 부족하지만 한번 더 노력할게. 우리 처음부터 다시 시작해 보자. 느리지만 학습은 잘하니 이제 관계도 학습을 해보고 적용을 해볼게. 알고 보니 공부처럼 관계를 연습할 수 있는 책과 프로그램이 많더라. 부부 학교도 있고 말이야. 당신만 괜찮다면 바쁘겠지만 우리 다시 시작해 보자.

그리고 수현 씨. 아니 수현아. 내가 너를 사랑하는 데에는 너의 결점, 상처, 아픔까지 모두 이유가 되는 거야. 그러니까 나한테 아픔 좀 나누어 주고 기대도 돼. 멋진 모습만 보이지 않아도 괜찮아. 오늘 뉴욕 출장이라고 비서한테 들었어. 냉장고에 미역국이랑 마카롱 넣어뒀어. 시간 있을 때 먹고 메일 확인하면 편한 시간에 답장 줘. 만날 수 있으면 더욱 좋겠지만 바쁘면 이메일로 이야기하자.

생일 축하해 수현아. 그리고 사랑해.

—너의 남편, 동욱

수현은 이메일을 보며 울다 웃다 한다. 동욱의 잘못만이 아니다. 그리고 수현의 잘못만도 아니다. 서로에게 미숙했고 모든 것들을 내어주지 않았다. 아름답고 반짝이는 모습만 보여주는 가족이 어디 있단 말인가. 수현은 엄마처럼 동욱이 자신에게 실망할까 봐 열심히 일하는 모습만 보여주었다는 사실을 깨닫는다. 엄마는 수현이 성과가 있을 때에만 희미한 기쁨을 내비추었으니까. 수현은 이메일의 답장 버튼을 누른다. 무엇을 쓸지 고민하다 두 사람이 연애 시절 좋아하던 시를 적는다.

dear. 동욱

저렇게 많은 별 중에서
별 하나가 나를 내려다본다
이렇게 많은 사람 중에서
그 별 하나를 쳐다본다

밤이 깊을수록
별은 밝음 속에 사라지고
나는 어둠 속에 사라진다

수현의 언어를 동욱이 알아챌 수 있을까? 수현은 메일을 보낸 뒤 핸드폰을 양손으로 잡고 기다린다. 첫사랑과 첫 눈이 보고 싶어 기다리던 마음보다 더 설레고 간지러운 마음이다.

"어, 답장 왔다!"

빛의 속도로 온 답장을 열어본 수현이 핸드폰을 심장에 대고 웃는다. 이 사람 센스 좀 봐. 내가 이래서 동욱 씨랑 결혼을 결심했었지. 이렇게 많은 사람들 중에 너와 내가 만나 결혼할 확률은 몇 프로였을까. 아주 작은 확률로 우리가 만나 결혼을 하고 함께 살고 있지. 우리의 결혼은 그런 통계적 확률로도 소중한 것이지.

dear. 사랑스러운 수현

이렇게 정다운
너 하나 나 하나는
어디서 무엇이 되어
다시 만나랴

집에서 같이 밥 먹으면서 다시 이야기하면 어떨까.
가능한 시간 알려주면 청소해 두고 밥 시켜둘게.

김광섭의 시 「저녁에」를 읽으며 동욱이 프로포즈를 했었다. 「저녁에」라는 시는 교과서에 나와서 수현이 외우던 시였는데 동욱에게 들으니 생전 처음 듣는 시 같았다. 동욱이 내미는 반지를 받아 들고 해사하게 웃던 그날이 생생하게 떠오른다. 영사기가 상영되지 않음에도 불구하고 눈앞에서 행복사진이 흘러가는 것 같다. 실로 오랜만에 느끼는 행복한 설렘이다. 행복이라는 감정을 잊은 줄 알았는데 어디로 도망가지 않고 흘러가지 않고 내 안에 있었구나. 다행이야.

수현은 진심으로 행복해 잇몸이 만개한 웃음을 짓는다. 수현의 행복한 웃음소리에 마음 사진관의 푸른 꽃잎들이 하트 모양으로 빙글빙글 돈다. 모든 마음이 웃고 있는 밤이다. 하늘의 별도 달도 웃고 있는 밤. 숨을 쉬고 살아 있다는 사실 만으로도 충만하게 행복한 밤이다. 수현은 이메일을 닫고 동욱에게 전화를 건다. 동욱은 송신음이 한 번 울리자마자 전화를 받는다.

"수현 씨! 아… 아니 수현아! 어디야? 한국이야 뉴욕이야? 어디든지 말만 해. 내가 그쪽으로 갈까?"

"한국이야. 다른 출장으로 메리골드에 왔어."

"아… 이서 씨가 이야기하던 그 아름다운 마을에 갔구나. 뉴욕은 안 갔어?"

"어, 안 갔어. 동욱 씨 연차 많이 남았지?"

"한 번도 안 썼지."

"그럼 우리 다음 달에 산티아고 갈래?"

"당신 회사에서 산티아고에 프로젝트 런칭해?"

"아니, 여행. 우리 둘이. 신혼여행 말고는 한 번도 못 갔잖아."

"여행? 정말 그냥 여행을 가자는 거야? 회사는 어떻게 하고?"

"나도 그간 못 쓴 연차랑 휴가 좀 써보지 뭐. 한 번도 안 써서 엄청 많을걸? 그리고 회사는 나 없어도 잘 돌아가. 내가 회사랑 떨어져 있어도 괜찮은지가 문제지. 동욱 씨 산티아고 별로면 뉴욕 갈까?"

"아, 아니 산티아고 좋아! 나도 가보고 싶었어."

"응, 다음 달에 당장 가자. 많이 걸어야 할 테니까 신발이랑 옷도 사고, 저녁마다 시간 내서 걷는 연습도 하자. 동욱 씨 월요일에 출근해서 연차 얼마나 뺄 수 있는지 알려줘. 그리고 돌아와서 우리 이사하자."

"알겠어. 시간 내주면 나야 너무 좋지. 근데 지금 집이 별로구나?"

"별로라기보다… 이번에는 우리가 둘이 살고 싶은 동네랑 집을 직접 골라보자. 한옥주택도 좋고 마당이나 중정이 있어서 햇빛 볼 수 있음 좋을 거 같아. 근처에 카페나 맛집도 있으면 좋겠어. 우리 그동안 못했던 데이트 실컷 하면서 가구도 다시 사고, 그릇도 사자."

"좋지. 데이트하자고 해놓고 여러 지역 돌아다니면서 소비자 심리와 소비 행태 시장 조사하는 건 아니지?"

"동욱 씨, 나를 너무 잘 아네. 시장조사 할 수도 있지! 일타쌍피 몰라? 풉. 그래도 자제할게."

"알겠어. 자제하지 말고 하고 싶은 대로 해. 그게 당신다워. 내가 메리골드로 데리러 갈까?"

"번거롭게 그럴 필요 없…지 않고, 그래 좋아. 고마워. 근데 하루 자고 갈 거라 내일 오후에 와줘. 문자로 주소 보낼게. 그리고 청소 어플로 방문 요청해서 집 청소 좀 해줄 수 있지?"

"어… 아… 해본 적 없는데 검색해서 매뉴얼 찾아보고 따라 해볼게."

"좋아. 어렵지 않아서 금방 익힐 수 있을 거야. 그리고 동욱 씨. 나 동욱 씨랑 함께해서 행복해. 고마워."

"수현아…."

"사실 우리가 풀어야 할 문제는 많지만 천천히 같이 노력해 보자. 부부 학교도 다녀보자. 상담도 같이 가고. 후회 없이, 할 만큼 해보자. 나도 노력할게. 어, 이서 기다린다. 그럼 내일 봐! 잘 자고."

동욱과 통화를 끝낸 수현이 휴대폰을 가방에 집어넣으려다 다시 꺼낸다. 아직 수현에겐 해결해야 할 문제가 많다. 회피하고 외면하고 도망치고 싶지만 결국 해결해야 할 사람은 나 자신이니 문제를 직면하기로 선택한다. 일단 지금 출장을 펑크 낸 수현 때문에 이사님이 펄펄 뛰고 있을 것이다. 이사님에게 문자를 보내려 몇 자를 쓰다 말고 전화를 건다. 송신음이 두 번 울리자 바로 전화가 연결된다. 두근두근. 어떡하지. 끊어버릴까. 도망치고 싶네. 아니야, 용기를 내자. 할 수 있어. 입술을 열어 목소리를 낸다.

"지수현입니다. 이사님 죄송합니다. 면목 없지만 개인적 사정이 있었어요. 뉴욕에 도착하셨나요?"

"지 상무, 생각보다 일찍 전화하네? 물론 잘 도착했습니다. 집에요."

"네? 뉴욕이 아니라 집에 가셨다구요?"

"지 상무 없이 뉴욕 프로젝트를 어떻게 진행하나. 아정 대리가 보고한 사항도 있고, 최근 자네 표정 보고 번 아웃 온 것 같아서 안 그래도 조마조마하긴 했어. 이번에는 좀 쉬어가는 게 어때?"

"죄송합니다 이사님. 파트너사에서는 별말 없나요?"

"그건 지 상무가 걱정할 일이 아니야. 미팅 보류는 내 판단이었으니 내가 해결할 일이지. 염려 마. 지 상무 요즘 머리 복잡한 거 같은데 연차 좀 쓰는 게 어때?"

"아… 네… 배려해 주셔서 감사합니다. 그럼 이번 프로젝트 마무리하고 저 휴가 좀 다녀올게요."

"그렇게 해."

"그럼 죄송한 김에 한 번 더 죄송한 말씀 드릴게요. 지

금까지 했던 거 뒤집고 콘셉트 처음부터 다시 잡아도 될까
요?"

"이래야 지수현이지. 뭐 다른 획기적인 아이디어라도 발
견했나?"

"감사합니다. 획기적인지는 모르겠지만 지금 현대인들
에게 가장 필요한 콘셉트로 다가가려고 해요. 늘 쓰는 제품
인데 너무 튀는 것도 버거울 거 같아요. '나에게로 떠나는
여행, 쉼과 힐링, 마음의 포레스트'라는 콘셉트로 제품 개
발을 다시 해보겠습니다. 필요하다면 어플 개발도 동시에
진행하고 싶습니다."

"마음의 포레스트라, 듣기만 해도 좋구만. 오케이! 그렇
게 해. 예산과 인력은 신경 쓰지 말고 최대한 좋은 제품 만
들어."

"믿어주셔서 감사합니다."

"감사는, 지 상무 일 잘하는 거야 내가 더 잘 알지. 그리
고 지수현 인마! 생일 축하해."

"어떻게 아셨어요?"

"지 상무 내가 스카우트했고 인사 카드도 직접 받았는
데 모를 리가 있나. 생일이면 밥도 좀 사달라고 하고 그래!
자네도 이사 한번 돼봐. 직원들 부담스러울까 봐 밥 먹자고
먼저 제안하기도 어려워. 얼마나 외로운 줄 아나? 하하. 월
요일 점심 사줄게. 밥 잘 먹고 이번 프로젝트 멋지게 진행

하고 쉬다 와."

"저는 이사님 바쁘실까 봐… 그리고 저도 누구한테 밥 사달라고 하는 게 익숙지 않아서요. 하지만 식사 제안 감사합니다. 식당 예약해 둘게요. 월요일에 뵙겠습니다."

이사님과의 통화를 끝낸 수현은 허공을 향해 90도로 폴더 인사를 건넨다. 접은 몸을 펴며 최 이사를 생각한다. 수현을 스카우트한 최 이사는 겉으론 냉철해 보이지만 눈길이 따뜻해서 마음으로 수현이 의지하던 사람이다. 뉴욕 미팅을 펑크 내면서도 왠지 최 이사라면 이해할 거라 막연히 생각했는데 역시는 역시. '나도 이사 되면 이런 사람이 되어야지. 내가 부모 복은 없어도 동료 복은 있네' 중얼거리며 마지막으로 엄마에게 메시지를 적는다. 어차피 그녀가 이 글을 읽고 달라질 거라 기대하지 않는다. 기대하지 않으면 실망도 적음을 그녀의 딸로 살며 학습했다. 단지 그간 표현하지 않던 마음을 꺼낼 뿐. 사랑받지 못한 사람은 사랑하는 방법도 모른다던데, 자신은 그 말을 깨고 싶다. 사랑받지 못한 사람은 사랑하는 방법을 연습해서 사랑하고 사랑받음에 더 감격할 줄 알게 된다고 말하고 싶어졌다.

마음의 행복한 순간을 사진으로 찍어 뭉클해졌을 뿐인데 이렇게 달라진 마음이 될 수 있는 것일까. 아니면 사진 찍기 전 적어 넣은, 그 우체통이 사실은 적은 대로 말하는 대로 소원을 들어주는 마법의 우체통인 것일까? 이런들 어

138

떠하고 저런들 어떠한가. 잊고 살던 아니, 인지하지 못했던 행복이란 감정을 소중히 지키고 향유하고 싶어졌다.

엄마. 만약 다음 생이라는 게 있다면 엄마는 내 자식으로 태어나. 그럼 내가 엄마를 듬뿍 사랑해 줄게. 사랑하고 사랑받는 법을 배워서 그 다음 생엔 내가 다시 엄마 자식이 될게. 그럼 지금처럼 아프게 하지 말고 듬뿍 사랑해 줘. 할 수 있는 게 사랑밖에 없는 사람들처럼 우리 그렇게 살아보자. 엄마를 이해하려고 노력하지 않을게. 엄마의 상처와 사정이 있을 테니까. 오늘 내 생일인데 엄마도 나 낳느라 고생했어. 미역국은 각자 사 먹기로 해. 이 문자에 답장은 하지 않아도 괜찮아.

"휴, 급한 연락 다 끝냈다. 나도 모르는 내 마음을 사진으로 들여다보았을 뿐인데 마음이 다시 태어난 기분이야. 행복한 마음이 들었던 순간만을 모아둔 사진이라니… 눈물 나게 좋네. 내 마음도 신제품 개발처럼 새 이름을 붙여주고 싶을 정도야. 사진 찍는 거 은근 재미있는데 문 앞에 스티커 사진도 찍어볼까?"

아침엔 분명 구두굽이 부러지고 삶도 무너지고 모든 것이 엉망이라 느껴졌다. 삶에 지쳐 얼떨결에 메리골드로 달려와 목적지 없이 걸어 다니고 이상하고 수상한 사진관에서 사진을 찍고, 그 사진을 봤을 뿐인데 수현은 자신이 지금 '행복하다'고 느낀다. 인생은 멀리서 보면 희극 가까이서 보면 비극이라는데, 오늘은 멀리서 보면 비극이고 가까이서 보면 희극인 날이었다. 참 긴 하루다.

마음 사진관에서 행복사진을 찍을 때마다 해인은 마음속으로 작은 기도를 한다. 저 사람 마음의 행복이 촘촘하게 사진으로 찍히게 해달라고. 그리고 불행한 마음이 찍힌 필름은 새벽에 일어나 옥상 빨랫줄에 널어둔다. 사람들 마음의 멍과 아픔은 푸른 새벽이 밝아올수록 서서히 증발해 푸른 꽃잎이 된다. 푸른 꽃잎은 하늘로 날아가 아침 첫 해의 얼굴을 마주한 순간 파랗게 부서진다. 부서진 꽃잎들은 하늘이 되고 그 순간 마을은 진한 라일락 향기가 퍼진다. 불행 필름이 옥상에서 날려 하늘로 날아가는 순간마다 해인은 사람들 마음에 다시는 이런 기억이 찍히지 않기를 바란다.

해인은 마음 사진관을 운영하며 매일 아침 눈뜨는 것이 기다려지는 삶을 살고 있다. 첫 새벽을 놓치지 않아야 불행 필름을 하늘에 태워 보낼 수 있고, 그래야 마음 사진관을 다녀간 사람들도 진정한 새 아침의 마음으로 개운하게 하루를 맞이할 수 있다. 매일 새로이 해가 뜨는 건 매일 새로

이 사람들의 마음을 달래어 주기 위함이 아닐까.

"지은 씨가 이래서 마음 세탁소를 차려 아픈 상처와 얼룩을 지워주고 다려준 걸까."

한 손을 주머니에 넣고 천천히 걷는 해인 앞에 익숙한 얼굴이 등장한다.

"이서 왔니? 친구분 사진관에 있어. 가봐."

"제 친구인 줄 어떻게 아셨어요?"

"다 알지. 스티커 사진 기계 새로 들였는데 찍고 가. 문은 열어두어도 괜찮아."

해인을 향해 손을 흔들며 이서는 사진관을 향해 빠른 걸음을 걷는다.

"수현아! 나 왔어!"

마침 문을 열고 나오는 수현과 문 안으로 들어서려던 이서가 마주 본다. 이서는 수현의 말갛고 개운한 낯빛을 보며 안도한다. 사실 몇 년 전부터 수현의 마음 건강이 위험해 보여 신경 쓰였다. 마음 사진관에 출장 서비스가 있다면 좋을 텐데. 일 때문에 바빠 집에도 들어가지 못하는 수현이 걱정스러워 애꿎은 손톱만 잘근잘근 씹었다. 그런데 오늘 예상치 못하게 수현이 왔다. 가장 좋아하는 친구의 생일에 오히려 이서가 선물을 받은 기분이다. 가장 사랑하는 친구의 행복 찾기 여정에 이서도 행복하다. 사랑하는 이를 행복하게 해주는 게 행복의 속성인 걸까. 그렇다면 그 속성은 영원히 변치 않기를 소망한다.

"나를 메리골드에 불러줘서, 그리고 마음 사진관 이야기를 들려줘서 고마워. 무엇보다 오랫동안 곁에 있어줘서 고마워. 나 친구 별로 없는 거 알지?"

"고맙기는. 나도 친구 별로 없어. 나처럼 늘 몽상에 빠져 있는 사람, 부담스러워 하는 애들도 많았는걸."

"나는 너의 그런 몽상가적 기질이 낭만적이라 생각해서 되게 부러웠는데?"

"진짜? 네가 나를 부러워했다고? 나는 세련되고 똑똑한 네가 부러웠는데?"

10년지기 친구는 서로를 부러워했던 이야기에 놀라 함께 눈을 동그랗게 뜬다. 우리는 자신의 아름다움보다 타인의 아름다움에 더 눈이 밝은 것일까.

"고백할 게 있어. 나는 예전에 마음 세탁소에서 어떤 얼룩을 지웠어."

"그랬구나. 힘든 일이 있었던 줄도 몰랐어. 미안해."

"에이 미안은… 다들 웃고 있고 말 안 하면 아무것도 모르는 게 당연하지. 사실 어떤 얼룩인지는 지워서 기억 안 나는데, 그 후로는 매일 자주 웃게 됐어. 기억나는 건… 얼룩을 지운 다음에 세탁소 지은 언니가 해준 말이야. 자신의 마음을 양육할 수 있는 사람이 행복할 수 있다고 했어. 길게 자주 웃고 낙관적인 생각을 하라고 했어. 그리고 사소한 기쁨을 느끼게 되는 순간이나 그때의 행동을 기억하래. 그 행동을 반복하다 보면, 마음이 슬프더라도 쉬이 행복에 자신을 도달하게 할 수 있다고 했어."

"행복도 반복된 습관이라는 의미 같다."

"응, 아마 그런 말이겠지? 너는 언제나 이유를 묻지 않아서 고마웠어. 왠지 나와 다른 사람이지만 서로를 이해하고 있는 기분이랄까? 근데 몇 년 전부터 네 표정이 심상치 않더라. 네가 메리골드에 꼭 와보면 좋겠다고 생각했어. 여기 마음 사진관에. 여기 왔다는 네 문자가 얼마나 고맙던지. 나 반차 쓰고 달려온 거 알아? 그 마음 상태로 살았다간 자칫 유일하게 마음을 터놓는 친구 잃을 뻔했을지도 모른단 생각에 아찔해."

"그 정도로 내가 위험해 보였구나. 내가 잘살고 있다고만 생각했어."

"물론 너 잘 살지! 멋진 집, 멋진 차, 근사한 남편, 우아한 동안 외모, 커리어까지. 근데 나는 알잖아. 그게 전부가 아니라는 거."

"알아줘서 고맙네. 이래서 나이 들수록 친구가 필요하다는 건가."

"당연하지! 우리 앞으로 힘든 일 있으면 어깨동무하며 이겨내고! 재미나게 살면서 나이 들면 같이 찜질방도 가고 여행도 다녀야지! 알록달록한 등산복 입고 산에도 다니고 꽃 사진도 찍고 말야!"

"음. 알록달록한 옷이라…. 그건 생각해 보자. 무채색 등산복을 골라도 되는 거니까. 근데 이서야 정말 행복이 뭘까?"

"행복? 음… 행복은… 어! 수현아, 저기 봐봐! 불꽃놀이해!"

정답게 이야기를 나누는 두 사람의 눈앞에 크고 아름다운 불꽃이 터진다. 마치 이 순간을 위해 기다렸다는 듯이 찬란하고 눈부시다. 수현은 마치 불꽃을 처음 본 사람처럼 눈이 동그래져서 바라본다.

"어머머, 오늘 주말이라 불꽃놀이 하나 봐. 여기 두 면이 도시고 두 면은 바닷가잖아. 평일엔 조용한데 주말엔 관광객들 몰려와서 불꽃놀이 하는 날들이 있더라고. 근데 오늘 무슨 행사라도 있나? 불꽃이 엄청 큰데? 수현아, 우리도 해변 내려가서 불꽃 몇 개 쏴볼까?"

"좋지, 불꽃 오랜만에 본다. 회사가 여의도인데 불꽃 터지는 거 볼 여유도 없었네. 있잖아, 내 삶이 타고 남은 불꽃 같다고 생각했어. 앞에서는 화려하게 불타고 실제는 연기와 재만 남아 살고 있는 거 같았어."

"너무 힘들었겠다 수현아."

"응. 근데 지금 보니까 이서야, 불꽃은 원래 어두울 때 터지잖아. 마음이 마냥 어두운 날들도 사실은 저렇게 크고 아름다운 불꽃을 터뜨리려고 준비 중이었던 거야."

"아름답다… 역시 지수현 멋져. 그런데 찬란하고 근사한 순간이지만 정말 순간이잖아. 불꽃놀이는 끝나도 우리 삶은 계속되니까."

"그렇지. 지금이 순간임을 알기에 더 아름다운 게 아닐까. 매일이 불꽃놀이 같다면 어떨까?"

"일상이 매 순간 불꽃놀이면… 음… 불꽃에 데어 죽을 걸? 혹은 심장 터져 죽거나. 아니면 불꽃같은 아름다움도, 화려함도 결국 질리겠지."

"그렇겠지? 나는 지금까지 매일을 불꽃놀이 준비하듯 산 것 같아. 맹렬하게 타고 싶었나 봐."

"우리 수현이… 너무 고생 많았다. 잘했어. 너 지금까지 잘해왔고, 충분히 잘하고 있고, 앞으로도 너무 잘할 거야. 가장 어두울 때가 가장 빛나는 순간일 수도 있다는 말이 있잖아. 지금 어둡고 힘들다면 삶의 축제를 준비 중일 수도 있으니 현재를 즐기라고 했어. 어제를 살지도 내일을 살지도 말고 오늘만 살자고 생각하니까 그 뒤로 정말 자주 웃게 됐어. 웃기지 않은 일도 웃고 나니까 글쎄 재미있어지는 거 있지? 자주 웃으니까 삶이 축제 같더라."

"삶의 축제, 페스티벌이라."

"무튼 마음 세탁소에서 얼룩을 빼고 나니 세상이 맑고 환하게 보이더라. 그때부터 몽상이 시작된 거야. 이루지 못

할 꿈일지라도 꿈을 꾸며 행복하고 말도 안 되는 일이라도 즐거워졌어."

담담하게 마음 세탁소에 다녀온 이야기를 하는 이서가 조금 낯설게 느껴진다. 지금까지 알던 이서는 누구보다 밝고 사랑스러운 사람이라 아픔 같은 건 없을 줄 알았는데. 어떤 기억을 품고 살았기에 마음 세탁소에서 얼룩을 지운 것일까. 수현은 묻고 싶은 말을 목구멍에서 꿀꺽 삼킨다.

"네가 왜 이곳으로 나를 초대했는지 알 것 같아. 그리고 우린 가장 친하다고 하지만 아직 서로 모르는 게 많네."

"그래서 앞으로 더 알아갈 날들이 많고 말이야! 그치?"

"맞아. 우리 불꽃 쏘러 가기 전에 문 앞에 있는 스티커 사진 먼저 찍어볼까?"

"지금 네 입에서 먼저 사진 찍자고 한 거야?"

"나도 그런 말 할 수 있다 뭐. 품. 아까 사진 찍은 걸 보니까 예쁘고 재미있더라고. 앞으로는 순간의 행복을 기록에 남기고 살아야겠어. 근데 이 사진도 찍으면 무슨 마법 같은 일이 생기는 거니?"

"글쎄… 정말 마법이 이뤄지게 해봤으면 재밌겠다! 일단 찍어보자."

두 사람이 신나게 스티커 사진 기계 안으로 들어선다. 앞장서 들어간 이서가 프레임을 고르는 동안 수현은 하늘을 바라본다. 이상하게 마음의 말들이 흘러넘친다. 편지를 쓰고 싶다. 수현은 마음에서 천천히 흘러나오는 말을 듣는다.

'앞으로 나아가는 길엔 언제나 진통이 따릅니다. 때론 그 진통이 아프고 괴로워 도망가고 싶습니다. 왜 내게만 이런 일이 생기나 싶죠. 하지만 내게만 이런 일이 생기는 것은 아니겠지요. 당신도 고통스럽고 힘들었을 것입니다. 하지만 나는 고통 속에 머물지 않는 행운을 얻었습니다. 고통을 지나오며 마음이 조금 어른이 된 거 같아요. 성장통이라 해야겠지요. 나의 성장통은 당신이었습니다.'

마음의 말은 하늘의 불꽃이 되어 터진다. 나의 성장통이었던 당신. 당신의 몸을 통해 세상에 나왔다는 이유만으로 늘 당신의 사랑을 갈구했고 당신의 무례를 견디어 냈으며 당신의 기대에 부응하기 위해 살아왔다. 그런 삶이 익숙해져 타인의 무례에 대처하는 법을 잊었으며 나를 사랑하는 법도 잊었다. 나를 사랑하지 못하니 남을 사랑하지 못했다. 하지만 이제 사랑을 갈구하던 어린아이가 아니라 어른이다. 어른이 되어도 이리 한참 아플 줄 몰랐지만 어찌됐든 어른이다. 진짜 어른은 나에게 상처 주는 사람을 탓만 하지 않고 자신을 보호할 줄 아는 사람이 아닐까. 성장통을 딛고 앞으로 나아가는 사람이 아닐까. 그렇다면 이제 앞으로 나아갈 수 있을 것도 같다.

"뭐 해 수현, 프레임 다 골랐어."

"하늘이 예뻐서 봤어. 다 골랐어? 찍자."

"좋았어! 사진 찍고 우리 집 가서 넷플 보면서 맥주 마시자. 늦잠 자고 일어나선 우리 동네 최고의 식당에 갈 거야! 우리분식이라고, 기대해!"

두 사람은 다양한 포즈로 사진을 찍는다. 하나 둘 셋 넷. 네 컷의 사진이 완성되는 동안 기대감과 설렘이 작은 기계 안에 퍼진다. 정성스레 사진을 찍고 인화될 사진을 고르듯 우리네 일상도 매일 매일의 한 컷을 행복하게 찍어보고 싶어졌다. 매 순간 성심을 다해 성실히 인생의 장면을 찍는다면, 행복 카메라에 영사될 장면들도 더 많아지겠지? 매일이 베스트 컷일 수는 없지만 흔들리고 이상하고 웃기고 슬프고 화나고 짜증나는 장면들이 모여 삶이 된다. 온통 아름다웠다고 할 수는 없지만 어느 순간에 아름다움을 느낄지는, 자신의 선택에 달려 있을 것이다.

"사진 찍는 거 재미있네."

수현은 스티커 사진을 핸드폰 케이스에 넣는다. 일상으로 돌아가도, 오늘을 기억해야지. 오늘을.

"12시 되기 1분 전이야! 생일 축하해 수현아! 오늘 마지막까지 축하는 내가 했다!"

우리는 인생의 베스트 컷을 위해 성실하게 열심히 살아가지만, 어쩌면 매 순간이 베스트 컷임을 모른 채 살아갈 수도 있겠다. 내일 동욱이 오면 마음 사진관까지 들어올지는 모르겠지만 스티커 사진은 같이 찍어봐야지. 때맞춰 터지는 불꽃을 향해 박수를 치며 환호하는 이서를 보며 수현의 마음에도 빛나는 불꽃놀이가 시작된다.

이토록 아름다운 밤에, 우리는 흘러가는 시간이 아쉬워 추억으로 남기려고 사진을 찍는지도 모른다. 사진으로라도 소중한 시간을 담아두고 싶어서. 온 마을 사람들이 밤하늘을 바라보며 마음속에 차곡차곡 사진을 찍어 저장하는 밤이다.

지은이 해인의 곁에서 빨간 꽃잎으로 수놓인 하늘 아래 행복하게 눈을 감은 지 1년이 되었다. 떠난 뒤에도 즐겁고 시끌벅적하게 웃으며 자신을 떠올려 달라고 했던 지은의 바람대로, 마을에서는 그녀를 기억하는 추모 파티가 한창이다. 파티의 준비는 마음 세탁소가 피어나는 걸 보았던 첫 손님이자 해인의 오랜 친구이기도 한 재하와 연희가 맡았다. 주민들은 물론이고 여행객들도 한데 모여 파티는 점점 골목까지 분주해진다.

"파티도 이제 슬슬 끝나가네. 연희야, 사장님이 너한테 남긴 영상 메시지가 있댔지?"

"어, 여기 있어."

"근데 사장님이 USB에 영상을 담을 줄도 알았어?"

"그러니까. 진짜 놀랍지?"

너무 울어 코끝이 빨갛고 눈이 퉁퉁 부은 연희가 재하에게 USB를 건넨다. 재하는 마이크를 들고 파티의 마지막 인사를 전하려다 울컥 올라오는 슬픔에 고개를 숙인다. 울지말아야지, 사장님이 내가 우는 거 알면 속상할 거야. 재하는 마이크를 내리고 말없이 빔 프로젝트로 영상을 재생시킨다. HAPPINESS가 적힌 하얀색 긴팔 티셔츠를 입고 파티를 즐기던 사람들이 스피커에서 나오는 지은의 음성을 듣고 일제히 동작을 멈춘다.

정원 한쪽에 설치된 빔 프로젝터의 화면에서 지은이 긴장한 듯 심호흡을 하고 있다. 처음 이 마을에 왔을 때처럼 검은색 바탕에 빨간 꽃잎이 그려진 원피스를 입고 있는 지은이 짧은 침묵 끝에 말문을 열었다.

"저는 메리골드에서 마침내 행복해졌습니다. 그러니 내가 없어도 너무 오랫동안 슬퍼하지 않았으면 좋겠어요. 애도는 짧게 부탁해요. 그리고 혹시 알아요? 제가 백만 번째 삶을 끝내는 것에 실패할지."

지은이 농담으로 던진 말에 마을 사람들의 눈이 휘둥그레진다.

"농담입니다. 위로 차 레시피는 해인 씨에게 전수해 두었으니 차가 필요할 땐 마음 사진관으로 가세요. 여름에 가을을 그리지 말고 가을에 겨울을 그리지 말아요. 마지막 부탁입니다. 부디 오늘을 사세요. 지금 이 순간 행복하세요. 먼 미래의 거창한 행복을 좇느라 오늘의 사소한 기쁨을 놓치지 말고 오늘을 살아요. 나 자신을 위해서. 삶은 여행입니다. 여행 온 듯 매일을 살길 바라요."

지은의 마지막 말이 끝남과 동시에 꽃잎들이 하늘로 날아 올라간다. 빨간 동백 꽃잎과 푸른 라일락 꽃잎이 원을 그리며 섞이고 진하게 꽃향기가 번진다. 이토록 아름다운 추모 축제가 있던가. 사람들이 아득한 꽃냄새와 아름다운 풍경에 넋을 잃는 사이, 해인이 아름다운 음악을 틀어 분위기를 고조시킨다. 그러고는 지은이 좋아하던 책을 가방에 넣고 모자를 고쳐 쓰고 사람들 몰래 문을 빠져나온다. 다급히 뒤따라 나온 재하와 연희가 무엇을 예감한 듯 해인을 꼭 안아준다.

"너 없는 동안 마음 세탁소랑 사진관은 걱정하지 마. 우리가 잘 돌보고 있을게. 청소도 매일 하고. 사람들에게 위로 차는 못 내어주지만 따뜻한 차를 내줄게. 우리 엄마 연자 씨가 같이 도와주기로 했으니까 염려 말고 다녀와."

"고마워."

"다녀와 해인아. 기다릴게."

짧은 인사를 나눈 해인은 고개를 숙인 채 길을 걷는다. 언제 돌아올지 모르는 기약 없는 여행을 떠난다. 지은이 없는 메리골드에 다시 돌아올 수 있을까. 해인은 벌써 자신이 없다.

"그러고 보면 엄마랑 아빠가 같은 날 간 게 다행이었네. 한 사람만 먼저 갔으면 외로웠을 텐데 둘이 같이 갔으니 괜찮았겠어."

고개를 숙이고 성큼성큼 빠른 걸음으로 걷던 해인이 멈추어 선다. 문득 오래전 사고로 한 날 한 시에 세상을 떠난 부모의 상실에 대한 슬픔이 마음에서 풀려나감을 느낀다. 이해할 수 없던 일들은 이해하려 노력할 땐 도저히 풀리지 않는 문제가 되고, 이해하려 노력했었다는 사실조차 잊을 때에야 이해하게 됐음을 알게 된다. 머리로는 이해했다고 생각하지만 마음으로 받아들이지 못한 일들은 때론 오해가 되기도 한다. 그러고 보면 마음은 머리보다 받아들이는 속도가 느리다.

머리에서 마음으로 가기 위한 시간 동안 발걸음은 어디를 향해야 하는 것일까. 지난 1년간 상실 앞에서 해인은 마음껏 울지도 못했지만 이미 폭풍처럼 눈물을 흘린 것 같다. 마음의 눈물인가. 그렇다면 오늘은 머리와 마음의 속도가 일정한 날이구나.

"어디로 가야 할까. 길을 잃었네, 정말."

어디로 가야 할지는 모르지만 길을 걷고 있다. 걷고 있으니 어딘가에 도착할 것이다. 해인은 할 수 있는 일이 걷는 것뿐인 사람처럼 그저 걷는다. 가방의 열린 틈으로 빨간 꽃잎과 파란 꽃잎이 춤추듯 슬그머니 들어가는 것도 모르고, 해인은 그저 걷는다. 책과 물통, 옷 몇 벌과 일회용 필름 카메라들, 그리고 꽃잎들이 가방 속에서 해인의 걸음에 맞춰 함께 흔들린다. 혼자 걷고 있지만 혼자만은 아닌 길이다.

"길을 잃었을 때 길을 찾는 방법이 있나. 내가 가고 싶은 길은 구글 맵에 나오지 않는 길인데."

해인은 바지 주머니에 두 손을 넣고 모자를 벗는다. 어디로 가야 할까 대체. 허공을 응시하는 해인의 눈동자에 붉은 노을이 담긴다. 지은 씨가 했던 삶을 여행처럼 살라는 말은 어떤 의미일까. 여행을 떠나 보아야 그 말의 의미를 알게 되지 않을까. 언제 다시 돌아올 수 있을까. 자신이 없다.

"아빠 신발 있네? 아빠 집에 있었어? 마트에서 장 봐 왔어! 김치찌개랑 계란찜 해 먹을까?"

"어 범준아, 아빠 방금 들어왔어. 오늘 알바 일찍 끝났니?"

"요즘 카페에 손님이 별로 없어서 사장이 일찍 들어가래. 시급 주기 힘든가 봐. 아빠는 오늘 택시 매출 맞추고 들어온 거야?"

"맞추긴 했는데 밥 먹고 다시 나가볼까 생각 중이야. 장거리 하나 뛰고 왔는데, 고급 아파트에서 젊은 여성분이 울면서 타시더니 주소가 적힌 종이를 주시더라고. 두어 시간 거리라 고민하다 그 여성분이 너무 슬퍼 보여 다녀왔어."

"거기가 어딘데?"

"메리골드라는 덴데, 얼핏 보니 도시가 아주 아름답더라. 다음에 우리도 가보자."

"메리골드? 아, 나 들어본 거 같은데. 그리고 아빠 쉬엄쉬엄 해! 뭐 그렇게 열심히 살아! 장거리 뛰었으면 오늘 이만 쉬자!"

"껄껄, 그러게 말이다. 시간 많은데 놀면 뭐 하니. 이 아빠 대신 범준이 네가 쉬엄쉬엄 살고 있잖니."

"그렇긴 해, 킥킥. 스물다섯에 알바만 하고 사는데도 잔소리 안 하는 부모는 세상에 아빠밖에 없을걸? 우리 아빠 최고!"

"뭐든 다 때가 있는 거니까. 나는 너 믿어. 그리고 아빠는 범준이가 무슨 일을 하든 다 좋아. 네가 재미있고 즐겁다면, 그게 사람들을 해치거나 범법 행위만 아니라면 아빠는 그걸로 행복해."

"킥킥. 나 같은 쫄보가 범법 행위를 어떻게 해. 근데 진심임? 세상에 이런 아빠가 어디 있나! 에이, 기분이다! 오뎅볶음도 해줄게. 얼른 씻고 오셔!"

범준은 아빠의 등을 떠밀어 욕실로 들여보낸다. 평생 은행원으로 성실히 살다 퇴직하고 연금 받으며 쉬엄쉬엄 살아도 되는 사람이 작년부터 택시 기사를 한다고 나섰다. 아빠는 어쩜 저렇게 성실할까. 하고 싶은 것도 없고, 무얼 좋아하는지도 모르겠고, 딱히 하고 싶은 게 없는 범준은 이해가 되지 않는다. 집에서 아무도 만나지 않고 누워 있는 게 제일 좋다. 집에만 있어도 잠도 자고 유튜브도 보고 게임도 하고 넷플릭스 보고 하루가 바쁘다. 정말 종일 집에 틀어박혀 아무것도 하고 싶지 않지만 아빠에게 부담을 주기는 싫어서 용돈이라도 벌려고 아르바이트를 전전하고 있다. 자신이 꼭 아니더라도 상관없는, 언제 그만두어도 이상하지 않은 자리가 자신의 자리 같다. 정사각형으로 썬 오뎅에 간장을 넣고 볶으니 맛있는 냄새가 올라온다. 어제 아빠가 끓여서 냄비째 냉장고에 넣어둔 김치찌개를 꺼내어 데우고 계란찜을 하기 위해 오늘 사 온 계란을 꺼낸다. 마트의 세일 알림 문자를 보고 범준이 시간 맞춰 가서 사 온 소중한 무항생제 유정란이다.

"평소에 먹던 계란보다 배로 비싼 계란인데 아껴 먹어야지. 두 알만 할까? 에이, 아빠 오늘 장거리 뛰었다니까 사치 좀 부려보자. 네 알 간다! 어우 맛있겠다, 벌써 침 고이네. 아빠, 얼른 씻고 나와!"

"다 씻었어, 냄새가 아주 좋다 야. 장 본 거 얼마 들었어? 아빠가 줄게."

"아빠, 나도 돈 벌거든요! 장은 볼 수 있습니다요! 얼른 이리로 오시죠."

너스레를 떨며 범준과 아빠는 식사 준비를 한다. 단 두

식구뿐인 식탁이지만 다정으로 꽉 채운 식탁은 따뜻하다. 아빠는 범준을 지그시 바라본다. 어릴 때보다 덩치는 컸지만 아빠의 눈에는 아직도 손가락을 빨며 자신을 바라보던 세 살 아기 같다.

"아빠 아빠, 계란찜 좀 먹어봐. 내가 오늘 세일해서 큰맘 먹고 뒷자리가 2인 계란을 샀거든? 아주 고소해."

"냄새가 아주 좋네. 먹어볼게. 근데 뒷자리가 2라니, 그게 무슨 말이야?"

"아빠, 계란에도 번호가 있는 거 알아?"

"번호가 있어? 난 그냥 마트에서 제일 싸고 양 많은 것만 집어 왔지. 뭐가 달라?"

"이 계란은 말이야. '동물복지 유정란'이야. 행복한 닭이 낳아 건강하고 영양이 풍부한 계란이지. 자연 방목해서 항생제 없는 자연 목초를 먹고 자란 닭이 낳은 계란은 여기 찍힌 뒷번호가 1번이야. 봐봐, 이 번호 보이지?"

"안경 좀 벗고 봐야겠다. 글씨가 작아 잘 안 보이네. 아… 정말 맨 뒷자리에 똑같이 2가 찍혀 있네? 그럼 몇 번까지 있는데?"

"내가 다른 나라는 모르겠고 우리나라는 사육 환경에 따라 1번부터 4번까지 나뉘어. 그동안 우리가 먹던 계란은 4번인데. 똑같이 생긴 케이지에 갇혀서 주는 사료만 먹고 알만 낳고 딱 그 케이지만큼의 생을 사는 닭에게서 나온 계란이 가장 낮은 등급인 4번인 거지."

"계란에도 그렇게 심오한 뜻이 있구나. 우리 범준이 아는 게 정말 많아."

"유튜브에서 봤어. 어쨌거나 아빠, 내가 생각을 해봤는데 닭도 자유롭고 행복하게 살 때 신선한 알을 낳는단 말이지. 케이지에 갇혀 제자리걸음 하는 닭의 달걀이 가장 저렴하고. 근데 지금 내 인생이 4번 계란의 삶인지, 1번 계란의 삶인지, 혹은 2번이나 3번 계란의 삶인지 잘 모르겠어."

"아빠 생각엔 남들이 스탬프로 찍어준 뒷자리의 숫자가 어떤 등급을 의미한다고 생각하지는 않아. 만약 계란의 뒷번호를 사람에 비유해 생각한다면 말이야. 내가 어떤 뒷번호인지는 스스로 정하는 게 아닐까? 근데 계란찜 먹으면서 그런 말 하니까 뭔가 되게 심오하다 야. 범준이 너 오늘따라 이상한데?"

"역시 아빠는 눈치가 빨라. 아빠, 아빠는 은행원이 하고 싶어서 했어?"

"나는 뭐… 하고 싶어서 했다기보다는 우리 때는 공부 잘하면 들어갈 수 있는 직장이 금융권이었는데 그나마 은행에 다니는 게 규칙적인 생활을 좋아하는 나한테 맞을 것 같더라고. 딱히 하고 싶은 일도 없고 좋아하는 일도 없었는데 아빠가 입사한 은행은 연봉이 높았지."

"좋아해서라기보다 할 수 있는 일을 한 거구나."

"그렇지, 그땐 그랬지. 어떤 걸 좋아하는지 생각하기보다 학교에서 정해준 공부를 하고 성적을 잘 받는 게 가장 중요하다고 생각했으니까. 근데 돌아보면 학교 수업 시간에 배운 거, 한글이랑 연산 빼곤 인생에서 쓰이는 게 없더라. 회사 다니며 매일 밤 새워 공부만 하던 게 어찌나 억울하던지. 껄껄."

너털웃음을 짓는 아빠의 잔에 범준이 막걸리를 따른다.

"오늘 범준이 서비스가 아주 좋은데? 알겠어, 다시 일 안 나가고 집에서 쉴게. 아빠는 네가 지금 당장 취업하지 않더라도 불안해하지 않으면 좋겠어. 학교에서 좋아하는 일을 찾는 걸 배운 적이 없는데 네가 어찌 알겠어."

"아빠는 정말 천사야. 근데 영원히 좋아하는 일이나 하고 싶은 일을 찾지 못하면 어쩌지. 그땐 그냥 나도 아빠처럼 할 수 있는 일을 해야겠지?"

"그것도 나쁘지는 않지. 아빠가 살아보니까 사람이 모두 좋아하는 일을 하면서 살거나, 하고 싶은 일을 알고 살지는 않더라고. 다만 하는 일을 좋아해 보려고 노력하거나 퇴근하고 재미있는 어떤 취미를 찾던가 해야지."

"아… 근데 정말 난 아무것도 하고 싶지 않은데 말이야. 평생 좋아하는 일도 못 찾고 허송세월만 보낼까 염려가 되긴 하는데 도통 모르겠어."

"살면서 좋아하는 일을 찾은 사람은 복권 당첨된 거랑

똑같지 않을까."

범준과 아빠는 저녁을 먹으며 즐겁게 대화를 한다. 범준은 어떤 이야기든 비난하지 않는 아빠가 세상에서 제일 편하다. 자신을 제일 잘 이해해 주는 건 역시 가족이다. 아빠가 막걸리 안주로 가장 좋아하는 범준의 오뎅볶음이 금세 동이 난다. 범준은 프라이팬에 남겨둔 오뎅을 모두 담아온다.

"근데… 그럼 퇴직하고 왜 택시 일을 하는 거야? 솔직히 아빠 연금 나오니까 쉬어도 되잖아. 택시 일은 하고 싶었던 일이었어?"

"아빠는 하고 싶은 일을 아직도 모르겠어. 정년이 되어 퇴직하니까 그동안 못 다녀본 이곳저곳을 다녀보고 싶은데, 어디부터 어떻게 가야 할지 모르겠는 거야. 근데 어느 날 등산이나 갈까 싶어서 택시를 타니까 기사님이 "손님, 어디로 가실 건가요?" 묻더라고. 그때 머리를 탁 쳤어."

"탁! 이렇게?"

"껄껄, 그렇지. 탁! 어디를 가보고 싶어도 어디로 가야 할지 모르겠는데, 손님들이 어디로 가자고 말해주는 거야. 그럼 나는 매일 어디를 갈 수가 있잖아. 대부분 평생 안 가본 동네들이더라고. 힘들긴 하지만 그게 좋더라."

범준이 퍼 온 오뎅을 밥 위에 얹어 삭삭 긁어 먹으며 아빠는 오늘 낮에 다녀온 메리골드를 떠올린다. 범준이도 그런 동네에 가보면 좋을 텐데. 그때 범준이 반으로 접힌 종이를 꺼내서 아빠에게 건넨다. 종이를 펼쳐본 아빠는 눈이 동그래진다.

"청년 도시 체류 프로그램? 이런 것도 있어?"

"아빠, 내가 누구야. 알바 갔다 와서 종일 인터넷만 하잖아! 게임할라고 사이트를 탁 열었는데 이상한 팝업이 뜨는 거야. 닫으려다 실수로 클릭했는데 거기에 1년간 숙식 제공, 체류비 지원, 도시 내의 단기 일자리 알선 가능이라고 써 있더라? 엄청나지!"

"그런 거 다 해주면 뭐가 남는다니. 청년 지원해 주는 건가?"

"맞아. 청년 지원 프로그램인데 뭐 다 준다니까 일단 신청을 했거든?"

"설마 합격했어?"

"어! 합격했어! 대박이지! 남들이 취업 성공하면 이런 기분이겠지? 잠깐, 근데 도시 이름이 낯익은데… 종이 줘봐, 어 맞다 맞다! 메리골드! 아빠가 오늘 다녀온 거기네!"

"이야 축하한다 우리 범준이, 합격도 하고. 대단하네. 그런데 메리골드에 간다고? 아까 잠깐 들렀는데 꽃도 많이 피어 있고 바다도 있고 참 좋더라. 아빠가 주말에 들러도 될까?"

"당근이지! 안 올라 그랬음? 안 오면 나 삐짐! 서운함!"

"좋지. 언제 출발이야? 아빠가 데려다 줄게."

"오 콜! 아빠가 데려다 주면 완전 땡큐지. 다음 주 수요일인데 아빠 일 안 나가도 돼?"

"그날은 범준이 위해 미터기 내가 직접 꺾지 뭐. 우리 집 VIP 손님이 타시는데."

아빠는 범준이만 생각하면 무엇이든 다 해주고 싶다. 고등학교 졸업하고 입학한 2년제 대학을 한 학기 다니다 휴학한 범준이 아무것도 하고 싶지 않다며 집에 있기 시작한 뒤 3년이 흘렀다. 집에 종일 누워만 있던 녀석에게 답답해도 아무 소리도 하지 않았다. 왠지 청년 시절의 자신에게도 필요했을 것 같은 시간들. 꼭 무엇이 되라고 강요하는 사회에서 꼭 무엇이 되지 않아도 괜찮지 않나 하는 생각이 들기도 했다.

아들이 집에서 수년째 놀고 있는 걸 본 동네 사람들이 혀를 끌끌 차도 아빠는 한 번도 불편하게 하지 않았다. 술에 취한 아빠가 슈퍼마켓 김 씨의 부축을 받아 집에 들어오며 나누던 대화를 듣기 전까지는, 대충 라면을 끓여 먹고 유튜브를 보거나 게임을 하는 것이 하루 일과의 전부였던 범준이었다.

"이봐 자네, 범준이 저렇게 둘 거야? 젊은 녀석이 집에만 있어 되겠어? 뭐라도 좀 시켜봐."

"여기 어디야, 우리 집이구나. 김 씨, 범준이 그냥 둬. 나이 들면 뼈마디가 아파서 저렇게 누워 있고 싶어도 못 누워 있어. 다 자연스러운 때가 있는 거야."

"자연스럽긴 개뿔. 자네 범준이가 자네 친아들이어도 그랬을 건가? 범준이 친엄마 출가하고 나서 그렇게 범준이도 같이 보내라니까, 내 말을 안 듣더니. 쯧쯧…."

"다시는 그런 말 하지 말어. 범준이는 세 살 때 범준 엄마 손 잡고 들어오던 때부터 이미 내 마음으로 낳은 자식이야. 단 한 번도 내 친자식이 아니라고 생각한 적 없네. 자네 말이 지나쳐."

"생각해서 해준 말에 그렇게 칼 같기는… 착한 거 같아도 은근 고집 있어 아무튼! 범준 엄마랑 결혼할 때도 뭔가 마음이 다른 데 가 있는 거 같고 불안해서 그리 말렸건만. 쯧쯧…."

"그게 삶의 이치라면 받아들여야 하는 거 아닌가? 어쩔 수 없는 일 아닌가. 그 사람 욕하지 말게. 자네 눈에 좋지 않아 보일지 몰라도 내게는 좋은 사람이야. 그리고 범준 엄마는 출가했지만 범준이는 내게 남았고. 우리가 너무 허물이 없었나, 자네 오늘 실언을 많이 하는구만. 그만 돌아가시게."

"자네가 하도 착하고 물러터져서 답답하니까 그러지 이 양반아. 허긴, 태어나 한 번 사는 자기 인생인데 지 맘대로 사는 게 당연지사인 거 잘 아는데, 우리 땐 그렇지 못해서 자꾸 쉰 소리를 하게 되네."

"우리 때는 한참 옛날인데 우리가 힘들게 살았다고 요즘 애들까지 힘들게 살라는 법 있나. 요즘 애들은 또 요즘 애들만의 고민과 어려움이 있을 건데 우리는 응원해 주고 지지해 주면 좋지 않겠어. 나는 그러고 싶네. 내가 택시 일하면서 요즘 젊은 청년들 보니까 다들 너무 힘들어. 우리가 청춘을 응원해 줍세. 자네가 나를 생각해 주는 마음은 잘 아네. 하지만 아무리 가까운 사이라도 그렇지. 범준이 이야기는 각별히 조심해 주게."

"요요 입이 방정이야. 그… 거… 뭐시기냐. 무례했던 건 사과하네. 내 앞길도 첩첩산중인데 남의 일에 훈수를 두니 이거 참 늙어갈수록 입을 잘 놀려야 하는데 말이지. 요놈의 주둥이! 요 주둥이가 문제야. 이제부터 젊은 사람들 사는 일에 잔소리할라믄 벌금을 내든가 해야지. 젊은이들은 우리한테 잔소리도 안 하고 이상한 짓거리를 하든 꼰대처럼 굴든 나이 들었다고 대우도 해주는데 말이여. 에헴… 오늘 일은 내 반성하겠네. 그럼 난 이만 감세."

"알겠네. 우리부터 좋은 어른이 되어야지. 우리 때는 먹고사는 일이 바빠 좋은 어른을 못 만났잖나. 그럼 문 잘 닫고 가게 김 씨. 범준이 녀석은 오늘 무슨 일로 집에 없는 모양이야, 이렇게 조용한 걸 보니."

"알았네. 거… 거시기 뭐냐… 내일은 내가 슈퍼에서 막걸리 한잔 사리다. 요 입방정을 떤 벌금이라 칩시다. 일 끝나고 들리시게."

"좋네… 좋아…."

김 씨는 범준 아빠가 은행에 취직해 근처에 방을 얻어 살 때부터 연을 이어온 사이다. 속은 여린데 오지랖이 넓은 김 씨는 가까워졌다 싶으면 선을 넘어 사람들의 마음을 상하게 하는 일이 종종 있었다. 김 씨는 인테리어 일을 하다 시간이 남을 때마다 아내의 슈퍼마켓 일을 돕는데, 요즘은 일이 줄어 거의 슈퍼마켓에 있다.

범준 엄마는 범준이가 중학교를 졸업하자마자 출가를 했다. 범준은 아빠와 살고 싶었다. 집에 있으면서도 1년의 반은 집을 떠나 있는 엄마가 낯설었다. 범준은 친아빠에 대해 듣지 못했지만 지금 아빠는 언제나 부족함 없이 범준을 사랑했다. 사랑한다는 말이 없어도 그 눈에 가득 찬 사랑, 다정한 배려, 손짓과 말투에 묻어나는 사랑을 모를 수 없을 만큼 범준 아빠는 범준을 사랑했다. 말로만 하는 사랑이 아니라 온몸으로 느껴지는 사랑을 받고 자란 범준은 엄마가 떠난 후 큰 결핍 없이 자랐다. 슈퍼마켓 김 씨가 다녀간 날, 방에서 잠을 자고 있던 범준은 둘의 대화를 듣고 다음날 아침 엄마에 대해 오랜만에 물었다.

"아빠. 엄마는 출가가 그렇게 하고 싶었대?"

"우리 범준이, 엄마 얘기 오랜만에 하네. 얼마 전에 연락했는데 잘 지내고 있대. 사실 엄마는 하고 싶은 게 분명했어. 늘 그 삶을 살길 원했지. 근데 아빠가 잡았어. 사랑해서 곁에 있으면 가지 않을까 내심 기대했는데, 하지만 언젠가 떠나리라는 걸 알고 있었어."

"아빠도 알고 있었구나. 실은 나도."

"범준이도 알고 있었구나."

"어떻게 몰라. 엄마 마음에 우리가 없는 게 보이는데. 아빠는 엄마한테 화 안나?"

"화가 왜 나. 보물 같은 범준이가 엄마 덕분에 아빠한테 왔잖아. 너는 내 인생에 가장 큰 선물인걸. 그리고 사람이 하고 싶은 일이 명확히 있다는 건 멋진 일이라고 생각해. 그래서 우리 집에서 한 사람이라도 하고 싶은 걸 하는 사람이 있어도 좋겠다는 생각이 들었어."

"아빠 역시 대인배. 크… 아빠 사랑해! 근데 있잖아, 나는 하고 싶은 게 없어."

"그 나이 때 하고 싶은 게 있는 게 이상할 수도 있어. 천천히 생각해. 괜찮아."

"그래도 될까? 남들 다 치열하게 사는데 가끔 죄책감 들어. 근데 맨날 누워 있으니까 등도 아프고. 동네 편의점 알바 공고 붙었던데… 거기 함 가보려고."

"아르바이트를 하게? 대단한 결심을 했네."

그렇게 편의점 아르바이트를 시작한 범준은 석 달 뒤 그만두고 슈퍼마켓 김 씨 아저씨의 인테리어 현장 일을 따라 몇 달을 해보더니 집에 와서 다시 몇 달을 누워 있었다. 누워 있다 지루해진 범준은 좋아하는 대형 프랜차이즈 카페에서 아르바이트를 하다 시급이 좀 더 높고 일하는 시간이 적은 동네 카페로 알바를 옮겼다. 불경기에 손님이 급격히 줄어들자 이번엔 포토그래퍼 보조 알바를 해볼까 생각하던 중 청년 도시 교류 체험 프로그램에 지원했고, 합격을 했다.

합격 발표 문자도 누워서 핸드폰 게임을 하다 손목이 아파서 잠깐 쉴 겸 감자탕이나 시킬까 생각하던 중에 갑자기 날아왔다. 누워 있던 범준이 합격 문자를 받고 놀라 벌떡 일어났다.

아무것도 하고 싶지 않은 청춘 범준 님이 내주신 용기에 박수를 보내드립니다. 합격하셨습니다.

"신기하네. 아무것도 하고 싶지 않은 청춘이 아무것이 무엇인지 찾고 싶다고 딱 석 줄로 대충 지원서 써서 넣었는데 합격이라니. 지원자가 없나? 대학도 대충 정원 미달인데 넣고 들어가서 좋은 줄도 몰랐는데. 근데 이게 뭐라고… 기분 좀 좋은 거 같다?"

범준은 핸드폰의 문자를 들여다보고 또 봤다. 아무리 봐도 스펨 문자 같지는 않다. 혹시 모르니 발신자 번호로 전화해 합격 확인을 해보니 맞단다. 이럴 수가. 문자를 받기 전까지는 케이지 안에 갇힌 4번 계란 같았는데, 문자를 받으니 왠지 좀 더 가능성이 있는 3번이나 2번 계란 같잖아! 1번 계란까지 바라는 건 좀 양심 없는 것 같은데. 가만, 그러고 보니까 며칠 전에 마트 세일 문자가 왔는데 그게 오늘이지? 그래, 내가 오늘만 기다렸다. 기다려라, 자유롭게 방목해 낳은 유정란 뒷자리 2번 계란아!

범준은 그렇게 신나게 달려가 통장에 남은 25만 원 중 무려 거금 2만 원을 막걸리, 계란, 오뎅, 양파에 지출했던 것이다. 범준은 아빠에게 합격 사실을 알리고 저녁을 먹은 뒤 방으로 들어와 침대에 누웠다.

"아우, 내 방 내 침대가 제일 편하다. 이렇게 좋은데 왜 열심히 나가서 일하고 치열하게 살아야 하는 거야. 도통 모르겠어."

치열하게 살아야 한다는 생각을 하니까 머리가 아파온다. 범준은 영화나 한 편 볼까 생각을 하지만 일어나기 귀찮아 그대로 누웠다. 내일이 없는 것처럼 오늘만 사는 청춘, 누워 있고 싶을 때 마음껏 누워 있어도 되는 청춘, 먹고 바로 누워도 되는 청춘, 통장에 돈이 많이 없어도 되는 청춘, 하고 싶은 일도 가고 싶은 곳도 없는 청춘이지만 지금 당장 하고 싶은 건 있다. 바로 이거다.

"하아암… 영화 틀기도 귀찮으니까 오늘은 그냥 자자.

이빨 닦기도 귀찮네. 그냥 잘래. 하아암."

이렇게 알바만 하고 거의 누워 살아도 뭐라고 하는 사
람 없는데, 대체 뭐 때문인지 마음이 너무 힘든 하루다. 아
무도 뭐라고 하지 않는 사회에서 스스로 눈치를 보는 건가.
에이, 모르겠다. 일단 자자!

"세상에서 누워 있는 게 제일 좋아. 지금 이 순간이 천
국이구만, 이놈의 세상은 자꾸 뭘 하래. 하아암."

"안녕하세요, 여기가 사진이 잘 나온다는 사진 맛집인가
요?"

"네, 어서오… 어머 해인아! 어서 와! 꼬박 1년 만이네."

"야, 이 자식! 너 왜 이제야 와! 우리끼리 지내느라 얼마
나 재밌고 즐겁고 좋았는지 알어 인마! 콱, 그냥! 일루 와!
시커멓게 타서 멋있어져가지고!"

네 번의 계절과 열두 달을 지나 해인이 돌아왔다. 온다
는 연락 없이 소란스럽지 않게 조용히 들어오려 했는데 마
침 주말이라 사진관 마당에 앉아 햇볕을 쬐며 졸고 있던 재
하와 옆에서 책을 읽고 있던 연희가 해인을 맞이한다. 어제
만나고 오늘 헤어진 듯 시간의 공백 없이 세 사람은 농담을
주고받으며 안부를 묻는다. 연희는 내심 해인이 돌아오지

않을까 걱정했고 재하는 해인이 틀림없이 돌아올 것이라고 장담했다.

"자, 10만 원 내놔."

"치사하게 그걸 기억하냐. 송금해 줄게, 기다려!"

둘은 해인이 1년 안에 돌아올지 그 이상이 걸릴지를 놓고 10만 원 내기를 했고 재하가 이겼다. 하루만 늦게 왔어도 연희가 이기는 건데 딱 1년 만에 돌아와 준 해인이가 고마워 기쁨의 춤을 추던 재하가 해인을 살핀다. 전보다 검게 그을렸고, 여행을 떠난 그날보다 표정이 좋아 보인다. 다행이다.

"해인, 이런 성실의 아이콘, 여행지에서 책까지 내고 말이야. 일회용 카메라로 찍은 사진으로 이렇게 근사한 책이 나오다니 대단한데? 근데 어떻게 책을 쓸 생각을 했어?"

"사진이 해상도가 많이 깨졌는데 나름대로 느낌 있지? 일회용 카메라로 사진을 찍다 보니까 핸드폰이나 디지털 카메라처럼 확인을 하거나 지울 수 없잖아. 단 한 번만 찍을 수 있는 거지. 그러니까 한 컷 한 컷에 정성을 기울이게 되더라고. 뷰파인더를 섬세하게 보고 사진을 찍을 때 최대한 숨을 참고 흔들리지 않게 정성을 다해서 말이야."

"송금했다 재하, 어머 정말 그렇겠다. 그래서?"

내기에 져서 10만 원을 송금한 연희가 재하를 한번 흘겨보고는 해인의 이야기에 다시 집중한다.

"여행을 떠난 그날부터 일기를 썼거든. 그리고 하루에 딱 한 컷만 찍었어. 매일이 이렇게 한 장면씩 모여 이루어지는 것이라면 단 한 순간도 소중하지 않은 장면이 없겠더라고. 기록은 과거를 기반으로 미래의 자신을 찾는 것이라고 하잖아. 기록을 하는 순간 오늘이 어제가 되는데, 어제와 오늘과 내일을 굳이 구분 지으려 하지 말고 시간에 얽매이지 말고 살아가겠다고 생각했어. 마침 내 전시를 담당했던 분이 여행에서 찍은 사진으로 사진집을 내자고 제안해 주셔서 책을 내게 됐지. 공간에서 하던 전시를 책으로 하는 것이라 생각했어. 공간의 크기만 다르고 표현의 질감만 다를 뿐인 거지. 변화 없던 내 인생에 1년이 참 다이나믹했어."

"그래 다이나믹하다. 너 지금 1년 치 말을 다 하고 있는 거 알아? 숨 좀 쉬어. 숨차겠다. 근데 팔에 새긴 그건 뭐야. 스티커야? 설마 타투 했어?"

해인의 오른팔에 새겨진 시계 모양의 타투를 재하가 손으로 벅벅 문질러 본다. 손으로 문지르다 침을 묻혀 살이 빨개질 때까지 밀어보아도 지워지지 않는다. 대답 대신 해인이 웃고 있다.

"타투 한 거 맞네! 와… 부내 풀풀! 이런 게 부티지. 하고 싶은 걸 실행할 수 있는 여유! 나 같은 회사원은 꿈도 못 꾸는 팔에 타투라니! 연희야, 난 여기 배에다 할까? 아님

172

등에 할까?"

"옷 내려라. 뱃살 출렁인다. 근데 시계에 분침과 초침이 없네? 일부러 그런 거야?"

"영원을 담아두고 싶었어. 시간의 흐름에 연연하지 않아도 되는."

"영원을 담아둔다⋯ 역시 심오해. 멋있어."

"여행을 하면서도 내내 지은 씨 생각에만 사로잡혀 있었어. 그러다 지은 씨가 남긴 마지막 말이 생각났어. 함께 했던 과거에 갇히지 않고 현재를 사는 것이 진짜 지은 씨가 바라는 일이겠구나 싶었어. 왜, 너희들 그런 때 있지 않아? 정말 좋은 순간은 시계를 보지 않아도 시간이 훌쩍 가 있고, 어떤 순간엔 분, 초마다 언제 끝나나 시간을 확인할 때?"

"완전 있지. 매일 있지. 점심시간은 왜 이리 빨리 가고 퇴근시간과 회식시간은 분초가 왜 이리 안 가니!"

"맞아. 그런데 시간이 가는 순간도 내 인생이고, 시간이 가지 않는 순간도 내 인생이잖아. 주말의 나도 내 인생이고, 평일의 나도 내 인생이듯이. 모든 순간의 시간 흐름에 연연치 말자는 생각이 들어서 잊지 않으려고 팔에 타투를 새겼어."

"완전 멋있어⋯ ! 나 너한테 반해도 되냐?"

"아니. 사양할게, 재하야."

"그나저나 해인이 피곤하겠다. 지금 왔는데."

"괜찮아. 사실 이따 저녁에 수현 씨네 책방에서 북토크가 있어."

"아, 이서랑 친구분이 같이 하는 책방? 도착 첫날인데 괜찮겠어? 좀 쉬었다 하지 그래."

"적당히 피곤한데 기분 좋은 피로감이야. 예정돼 있던 북토크가 무슨 사정으로 취소가 돼서 이서가 부탁하더라고. 우리 마을에서 하는 건데, 끝나고 쉬면 되지."

"아무튼 대단해. 근데 수현 씨는 왜 갑자기 이서랑 책방을 낸 거래?"

"이서가 디지털 노마드잖아. 프리랜서 편집 디자이너로 일하는데 요즘 외주가 좀 줄어든 차에 이서도 다른 일을 해보고 싶어졌대. 그래서 수현 씨가 투자하고 이서가 직원으로 일을 한대."

"그럼 책방 운영을 이서가 전담하겠네?"

"줌으로 회의하고 업무를 분담해서 운영한대. 좋은 세상이야 요즘은."

"신기하다. 그렇지만 아무리 온라인이 발달해도 오프라인 공간의 감성을 채워줄 순 없지. 사는 게 좀 편리해진 건 있지. 맞다 해인아, 마음 세탁소랑 마음 사진관은 그동안 다녀간 분들한테 나에게 쓰는 편지 쓰게 해드리고 사진도 찍게 해드렸어. 청소도 잘해놨으니까 들어가 봐. 쉬어, 그

174

럼 우린 간다!"

"고마워."

"왜 벌써 가? 우리분식에서 같이 밥 먹고 가자! 나 해인
이랑 더 있고 싶… 아얏! 꼬집지 마, 이연희! 알았어. 갈게
갈게!"

연희가 재하의 귀를 잡고 끌고 나가는 모습을 보며 해인
은 둘을 향해 가볍게 손을 흔든다. 그리고 천천히 뒤를 돌
아 지은과의 추억이 가득한 공간을 바라본다. 익숙한 이 공
간이 내가 있을 자리구나. 여행을 떠나 그동안 돌보지 않았
던 자신의 감정과 일상에 집중하게 되었다. 매일 무엇을 먹
을지, 나 자신과 무엇을 할지가 가장 큰 선택이었다. 이래
서 지은 씨가 삶을 여행처럼 살라고 한 걸까.

"다녀왔어요. 그리웠어요, 지은 씨."

해인이 읊조린다.

"야옹."

온몸이 새하얀 털로 덮인 예쁜 고양이가 사뿐사뿐 걸어
와 해인의 발 주변을 맴돈다. 그러고 보니 해인이 가는 여
행지마다 하얀 고양이를 만났다. 한 번씩 슬픔이 벅차올라
망연자실해 있을 때나 너무 아름다워서 슬픈 순간에 하얀
고양이가 나타났다. 그때마다 모두 같은 고양이인가 싶을
만큼 희고 아름다운 고양이였다. 고양이가 움직이는 모습
에 시선을 따라가다 보면 이미 슬픔은 제 갈 길을 찾아 사

라진 뒤였다.

"지은 씨 떠나는 날, 머리칼도 네 털처럼 이렇게 새하얗게 아름다웠지. 너는 이름이 뭐니?"

"야옹."

"이름이 야옹인가. 야옹이라 불러줄까?"

"야옹."

하얀 고양이는 도도한 걸음으로 정원에 놓인 의자에 올라가 낮잠을 잔다. 세상에서 가장 편안한 얼굴로 낮잠을 청하는 고양이에게 해인이 인사를 건넨 뒤 집으로 발길을 돌린다.

"다시 태어나면 고양이로 태어나야겠다. 너는 참 편안해 보이는구나. 네 이름은 레이지로 하자. 한없이 늘어지고 게으르게 살아도 괜찮은 휴일 같은 고양이 레이지."

"야옹."

햇살은 뜨겁고 고양이의 낮잠은 달디 달다. 달콤한 한낮, 낮잠 자는 고양이의 등 위로 비눗방울이 번진다. 꽃잎인가, 비눗방울인가. 무엇이면 어떠리. 생각조차 졸고 싶은 평화로운 한낮이다.

"가보지 않은 길은 두렵고 어렵고 막막하죠. 하지만 그

길이 내 길인지는 두려워도 가보아야 알 수 있는 것 같아요. 어디에도 처음부터 길이라고 불린 곳은 없었으니까요. 누군가 그 길을 간 다음에 결과가 생기면 우린 그걸 '길'이라 부르잖아요."

"그렇다면 해인 님은 무엇을 위해 가보지 않은 길을 가기로 결심하신 건가요?"

"겁이 났어요. 어떻게 살아야 할지 막막해졌어요. 사랑을 잃고 울고만 있다면 사랑하는 이가 슬퍼할 거 같았어요. 사랑하는 사람이 이곳을 떠나 새로운 길을 찾아 가는 걸 보며, 저도 길을 떠나면 무언가를 알 수 있지 않을까 생각했어요. 살아야 할 이유와 의미를 찾고 싶었어요."

대답을 마친 남자가 마이크를 내리고 멋쩍은 듯 웃으며 갈색 머리를 손으로 쓸어 올린다. 테이블엔 오랜 세월 손때가 묻어 반질반질해진 카메라와 그가 출간한 사진집이 놓여 있다. 어스름한 노을이 내려앉는 시간, 메리골드 마을의 중턱 책방에선 열 명 남짓의 소규모 북토크가 열리고 있다. 언제나 꽃향기가 나는 아름다운 도시에 유일하게 책을 파는 '마음 책방'이다.

열 평 남짓한 서점에서 무릎이 닿을 듯 동그랗게 모여 앉은 사람들이 해인의 책을 손에 들고 이야기를 나누고 있다. 허름한 구옥 1층에 위치한 작은 책방은 형광등 없이 서너 개의 스탠드 불빛으로 공간을 채웠다. 신기하다. 화려한 장식이 없어도 온기를 머금고 있다. 그러고 보면 공간을 채우는 온기는 사물이 아닌 사람이 아닐까. 따스하게 서로를 바라보는 이 공간에서 사람들은 그리운 무언가를 추억하는 듯 생각에 잠긴다.

"야옹."

정적을 깨고 열린 문으로 들어온 새하얀 고양이가 대화가 오가는 틈으로 들어온다. 걸음이 가볍고 우아하다. 해인은 독자들의 질문에 대답하며 왼쪽 소매를 무심히 접어 올리다가 고양이와 눈이 마주쳤다. 푸른빛이었던 고양이 눈동자가 순간 붉은 빛으로 바뀐다.

고양이에게 슬며시 미소 짓는 해인이 고개를 돌려 오른쪽 소매를 마저 두 번 접어 올린다. 고양이는 사뿐사뿐 나비의 날갯짓처럼 가볍고 우아하게 걸어와 해인의 오른쪽 손목에 새겨진 타투에 볼을 비빈다. 고양이의 걸음을 눈길로 쫓으며 범준이 묻는다.

"그러고 보니 팔에 초침도 분침도 없는 시계 모양 타투를 새기셨는데 어떤 의미가 있나요?"

"여행지에서 찾은 인생의 의미를 새겼어요."

"와. 완전 멋있어…! 인생의 의미를 찾았다구요? 저는 살아갈 이유도 못 찾겠는데. 대박, 형! 형이라고 불러도 되죠? 저도 인생의 의미 찾으러 여행 떠날래요! 아 맞다, 지금은 못 가지. 그래서 형이 찾은 인생의 의미가 뭐예요?"

1년 전부터 메리골드에서 아르바이트를 하고 있는 범준의 질문에 해인은 대답 대신 테이블에 올려둔 책을 들어 올린다.

　"아마 이 책으로 그 대답을 할 수 있을 거 같아요."

　진지한 표정의 해인이 이를 드러내고 눈가에 잔뜩 주름을 지으며 웃으니 어두운 실내에 환히 불이 켜진 듯하다. 곁에 있는 것만으로도 공기를 순하고 따스히 만들어 주는 해인을 바라보며 사람들도 함께 웃는다. 편안하고 기분 좋은 밤이다.

　북토크를 마치고 책방을 나서는 이들을 배웅한 해인이 카메라를 어깨에 메고 한 손엔 책 두 권을 들고 천천히 골목길을 오른다. 어느 날 언덕 끝에 꽃처럼 마음 세탁소가 피어났고, 운명처럼 지은과 만났고, 지은의 마음의 결계를 해인이 행복 카메라로 열었으며, 지은은 백만 번을 태어나도 죽지 못하던 자신의 마법을 풀고 꽃잎으로 돌아갔다. 해인은 지은의 격려를 받으며 마음 사진관을 열었고, 그녀가 떠난 사진관을 홀로 운영하다 그녀의 추모 파티를 기점으로 1년간의 여행을 다녀왔다.

　그간의 일들이 꿈결처럼 스쳐 지나간다. 걸음 하나에 추억 하나씩을 상기하며 높은 계단을 올라와 마음 세탁소와 마음 사진관 앞에서 숨을 크게 쉰다. 사랑하는 이가 인생에서 가장 중요한 건 숨 쉬는 일이라 했다. 그래, 숨을 쉬자.

숨이 잘 쉬어지면 이제 인생을 살아가면 된다고 했다. 아무리 어려운 일이 있어도 일단 숨이 쉬어지면 문제를 살아갈수 있다고 했다. 살아가다 보면 극복이 아니라 문제 그 자체의 의미를 알게 될 것이라고도 했다. 길이 무엇인지 찾고싶다면 길을 걸어보면 되는 것이다. 길을 걷고 돌아온 해인이 자신의 자리로 돌아가는 걸음을 걷기 시작한다.

'당신의 말처럼 살아볼게요, 이제.'

깊게 들이쉰 숨에 라일락 꽃향기가 짙게 퍼진다. 그리운향이다. 그리운 무언가가 안으로 모이는 그런 밤, 고개를드니 짙은 구름이 서서히 달을 가린다.

"마음의 결계가 풀리는 날이구나, 오늘이."

하늘을 바라보며 크게 숨을 들이쉰 해인이 하늘을 향해기도하듯 두 손을 모은 뒤 어깨에 메고 있던 카메라를 들어하늘을 찍는다.

찰칵.

모두 잠든 시간, 해인이 하늘을 향해 사진을 찍자 라일락 꽃향기는 점점 진하게 번지고 파란 꽃잎이 빙글빙글 돌며 하늘을 덮는다. 그리움이 번지듯 꽃잎이 번진다. 마법의시간, 푸른 하늘의 시간, 푸른 새벽의 시간. 하늘의 마음을찍은 해인은 잠든 이들의 안녕을 기도하는 마음으로 길을나선다.

'기도하는 마음으로 잠든 이들의 안녕을 간절히 빌다 보면 신기하게 내 마음이 순해져요. 마음의 얼굴이 예뻐지는 기분이랄까. 이상하죠. 그래서 나는 마음이 더 예뻐지고 싶어서 다른 사람의 행복을 위해 더욱 기도하게 돼요.'

다른 이들을 위해 기도하는 마음으로 하늘에 올린 꽃잎이 된 지은이 눈앞에 있는 듯 생생하다. 하얀 면 티에 새겨진 손님들의 얼룩이 깨끗하게 빠지는 순간, 지은의 얼굴도 더없이 해사하고 행복했었다.

'어쩌면 그렇게 아름다운 사람이 있을까. 슬프도록 아름다웠어.'

지은은 자신의 길을 떠났지만 해인에게는 과거가 되지 않는다. 정말 사랑하는 사람은 마음속에서 생생히 살아 숨 쉰다고 하던데. 해인은 지은과의 추억만으로도 평생을 살 수 있을 것만 같다. 이 그리움이 잦아들지는 모르겠지만.

해인을 따라 푸른 꽃잎들은 건물 안으로 빨려 들어오고, 마을에는 순하고 부드러운 기운이 감돈다. 푸른 꽃잎들이 입구로 모여들며 조금씩 글자 모양을 이룬다. 세탁소와 사진관을 여는 나무 문 앞에서 머뭇거리던 해인이 결심한 듯 걸음을 걷는다. 입구의 간판을 손으로 슥 만진다. 먼지 하나 없이 반질반질한 간판에서 메리골드 사람들이 얼마나 이 공간을 아끼는지가 느껴진다.

해인이 여행을 떠나 있는 동안 마을 사람들이 수시로 이 간판을 닦았다. 지은을 아끼고 해인을 아끼듯 소중히 보살폈다. 기다리는 사람의 마음은 그런 것인가. 작은 정성이라도 다하면 기다리는 이가 올 것이라는 간절함이 배어나온다. 사람들의 마음을 받아 해인은 숨을 다시 크게 들이쉰다. 글씨의 결을 따라 간판을 손으로 쓰다듬는다.

"마음 세탁소 안 마음 사진관."

이번에는 소리를 내어 글씨를 찬찬히 읽은 해인의 카메라로 푸른 꽃잎들이 빨려 들어온다. 어느새 구름에 가린 달이 다시 얼굴을 드러낸다. 옆 건물 우리분식의 불 꺼진 내부를 살펴본 뒤 일곱 개의 나무 계단을 지나 무거운 나무 문 앞에 선다. 문 앞에 걸린 CLOSED 안내판을 뒤집어 OPEN으로 놓고 어디선가 듣고 있을 이를 향해 조용히 읊조린다.

"어서 오세요, 여기는 행복한 마음을 찍어드리는 마음 사진관입니다."

혼자인 시간이 버거워 여행으로 도망쳤지만, 돌아온 지금의 마음이 여행의 날들보다 편안하다. 여기가… 내가 있을 자리인가.

"형 안녕하세요! 드디어 다시 만나네요! 저 형 다시 오실 때까지 기다렸어요!"

북토크를 끝낸 해인이 마음 세탁소와 사진관의 문을 열어두자 동네에 활기가 돈다. 멈추어 있던 시계가 움직이는 듯 사람들은 즐거이 그 앞을 걸어 다닌다. 범준은 계단을 뛰어 올라 언덕 끝 마음 사진관을 찾아왔고, 유리창으로 해인이 있는 걸 확인하자 반가워 뛰어 들어온다.

청년 도시 교류 체험 프로그램에 합격해 메리골드에 온 범준은 일손이 필요한 업체들에서 하루에 다섯 시간씩 직업 체험을 하고 있다. 3개월마다 순환 운영되는 덕분에 한 가지 일에 질릴 만하면 이동할 수 있다는 장점이 있다. 주거 지원을 받고 알바비도 벌면서 범준은 자신이 버는 돈 안에서 최소한의 소비에 만족하며 살고 있다.

그리고 이 도시에 온 첫날, 범준은 사진관에서 열린다는 추모 파티에 초대돼 엉겁결에 사람들과 웃고 이야기하다가 분위기에 녹아들고 말았다. 정원을 거닐다 우연히 들어간 세탁소 안에서 오래된 듯해도 반짝이고 있는 카메라들을 본 순간 범준의 심장이 이상하게 마구 뛰었다. 첫사랑을 다시 만났을 때와 비슷하게 뛰어대는 심장 박동에 범준은 한참을 그대로 서 있었다.

범준이 무언가 하고 싶다는 소망을 품는 일은 흔치 않았다. 축제가 끝난 뒤에도 범준의 머릿속에 사진기가 아른거렸고, 그 공간에 이유 없는 호감이 생겼다. 지금 이 생각이 호기심인지 혹은 남들이 말하는 꿈이라는 건지 범준은 알 수가 없었다. 그래서 축제가 열렸던 곳으로 돌아가 일을 해보고 싶어졌다. 1년간 기웃거렸지만 해인이 돌아와야 가능하다는 재하의 대답에 범준은 내내 기다렸다.

"형, 사실 제가 여기서 일하려고 1년을 기다렸거든요? 제가 뭐 일하려고 기다리는 그런 사람 아닌데, 아 맞다. 제 소개가 늦었죠? 안녕하세요. 저는 메리골드에 청년 도시 교류 체험을 하러 온 20대 청춘 범준이라고 합니다. 3개월씩 순환 알바를 하다가 이제 프로그램이 종료되는데, 여기서 꼭 알바를 하고 싶어서요! 지원해도 되겠습니까?"

해인은 회색 트레이닝 세트를 입고 삼선 슬리퍼를 신은 범준의 맨발을 바라본다. 키가 큰 해인의 턱 즈음에 닿을 높이에서 범준의 머리카락이 기름으로 번들거린다. 해인은 범준이 입은 트레이닝 집업의 지퍼를 목 끝까지 채워 올린다.

"어 형, 왜 이러세요!"

"여기서 일하고 싶으면 일단 머리부터 감고, 슬리퍼 벗고, 이 트레이닝복부터 갈아입고 와."

"복장 차별하세요? 왜 사람을 겉모습 보고 판단하고 그래요? 형 잘생겼다고 이러기예요? 어떤 옷을 입고 있는지가 사람을 판단하는 기준이 되면 안 되죠!"

"어떤 옷을 입는지는 중요하지 않아. 다만 이 공간에 맞는, 냄새 나지 않는 깨끗한 복장이 필요할 뿐이지. 이곳은 사람들이 드나드는 공간이야. 자신의 마음에 낀 얼룩을 지우고 싶은 이들이 이제는 마음의 얼룩을 사진으로 찍기 위해 오는 곳 말이야."

"마음에 얼룩덜룩 상처 있는 사람들이 여기서 알바하는 사람 복장을 왜 봐요? 형 그렇게 안 봤는데 편견 덩어리네요."

"사람들이 어떻게 볼지가 아니라 내가 나를 어떻게 볼지가 중요한 거야. 일을 대하는 내 마음의 자세를 단정히 해야지, 마음을 찍고 싶어 하는 이들에게 더 집중할 수 있지 않을까? 그게 내가 생각하는 일에 대한 예의야. 이 사진관에서 아르바이트를 하고 싶다면 내가 생각하는 일의 예의를 너도 지켜줬으면 좋겠어."

"일에 대한 예의라고요? 이런 말 하는 사람 처음 봐요. 와… 형은 얼굴만 잘생긴 게 아니라 뇌도 잘생겼네요? 세상 불공평하네. 인생 혼자 다 살아! 툴툴대서 죄송해요! 뭐 그럼 형처럼 셔츠 입고 와야 돼요?"

"셔츠까지는 아니어도 김치 국물 묻고 밥풀 붙어 있는 트레이닝만 빼면 다 좋아. 머리는 매일 감고. 여기서 퇴근하면 네가 어떤 옷을 입건 상관하지 않을게. 다만 여기서 알바를 하고 싶으면 청바지를 입든 운동화를 신든 일단 깨끗하게 세탁된 옷을 입고 와. 내일 오전 11시까지 여기로 와. 그 뒤엔 알바를 시켜줄지 말지 결정할게."

"인생 참 빡빡하게 사…시지만 아쉬운 건 저니까. 그렇게 할게요."

"좋아. 그런데 어떻게 1년이나 기다릴 생각을 한 거야?"

"제가 원래 행복하거나 즐거운 게 없는데, 마을에서 누가 그러더라고요. 나도 모르는 내 마음을 사진으로 찍어주는 데가 있다고요. 그래서 찾아와 봤더니 형이 여행을 가셨다지 뭐예요? 미치겠대요…."

"그랬구나."

"그래서 무작정 기다렸죠. 어차피 별로 하고 싶은 것도 없고, 프로그램에서 정해지는 대로 순환 알바 하면서 형 오시기만 기다렸죠."

"그러고 보면 너도 하고 싶은 게 있네."

"에? 제가요? 제가 뭘 하고 싶은데요?"

"여기서 알바 하고 싶다며. 사진에 관심이 있을 수도 있지. 세탁소 일을 배우고 싶거나. 근데 지은 씨가 떠나서 세탁소 일은 못 배우니 우선 사진부터 찍어보자."

"에… 말도 안 돼. 저는 뭐 하고 싶은 일 있고 그런 사람 아니에요. 학교 다닐 때도 꿈을 적어 내라길래 '내 꿈은 방울토마토'라고 썼다가 교무실 불려갔어요. 장난 아니고 진짠데… 귀엽고 탱글하고 어디서나 만날 수 있어서 쉽고 편한 사람이 되고 싶다 생각했거든요. 그 뒤로 그냥 알바 다섯 시간 때우고 집 가서 누워 있는 게 제일 좋아요. 퇴근한 아빠랑 맛있는 거 먹고 또 누워 있구요."

"즐거운 삶이네. 어쩌면 너는 이미 네가 뭘 좋아하는지 알고 있는 것 같다. 네가 원하는 것을 너만 모를 뿐이지."

"푸하하. 말도 안 돼요! 하암… 형, 저 밖에서 너무 오래 있었더니 충전이 필요해요. 아까 라면 사러 나왔다가 이서 누나가 불러서 북토크 간 거거든요. 너무 오래 밖에 있었더니 방전돼 가요. 충전이 필요해… ! 집 방바닥이 저를 부르네요. 집 들어가서 침대에 다리 올리고 폰이나 볼래요. 하암. 제가 내일 안 오면 그냥 딴 데 가서 일하나 보다 생각해 주심 돼요! 너무 기대는 하지 마시고요."

"그래. 오늘 북토크도 사진관도 찾아와 줘서 고마워. 한 가지 분명한 건 모든 선택이 너의 자유라는 거야. 마음 사진관에서 일하고 싶은 생각이 드는 것도 너의 자유고, 때론 아무것도 하지 않을 자유도 청춘의 특권이지. 어른이 된다는 건 아무것이라 불리는 역할을 매일 성실히 반복해서 해내면서 책임과 의무가 늘어가는 거라고 생각한 적이 있어. 자유의지에 따라 네가 하는 청춘의 선택을 존중해. 그 뒤에 따르는 책임을 지는 법도 언젠가 익힐 수 있을 거야."

"하암… 네 형! 저 졸릴 때 길게 말하면 집중력 떨어져 서 듣기 어려워요. 하지만 끝까지 멋진 말… 아흑, 오늘 진 짜 멋있었어요. 최고! 갈게요!"

하품을 연달아 하는 범준의 눈에 졸음이 가득하다. 이 동네에 온 뒤로 범준은 살이 조금 붙고 잠이 늘었다. 별다른 걱정 없이 주어진 알바를 하고 돌아와 가끔 우리분식에서 김밥을 사 먹고 집에서 밥을 해 먹는 1년을 보냈다. 아무도 범준에게 왜 일하지 않느냐고 물어보지 않는 1년이었다. 이상했다. 젊은 사람이 왜 알바만 하고 있는지 물어볼 법도 한데 아무도 묻지 않았다. 그러고 보니 범준에게 알바 하러 올 때 깨끗이 씻고 오라고 말한 것도 해인이 처음이었다.

"귀찮은데 내일은 아침부터 씻어야 되네. 빨래해 놓은 청바지가 있나 몰라. 하암…."

아직도 메리골드에 들어오던 날 끌고 온 캐리어를 서랍장 삼아 쓰고 있는 범준이 자신의 방에 널어둔 옷을 떠올린다. 깨끗한 옷 한 벌 있네. 앗싸. 그거면 됐어.

"그 형 빡빡한 거 같은데… 늦으면 알바 안 시켜주겠지? 아쉬운 내가 알람 맞춘다. 씻고 아침 먹고 가려면 9시에 일어나야겠네. 아이 참 귀찮어. 하암."

범준은 연신 하품을 하면서도 9시에 알람 하나, 9시 5분에 또 하나, 9시 10분, 9시 30분까지 모두 네 개의 알람을 맞춘다. 이 정도 맞췄으면 못 일어날 일은 없겠지. 눈을 감았던 범준이 벌떡 일어나 핸드폰을 켜고 9시 40분에 다섯 번째 알람을 맞춘다.

"자자, 다섯 개나 했으니 됐다. 내가 대학교 입학시험 치를 때도 이렇게 성실하게 알람 안 맞췄는데 하암… 그나저나 아빠는 퇴근 했을라나. 문자 하나 보내야겠다."

아빠 퇴근했어? 막걸리만 먹지 말고 안주도 먹어. 난 내일 새 알바 감. 잘게. 꿈에서 만나 아빠!

문자를 보낸 범준은 핸드폰을 충전기에 꽂고 누워 이불을 머리끝까지 끌어 올린다. 이상하게 몹시 피곤했는데도 잠이 오지 않는다. 뭐지, 왜 살짝 설레는 거야 나. 귀찮아서 연애도 포기하고 살지만 난 여자 취향인데. 왜 설레느냐고…! 낯선 감정을 느끼며 범준은 뜬눈으로 밤을 새운다.

"몇 시야? 알람 아직도 안 울렸어? 아 새벽 4시밖에 안 됐네. 시간 왜 이렇게 안 가!"

"심장아 나대지 마, 아우. 왜 이렇게 두근거리냐."

뜬눈으로 밤을 지새운 범준은 가진 옷 중에서 가장 깨끗하게 세탁한 옷을 입고 마음 사진관으로 향했다. 시간은 10시 반, 인생에서 기준 시간보다 이리 빨리 도착한 적이 있었던가? 기억나지 않는다. 지각과 결석을 물에 밥 말아 먹듯 하던 범준이 새벽부터 내일 입을 깨끗한 옷을 위해 캐리어에 있는 빨래를 몽땅 세탁기에 돌려버렸다. 빨래가 끝난 뒤 건

조대에 옷을 널어두고 정성 들여 면도를 하고 양치도 벅벅해 구취를 점검하고 나왔다. 열일곱에 첫사랑 여자 친구랑 처음으로 둘이 떡볶이 먹으러 가기로 한 날도 이렇게 깔끔하게는 준비하지 않았는데. 이상하다.

범준은 지난 1년간 메리골드에 머물며 사진관 앞을 오갈 때마다 저 공간에 함께 소속되고 싶었다. 사람들이 어우러져 풍겨 나오는 분위기 속에 자신도 들어가 동화되고 싶었다. 슬쩍 카메라를 만져보기도 했다. 사진을 찍어보고 싶다는 생각도 들었다. 이상한 일이다. 어떤 일을 하고 싶거나 공간이나 단체에 소속되고 싶다는 생각이 든 적이 없었는데. 범준은 마음의 소리에 충실히 몸을 맡기기로 했다. 드디어 사진관 앞에 섰다.

"범준, 일찍 왔네? 자, 여기 정원에 물부터 주자."

"안녕하세요! 다른 데에서도 알바 오라고 하도 불러서 안 오려다가, 형이 혼자 일하시는 거 마음에 걸려서 왔어요."

"그렇구나, 잘했어. 자 여기 호스 받아. 정원 전체에 물 뿌리고 들어오면 된다. 나는 들어가서 위로 차 좀 만들고 있을게."

"헐 대박. 말로만 듣던 위로 차, 형도 만들 줄 알아요? 형도 무슨 마법 같은 거 있어요?"

"지은 씨한테 위로 차 레시피를 선물 받았어. 나도 언젠가 지은 씨처럼 이 레시피를 선물할 날이 오겠지. 식물들

목말라 하니까 신경 써서 물 뿌려줘. 너무 많이 주지도, 적게 주지도 말고. 할 수 있지?"

"그럼 그럼요!"

범준이 올 것을 예감한 해인은 평소보다 마음 사진관 문을 일찍 열었다. 새벽에 일찍 일어나 사진관 옥상에서 불행 필름을 빨랫줄에 걸어 말리며 사람들 마음의 불행을 푸른 꽃잎에 태워 해의 첫 얼굴에 부서지게 만든 뒤 러닝을 하고 아침 겸 점심을 먹고 정오에 출근하는 것이 평소 해인의 패턴이지만 오늘은 러닝을 생략하고 사진관 문을 먼저 열었다. 범준이 사진을 찍는 일에 관심이 있는 것인지, 다른 이유가 있어 마음 사진관에 오고 싶어 하는지는 모르겠지만 산다는 건 늘 이해되지 않는 일투성이니 이유를 찾아 스스로를 납득시키기보다 마음의 소리를 따르며 사는 편이 때론 유용하다는 것을 지은에게 배웠다.

"물 주는 거 재밌네, 호스에서 물이 이렇게 나오는구나. 꽃들아 나무들아 많이 먹어라! 내가 너희에게, 아니지, 식물에게 처음 주는 물이다! 하하하!"

범준은 왠지 모르게 신이 나서 호스를 잡고 분사되는 물줄기를 바라보며 웃었다. 흠뻑 물에 젖은 식물들에선 생기가 돈다. 물을 잠그고 생기 있는 식물의 잎을 조심스레 만진다.

"너네가 나보다 싱싱하네. 에휴. 들어가자."

범준이 손에 묻은 물을 청바지 허벅지에 닦으며 사진관 안으로 들어선다. 늘 열려 있는 이 공간은 이미 여러 번 들어와 봐서 익숙하지만 왠지 조금 새롭기도 하다. 해인이 형이 와서 그런가.

"형, 저 물 다 줬어요! 이제 뭐 하면 돼요?"

"수고했어. 너 앉고 싶은 데 잠깐 앉아 있어. 나는 위로 차 한 통 더 올려둘게."

"넵. 그럼 저 형 앞에 여기 바 테이블에 앉을게요. 근데 위로 차 냄새가 왜 이렇게 좋아요?"

"향긋하지. 공간도 차도 만든 사람의 마음이 담기면 더 좋은 거 같아. 오늘은 지은 씨를 생각하며 끓였더니 지은 씨처럼 아름다운 향기가 나네. 범준이 너도 한잔 줄까?"

"완전 좋죠! 안 그래도 목말랐는데 잘 됐다. 히히."

범준은 걷어 올린 티셔츠의 팔을 내리며 손가락까지 끌어 내리고 박수를 친다. 티셔츠를 손가락 끝까지 길게 내려 입으면 밖에서도 이불을 덮고 있는 포근한 기분이 들어 범준은 늘 소매가 긴 티셔츠를 사 입는다. 집에 있어야 온전히 보호 받는 느낌이지만 지금은 밖이니까 어쩔 수 없다. 해인은 여유롭게 범준 앞에 찻잔을 올려두고 정성스레 위로 차를 따른다. 해인이 차를 따라주는 정중함에 범준은 귀한 대접을 받는 기분이 들어 순간 황송해진다. 내가 이래도 되나….

"마셔봐. 메리골드 돌아와 처음 끓인 위로 차야."

"잘 마실게요 형. 저 아침 굶어서 배고픈데 이거 마시고 더 마셔도 되죠?"

"마시고 싶은 만큼 마셔. 차는 많으니까. 다 마시고 배고프면 우리분식에 가서 김밥 먹고 와."

"아싸! 점심 식사까지 제공돼요? 형, 여기 알바 시작부터 꿀인데요. 킥킥."

범준이 신나게 위로 차를 들이키는 동안 해인은 바에서 나와 음악을 고른다. 어떤 음악을 틀까. 해인은 음반들을 뒤적이다 지은과의 추억이 깃든 〈Autumn leaves〉 음반을 물끄러미 바라본다. 그래, 시작은 지은 씨와 함께 해야지. 과거에만 머물러 있지 않고 현재를 살기로 다짐했지만 아직도 지은이 해인의 곁에 없다는 것이 믿기지 않는다.

"형, 저 티포트에 따라주신 거 다 마셨더니 배불러요. 물 배 찼어요. 킥킥. 근데 신경 안정제 같은 거 차에 들어갔나 봐요? 마음이 왜 이렇게 편하대요."

"3인분인데 많이 마셨네. 신경 안정제보다 더 좋은 게 들어갔지. 범준이 신경 안정제 복용하니?"

"아, 지금은 안 해요. 대학교 입학했을 때 힘들어서 좀 먹었어요. 나는 아직 그대로인데 대학생이 됐다고 교수들이랑 선배들이 자꾸 하고 싶은 일을 찾고 꿈을 찾으라잖아요. 나는 어른이 된 거 같지도 않고 아무것도 모르겠는데. 말했잖아요, 내 꿈은 방울토마토라고 썼다가 불려가서 혼났다고. 근데 동기들 보니까 막 뭐를 하대요? 다들 자기가 뭘 하고 싶은지 어떻게 알았는지 공부에 알바에 자격증도 준비하고, 그 와중에 스펙 쌓는다고 다양한 활동도 하고요."

"너도 같이 했니?"

"저요? 아니요. 뭘 해야 될지도 모르겠는데 뭘 해요. 그렇다고 무작정 뭔가 하기엔 겁나고. 그래서 그냥 누워 잤어요. 학교 벤치에서 자고 강의실에서 자고 집 와서도 잤어요. 하도 자니까 조교가 학교 상담센터에 보냈는데, 거기서 또 정신과에 보내서 신경 안정제를 주대요. 그거 먹으니까 또 졸려요. 그래서 잤죠. 그러니까 형, 주변에서 저한테 뭐라는 줄 알아요?"

"뭐라고 했는데."

"하루살이처럼 팔자 좋은 해충이래요. 집이 부자냐고, 왜 이렇게 안일하고 한심하게 사냐대요?"

"해충이라니. 말이 좀 심한 것 같은데."

"그러니까요. 아 근데 형, 저 오늘 두 번째로 형 보는 건데 왜 이렇게 제 얘기를 많이 해요? 근데 이상하게 속에서 뭐가 끓는 것처럼 말을 안 하면 간지러워 미치겠어요."

"위로 차를 마시면 원래 마음에 힘들었던 것들이 풀어지면서 말로 흘러 나와. 괜찮은 거야. 정상이야."

"아 진짜요. 고마워요. 제가 또 해충 짓을 하나 해서요."

"왜 자꾸 너를 해충이라고 하니?"

"그냥, 세상이 저 같은 애들은 해충으로 봐요. 하루살이란 말을 주변에서 하도 듣다 보니까 제가 하루살이 같아요. 하루만 살고 사라져 버리면 끝인 쓸모없는…. 사실 우리 아빠 빼곤 다 저를 한심하게 봐요. 저도 알아요. 그래서 집 밖에 나가기 싫었어요. 이불 밖은 너무 위험하니까. 집 밖에 나가는 순간 사람들 시선이 느껴져서 불편해요. 눈으로 욕하는 거 같아. 한심하다고."

"그럴 리가. 사람들은 생각보다 너한테 크게 관심 두지 않아. 그런데 왜 범준이가 하루살이야? 내일은 없을 것처럼 하루를 살아서?"

"모르겠어요. 이유라도 알면 반박할 텐데. 그냥 열심히 병에 걸린 사회에서 열심히 살지 않는 사람은 도태되고 청춘을 낭비한다. 소모한다. 뭐 이런 평가를 받는 거 같아요. 형, 근데 사실 하루살이가 하루보다 더 오래 사는 거 알아요?"

"몰랐어. 이름만 하루살이인 거구나."

"맞아요. 걔네는 그렇게 살다, 죽기 직전의 시간 동안 열심히 불태운대요. 먹지도, 자지도 않고 짝짓기와 놀기만 하는 거죠. 그리고 걔네는 입도 없어요. 잡아먹힐지언정,

잡아먹지는 못하죠. 그리고 모기나 파리처럼 세균이나 병균을 옮기지도 못해요. 그나마 덜 유해한 해충인건데, 입도 없고 날아다니는데 그 존재만으로 하루살이를 싫어하잖아요. 죽이려고 하고, 가만두지 못하고."

"음…."

범준이 속사포처럼 내뱉는 말을 해인은 가만히 들으며 끄덕끄덕 고개로 맞장구를 친다. 지금 범준의 마음에선 오랫동안 묵혀둔 말이 흘러나온다. 위로 차는 보통 마음이 서서히 번지고 풀리는 시간이 필요한데 평소 양보다 많이 마신 범준은 마음이 풀릴 시간이 없이 말을 흘려보낸다. 해인은 위로 차를 내어주는 데에도 양 조절이 필요함을 생각하며 범준의 이야기에 집중한다. 지금 범준은 마른 눈물을 언어로 흘리고 있다.

"형, 근데 저는 제가 정말 하루살이 같아요. 세상이 쓸모없는 사람으로 바라보는 시선이 버거워요. 근데 있잖아요, 왜 모두가 나비나 꿀벌로 살아야 하죠? 하루살이가 세상에 존재하는 이유가 있잖아요. 모두가 똑같은 얼굴로 똑같은 삶을 살아야 하나요? 하루살이도 있고 모기도 있고 파리도 있을 수 있잖아요."

"모든 사람은 저마다 다른 고유성을 가지고 있지."

"근데 형, 자꾸 꿈을 찾아 나비나 꿀벌이 되라고 하니까 숨 막혀요. 다른 얼굴이나 다른 인생을 산다고 해서 루저는 아니잖아요. 아 답답해. 근데 이상하네요. 되게 답답했는데 말하면서 뭔가 마음에서 스르르 빠져나가는 기분 들어요. 뭐 때문이죠? 형, 진짜 위로 차에 뭐 탄 거 아니에요?"

"타기는. 아마도 네 마음에서 풀어내야 할 갈증이 있어서 위로 차를 그렇게 마셨나 보다. 사실 지금까지 한 잔 넘게 마신 사람은 범준이 네가 처음이야."

"그래요? 뭔가 처음이라니까 기분이 썩 나쁘지 않은데요. 킥킥."

범준이 뒷머리를 긁적이며 머쓱함에 일부러 장난스러운 표정을 짓는다. 그러다 불현듯 눈을 크게 뜨며 소리친다.

"아 근데 형! 저 오늘 여기 사진관 손님 아니고 알바 온 첫날이잖아요! 원래 알바할 때 이렇게 농땡이 피우는 사람 아닌데, 설마 저 하루 일하고 잘리는 거 아니겠죠?"

해인은 울다 웃다 울상을 짓는 범준을 보며 웃는다. 사람이 저렇게 감정이 투명하게 비칠 수 있다니.

"괜찮아. 그리고 사진관에서 어떤 방식으로 손님들이 마음을 풀고 사진을 찍는지 알아야 범준이 네가 보조를 하지. 일종의 업무를 익히는 순간이라 생각하면 되겠다."

"진짜요? 다행이다. 휴. 근데 형, 행복사진은 자기가 원하는 시점의 마음을 찍을 수도 있어요?"

"가능하지. 원한다면."

해인의 이야기를 들은 범준이 일어서서 사진관 내부를

서성인다. 언제 어느 시점의 나를 찍어야 할까.

"형, 그럼 행복 카메라로 사진을 찍으면 제가 모르는 저의 행복도 찍을 수 있어요?"

"네가 행복하다 느낀 순간들이 있었다면 찍을 수 있지."

"그럼 안 봐도 비디오인데⋯. 누워 있고 게임하고 아빠랑 밥 먹고 하루 종일 늘어지게 자다 라면 먹고⋯ 또 자고⋯ 이런 거만 찍힐 것 같아요. 형, 그럼 행복 카메라에 불행 필름도 있다고 하셨는데 불행만 찍을 수도 있어요?"

"있긴 한데, 아직까지 불행만 찍어서 인화한 사람이 없어서 나도 해본 적은 없어. 지금까지 불행 필름은 내가 현상한 다음에 아침 이슬 맞으며 해의 첫 얼굴에 태워 보냈어. 믿기 어렵겠지만 일종의 마법 능력이야. 나와 지은 씨에게는 이 도시 사람들에게 없는 능력이 있어. 마음 세탁소에 방문한 손님들이 입었던 하얀 면 티의 얼룩은 옥상에 잘 마를 때까지 널어둔 뒤 지은 씨가 지는 태양을 향해 간절히 기도를 했어. 사람들 마음의 얼룩과 주름을 지우고 다려달라고. 그때부터 마법이 일어나기 시작해서 얼룩은 빨간 동백꽃잎이 되어 하늘로 올라가 노을이 되어 부서지지. 사라지는 거야. 그러면 사람들 마음 속 얼룩이 지워져."

"형 능력자였구나. 역시⋯."

"태어날 때부터 부여된 능력이었지만 지은 씨와 나 모두 사용법을 늦게 깨달았어. 우리가 범준의 나이였을 때에는 제대로 이 능력을 사용할 줄 몰랐지. 아무리 능력자여도 방황하고 실수하고 배우면서 깨닫고 성장하는 건 같은 거 같아. 뭐, 그래서 마음 사진관의 불행 필름도 세탁소에서 쓰던 빨랫줄에 널어. 그리고 새벽에 떠오르는 해를 향해 간절히 기도하지. 그럼 사람들 마음에 들었던 푸르딩딩한 멍이 풀어지면서 필름에서 푸른색 라일락 꽃잎이 나와. 푸른 라일락 꽃잎이 하늘로 올라가 푸른 새벽이 시작되고, 우리는 어제의 불행을 잊고 새 아침을 시작하는 거지."

"대박 소름… 형! 굉장해요! 누가 이거 영화로 만들면 대박 날 거 같아요. 너무 비현실적이야! 저 지금 잠 깨 있는 거 맞아요? 하도 잤더니 지금 꿈꾸고 있는 거 아니죠?"

"지금이 꿈이면 나도 수면 중이겠구나. 때론 비현실적인 게 가장 현실이지."

범준은 자신보다 나이가 많은 어른과 이야기를 하며 비난이나 충고를 받지 않고도 대화할 수 있음이 신기했다. 충고, 조언, 평가, 판단이 없는 대화라니. 있는 그대로의 자신을 인정해 주는 기분이 들어 마음이 편안했다. 마침내 범준은 진짜 속에 가두어 둔 말을 꺼낼 용기를 내본다.

"형. 저 사실은 꿈이 있어요. 다들 제가 꿈이 없는 줄 아는데 사실은 있어요 저도."

"들려줄 수 있어?"

"네, 있잖아요. 저 사실은 말이죠…!"

범준의 눈이 반짝이기 시작한다. 메리골드에 온 이후 처음으로 긴 말을 쏟아내는 범준의 마음이 간지럽다. 이래서 사진관에 오고 싶었나. 아니 이래서 메리골드에 오고 싶었던 건가.

❖

"있잖아요, 이건 형한테 처음 말하는 건데⋯ 저는 이번에는 나비가 되고 싶은 꿈이 있어요."

해인이라면 범준의 꿈을 터무니없다 비웃지 않을 것 같아 용기를 내본다. 범준은 말을 하고 눈을 질끈 감는다. 피상적이고 추상적인 꿈이라고 핀잔할 것 같아서.

"아름다운 꿈이네."

"헐 정말요? 아름다운 꿈이에요?"

"나비가 되는 꿈은 아무나 꿀 수 있는 게 아니니까. 만약 지은 씨가 여기 있었다면 지금 너처럼 눈을 반짝이며 손을 모으고 들었을 거야."

"지은이 그 누나, 언젠가 만나보고 싶네요. 근데 그 누나 여기 없어도 있는 거 같아요, 형."

"나도 그래."

"근데요 형, 제가 나비가 될 수 있을까요? 저는 평생 해충이나 누에고치로 사는 거 아닌가 은근 걱정돼요. 하고 싶

200

은 일이 없다고 해서 행복하게 살고 싶지 않은 것도 아니고, 즐겁게 살고 싶지 않은 것도 아니거든요? 근데 정말 하고 싶은 게 없어요. 하고 싶은 게 없는 게 나쁜 건 아닌데 죄스러워요. 그리고 두려워요. 나비가 되려고 집 밖으로 나가 막 시도하고 노력했는데 맨날 실패만 하면 어떡해요?"

"그럼 어쩔 수 없지."

"뭐야 에이…. 보통 다른 어른들은 할 수 있다고 말하지 않아요? 그냥 실패하지 않고 아프지 않고 정해진 길로 안전하게 가고 싶은데 대체 나비가 되는 길은 어떤 길인지를 모르겠어요. 그래서 시도해 볼 엄두도 안 나요. 그냥 막 겁만 나요. 그리고 세상에 나가 사람들하고 관계를 이어가고 감정을 주고받는 것도 너무 어려워요. 갈등도 어려워요. 그래서 친구도 없어요."

"정해진 길을 알고 가는 사람이 있을까. 나도 궁금한데?"

해인과 범준이 각자 골몰히 생각에 잠긴다. 정해진 길을 따라가는 것이 정답이라 누가 말했던가. 어려운 명제다.

"근데 친구를 안 만나면 문제 있는 사람이라고 또 생각하잖아요. 그래서 억지로 동아리 모임 같은 데 나갔는데 너무 에너지 빨리고 어지럽더라구요. 애들 하는 말에 관심도 없고. 차라리 아빠랑 노는 게 제일 재밌어요."

"그럴 수 있어. 나도 익숙지 않은 사람들이랑 모르는 화제로 이야기하는 거 힘들 때가 있더라."

"형도 그럴 때 있어요? 저만 이상한 건 아니네요. 형처럼 멋진 어른은 그런 거 없을 줄 알았어요. 여기 와서 사람들이 서로 어울리며 사는 거 신기해서 드라마처럼 봤어요. 매일 끝나지 않는 드라마가 눈앞에서 플레이 되는 기분이랄까. 맞다 형! 그럼 저 부탁이 있어요. 사실 우리 아빠 나이에도 제가 이렇게 살긴 좀 그럴 거 같아요. 한 5년… 아니지, 10년쯤 뒤에 제가 나비가 될 수 있는지 사진으로 찍어볼 수 있어요? 여긴 그런 사진 못 찍죠?"

"찍을 수 있어. 네가 원한다면."

"정말요? 대박 사건. 진짜 게임하다 팝업 뜬 거 안 지우고 눌러본 게 제 인생 최고의 행운이었던 거 같아요. 저 팝업에 청년 도시 교류 체험 프로그램 모집 공고 뜬 거 보고 지원해서 여기 왔거든요. 팝업을 누른 게 운명이었던 거죠!"

운명은 그것을 우리가 운명이라 부를 때에만 운명이 된다. 스쳐 지나간다면 운명이 아닌 흘러가는 사소한 일일 뿐이다. 스스로 우연을 운명으로 만들기로 선택할 때에만 우연은 운명이 된다. 범준이 우연히 클릭한 프로그램을 흘려보낼 수도 있었지만 지원을 하는 용기를 냄으로 인해 운명이 되었다. 청년 교류 프로그램에 합격하고서도 이 도시에 오지 않을 수 있었지만 낯선 도시로 건너오는 용기를 냄으로써 운명이 되었다. 운명이라는 길은 자신의 선택과 용기로 만들어진다.

범준은 자신이 낸 길을 모른 채 길을 찾는 방법에 대해 궁금해하고 있다. 청년 도시 교류 체험 프로그램에 지원한 것도 범준이 유일했고, 메리골드에 와서 체험을 하고 있는 청년도 범준이 유일하다는 사실을 모른 채 말이다. 삶이라는 여행에서 어떤 길을 지나오고 나서 한참을 걷다 뒤돌아보아야만 그것이 길이었음을 알게 될 때도 있다. 아니, 사실 대부분의 길이 그렇지만.

"범준아. 우리는 사진관에 손님이 오시면 이쪽 책상에 앉아서 나에게 보내는 편지를 쓰시라고 해. 그리고 이 빨간 우체통에 넣으면 1년 뒤에 미리 적어둔 주소로 발송해 드려. 네가 이 편지들을 발송시기에 맞춰 분류해 줄 수 있겠니?"

"아, 1년 뒤를 맞춰서요? 네 그럴게요! 형, 그럼 저도 이거 써요?"

"쓰고 싶으면 써."

"쓸까 말까… 할 말이 별로 없는데."

"네가 원하는 대로 해. 그럼 나는 카메라 세팅하고 있을게. 준비 다 되면 말해줘."

"네, 형!"

범준은 고민하다 연필을 들어 종이에 4음절을 적고 바라만 본다. 무얼 써야 하지? 하고 싶은 것도 없는데 쓰고 싶은 말도 없네.

친애하는.

종이에 글자를 적고 범준은 연필을 소리 나게 탁 내려두고 뒤집어 버린다. 모르겠다, 안 할란다. 범준은 아무도 없는 주변 눈치를 살피며 두 손을 크게 비비며 사진기를 세팅하고 있는 해인의 반대편에 선다. 하고 싶은 게 없는 것도 눈치가 보이고 쓰고 싶은 게 없는 것도 눈치가 보인다. 도대체 왜….

"준비 됐니? 만약 지금이라도 사진을 찍고 싶지 않다면 찍지 않아도 괜찮아. 선택은 너의 자유야."

"그런 건 아니고요… 지금까지 저 별 생각 없이 살았는데 아무것도 안 나오면 어쩌나 쫄려서요. 맞다 형, 불행사진을 찍은 사람은 없다고 했잖아요. 저를 테스트로 한 장만 찍어주시면 안 돼요?"

"불행했던 순간을 딱 한 장만 찍어달라는 말이니?"

"네. 너무 많이 보면 좀 슬플 것 같은데 딱 한 장 정도면 괜찮을 거 같아요. 아 아니다… 형, 그냥 제가 찍고 싶은 미래의 행복한 순간, 그 반대편에 있는 불행한 마음을 보고 싶어요. 좀 이상해요?"

"하나도 안 이상해. 네 마음을 네가 보고 싶다는데 뭐가 이상하니. 대신 어떤 사진이 나와도 그 순간을 고치거나 지울 수 없어. 선택은 네 몫이야. 감당할 수 있겠니?"

"예 뭐. 괜찮을 거 같아요. 지금까지도 큰 고민 없이 누워 살았으니 혹시 큰 불행이 올 수도 있지 않을까 예상은 했어요, 형. 저 마음의 준비 됐어요."

범준은 침을 꿀꺽 삼키고 해인의 반대편 의자에 엉거주춤하게 앉았다 선다. 앉아야 하는지 서야 하는지 해인이 말해주지 않아서 눈치를 본다. 해인은 범준의 행동을 바라보다 말한다.

"범준아. 네가 앉는 게 편하면 앉아서 찍고 서는 게 편하면 서서 찍어. 원하는 대로 해."

"저는 이 원하는 대로가 어색해요. 히히. 그럼 저는 서서 찍을게요. 저는 딱 10년 뒤에 제가 어떤 마음으로 살아가고 있을지가 궁금해요. 서른이 넘으면 지구 종말이 닥치는 기분일 것 같아요. 상상이 안 돼요."

"10년 뒤 오늘의 네 마음의 행복과 불행을 한 장씩 보고 싶다는 거구나. 그럼 가장 편한 자세로 서서 범준이 네가 가장 행복한 순간을 상상해 봐. 행복 카메라는 자동으로 그 이면의 불행을 찍어줄 거야. 웃고 싶으면 웃고 무표정하고 싶으면 그렇게 해."

해인은 범준이 편안할 수 있도록 정면으로 눈을 바라보지 않고 카메라를 가슴 아래로 내려 뷰파인더를 바라본다. 범준은 어색한 듯 서 있다가 해인의 말을 듣고 눈을 감는다.

"어서 오세요, 여기는 행복한 마음과 불행한 마음을 찍는 마음 사진관입니다. 이제 숫자를 셀게요. 하나, 둘, 셋!"

찰칵.

번쩍하고 빛이 비추며 사진이 찍힌다. 카메라의 플래시가 터지는 순간 진한 라벤더 향이 번지며 푸른 꽃잎들이 빛을 타고 날아오른다. 인생의 많은 장면을 보려 욕심내기보다 단 한 순간만을 보려 마음을 비우기가 더 어려운데 젊은 범준이 그걸 한다. 대단히 단단한 마음을 가진 아이가 범준이 아닐까. 단 한 장면의 행복과 불행을 보고 싶은, 바라는 게 적은 마음도 대단한 마음이다. 푸른 꽃잎들은 범준과 해인의 주변을 빙글빙글 돌며 사진을 인화한다. 푸른 라일락 꽃잎들의 원이 찬찬히 잦아들며 범준의 손에는 두 장의 사진이 뒤집혀 놓인다.

손바닥의 간지러운 감촉을 느낀 범준은 천천히 오른쪽부터 실눈을 뜬다. 해인이 뒤돌아 움직이고 있는 걸 확인한 뒤 다시 왼쪽 눈을 뜬다. 말로만 듣던 아름다운 푸른 라일락 꽃잎들이 눈앞에서 빙글빙글 돌고 있는 장면에 놀라 눈동자가 꽃잎을 따라 굴러다닌다.

"웬일이야! 게임에서나 보던 마법이 지금 눈앞에서 펼쳐지는 거네요! 너무 아름답네요. 기절할 거 같아요. 형, 지금 꿈 아니죠? 현실에서 꿈을 안 꾸니까 눈앞에 이런 꿈같은 일이 펼쳐지나 봐요! 히히. 근데 제 손에 있는 게 행복과 불행사진이에요? 형, 찍히긴 찍힌 거예요?"

"그럼, 찍혔지. 30분만 기다리면 나올 건데… 퇴근해서 돌아갈 때 볼래?"

"당연히 아니죠! 기다렸다가 바로 볼래요. 근데 형, 신기해요."

"마음을 찍는 일이?"

"예, 뭐 그것도 신기한데 누군가 나도 모르는 내 마음을 말하지 않아도 읽어준다고 생각하니까 기분 오묘하고 되게 좋은데요? 뭔가… 온전히 이해받는 느낌이 드는 거 같아요. 맞다, 마음을 엑스레이로 찍어본 기분이랄까? 왜 건강검진 같은 거 하면 막 여기저기 장기를 찍잖아요. 그리고 안 좋으면 주의하라고 하고. 여기 마음 사진관에서 마음 엑스레이를 찍고 어디가 아프다! 그럼 딱 약 지어주고 그럼 대박일 거 같은데. 형 마음 약국 같은 거 안 할래요?"

"안 할래. 하고 싶으면 네가 해보든가."

"에이, 제가 약국 같은 걸 어떻게 해요. 약사 되려면 공부 되게 열심히 해야 하는데 저는 태어나서 공부라는 거 자체를 해본 적이 없어요."

"20대에만 인생의 진로가 결정되는 건 아니야. 서른 이후에 안정되게 사는 사람은 기대보다 적어. 그리고 생각보다 삶이 길어. 서른 이후도 마흔 이후도, 쉰, 예순, 일흔, 여든, 아흔 이후에도 삶은 지속되잖아."

"하긴… 뉴스 보면 어르신들이 새로운 일에 많이 도전하시긴 하더라구요."

"그렇지. 어찌 보면 정해진 길이라는 건… 우리가 스스로 제한하는 것일지도 몰라."

"그렇죠. 근데 형, 꿈을 꿀 자유가 있다잖아요. 그렇게 나이에 연연하지 않고 새로운 도전도 하는데, 꿈꿀 자유가 있다면 꿈꾸지 않을 자유도 있는 거 아닌가요?"

"있지."

"근데 또 꿈꾸지 않을 자유라면서 저처럼 이렇게 살다가 아무것도 되지 못하면요?"

"아무것이 되지 않아도 괜찮아. 지금까지 살아온 것만으로도 충분한걸. 아무것이 된다든가 평범하다든가 특별하다든가, 그런 기준들도 어차피 사람이 정한 거 아닌가? 내 삶에 대한 기준은 내가 정하면 되는 거야. 그리고 아무것이 되지 않아도 괜찮은 시절이 청춘 아닌가. 방황하고 헤맬 특권을 낭비해도 될 거 같아. 사실 나는 그런 청춘을 보내지는 못했지만 말이야."

해인은 범준을 향해 마음에서 진심의 말이 우러나온다
는 사실이 놀랍다. 범준의 질문에 답을 건네며 해인의 마음
안에서도 풀리지 않았던 의문이 풀리는 것 같다. 지은이 떠
나며 남겨준 선물은 바로 지금 이런 순간인가. 스스로 답을
찾아가는 과정을 따라가며 마음의 자유를 누리라는 것이었
을까. 그래서 지은은 여행을 떠나라고 한 것인가. 아니, 여
행을 하듯 오늘을 살라 한 것일까. 여행지에서 만난 낯선
사람들로부터 타인에게 마음의 문을 여는 자세를 배웠다.
길에서 만난 사람들은 친절했고 다정했다. 해인은 혼자여
서 외롭다가도 그들의 다정에 금세 온기를 느끼곤 했다. 마
치 지은과 마음 세탁소를 운영하며 찾아온 이들의 마음의
얼룩을 다려주고 세탁해 주며 느낀 따스한 온기와 유사하
달까.

"그리고 범준아. 정해진 길이라는 건 애당초 없어. 솔직
히 고백하자면 나는 아직도 길을 잃는걸. 그냥 묵묵히 할
일을 하며 걷다 보면 결과물이라는 게 생기고 사람들은 그
걸 길이라 부르는 거 같아. 아직 나도 확실하진 않지만. 그
저 우리가 할 일을 멈추지 않고 걷는 게 아닐까? 여기 사진
다 됐다. 뒤집어 둘 테니까 너 혼자 보고, 나는 옥상에 널어
둔 필름 정리 좀 하고 올게. 오늘은 사진관에 손님이 더 안
올 것 같으니까 편하게 있어."

"옛썰! 고맙습니다! 오늘 알바 꿀이네요. 그런데 형, 저

는 감정 소모가 시간 아깝고 싫어서 친구도 곁에 안 두는데 왠지 여기 오니까 사람들이랑 감정을 부대끼면서까지 어울리는 이유를 알 것도 같아요. 아직 자세히는 모르지만요."

"그래. 찬찬히 알아가자."

해인은 범준이 10년 뒤 오늘에 느낄 행복과 불행의 장면을 뒤집어 두고 옥상을 향해 천천히 걸어 올라간다. 웬일인지 기분이 좋다. 정체 모를 콧노래를 흥얼거리며 오른쪽 바지 주머니에 손을 집어넣고 천천히 한 칸씩 계단을 오른다. 산다는 건 이렇게 계단을 오르내리는 일 아닐까. 계단을 올랐다고 해서 끝이 아니고 내려왔다고 해서 끝이 아니다. 원한다면 계단을 다시 오를 수도 있고 중간에 내려올 수도 있다. 계단이 버겁다면 엘리베이터나 에스컬레이터를 탈 수도 있고 계단이 없는 곳을 선택할 수도 있다. 살며 절대로 계단을 마주치지 않을 일은 없지만 최소한 반복에 대한 선택은 할 수 있다. 범준이 불안한 건 아직 살아온 날이 적어 계단을 오른 경험이 적은 탓이다. 계단을 오르내린 날들이 많은 덕분에 해인은 이 계단이 끝이 아님을 알고 있을 뿐이다.

옥상으로 올라와 하늘을 바라본다. 범준과 함께한 시간이 생각보다 길어져 벌써 해 질 녘이 되었다. 여행에서 돌아와 사진관에서 보낸 첫날이다. 생각보다 슬프지 않고 생각보다 나쁘지 않은데, 그리움은 여전하다. 매일 지은이 이 노을을 바라보며 사람들 마음의 얼룩을 빨간 꽃잎에 태워 보냈는데. 구름 한 점 없는 하늘에 진하게 노을이 번지는 광경을 바라본다. 해인의 어깨에 푸른 꽃잎들이 톡톡 떨어진다.

"왔니, 수고했어."

꽃잎을 향해 다정한 말을 건넨 해인의 머릿속에 순간 섬 광처럼 윤동주의「길」한 구절이 흘러 지나간다.

길은 아침에서 저녁으로 저녁에서 아침으로 통했습니다.

"길이 아침에서 저녁으로… 저녁에서 아침으로 통했다… 아… 그런 것인가."

내가 사는 것은, 다만,

잃은 것을 찾는 까닭입니다.

내가 사는 것은, 해인이 사는 것은 다만 잃은 것을 찾는 까닭인 것인가. 해인은 하늘을 보며 어딘가에 있을 지은의 안녕과 평안을 마음으로 빈다. 간절한 소망은 어떻게든 닿게 되리라 믿으며. 잃은 것을 찾기 위한 까닭으로 나는 오늘을 살아야겠지. 고개를 끄덕이는 해인의 손바닥에 푸른 라일락 꽃잎이 떨어진다. 시들지 않는 생생한 꽃잎이 해인의 손을 잡아주기라도 하듯 손바닥을 굴러다닌다. 해인은 꽃잎의 위로를 받으며 소중히 그 하나의 꽃잎을 두 손으로 감싸 쥔다. 뜨거운 포옹이라도 하듯이.

211

✦

혼자 남겨진 범준은 사진을 볼까 말까 고민을 한다. 손바닥에 뒤집혀진 사진을 지금 보면 10년 뒤가 바뀔 것도 아닌데, 그냥 보지 말고 쓰레기통에 버릴까. 아니지, 그냥 지금 빨리 봐버리고 쓰레기통에 버리자. 범준은 의자에 앉아 다리를 덜덜 떨다 일어선다. 그러다 다시 앉는다.

"그래, 보자 봐! 지금도 대충 사는 인생인데 10년 뒤에 아무것도 되어 있지 않으면 어때!"

결심하고 사진을 뒤집어 본 범준은 눈이 휘둥그레진다. 뭐야 대체 이거.

"사진 잘못 찍힌 거 아니야? 뭐가 불행사진이라는 거야 대체? 저 형도 사기 아니야?"

범준이 의아함에 연신 눈을 비비고 사진을 본다. 아무리 뒤집어 보고 불빛에 비추어 보아도 사진은 그대로다. 인화가 덜 되었나 싶어 사진을 흔들어 봐도 그대로다. 한 장의 사진에는 물체가 아닌 파란색만 찍혀 있고, 다른 한 장의 사진에는 지금보다 머리숱이 조금 줄고 배가 나온 범준이 양손으로 브이를 하며 웃고 있다.

"아니 이거 뭐야… 10년 뒤에 내가 배 나오고 머리숱은 줄어든다는 거야? 이게 불행사진 아니야?"

대체 뭐가 불행이고 뭐가 행복인지 분간이 가지 않아 의

아한 범준이 사진을 양손에 들고 반대편으로 교차시켜 본다. 눈을 크게 뜨고 사진을 다시 보던 범준이 한 손에는 치킨을 포장해 들고 다른 한 손에는 휴대폰을 든 채 양손으로 브이를 하는 30대 중반의 자신의 모습에 안도한다. 아무것도 안 되어 있을 줄 알았는데 그래도 손목에 치킨 봉지를 걸고 있는 걸 보면 돈을 벌기는 하나 보다. 휴대폰도 있는 걸 보니, 통신비 낼 돈도 되나 보다.

"근데 배가 왜 이렇게 나왔어? 머리숱은 왜 이렇게 줄었고. 너무 누워 있어서 근육이 다 빠졌나. 단백질도 먹고 가끔 달리기라도 해야겠네. 치."

범준은 어떤 장면도 없이 파란색으로 찍힌 불행사진을 바라보며 어떤 의미일지 골똘하게 생각한다. 해인이 형한테 물어보면 알려나. 마침 해인이 급한 용무라도 있는 듯 옥상에서 서둘러 내려온다.

"말도 안 돼, 형! 저 불행사진에 파란색밖에 안 찍혔어요. 카메라 고장 아니에요? 마법 카메라도 불량이 있어요?"

손안에 소중한 무언가를 쥔 듯 두 손을 포개어 내려오던 해인이 범준의 외침에 시원하게 이를 드러내며 웃어 보인다.

"고장 아니야. 10년 뒤 마음의 불행이 그런 색인거지. 진짜 장면이 찍히는 경우도 있고 보기 힘들 만큼 괴로운 장

면이 찍힐 수도 있다고 해. 그나저나 너 알바 끝날 시간인
데 배고프지? 우리분식 가서 김밥 먹고 가. 계산은 내가 조
금 있다 가서 할게."

"마법의 세계란 참 신기하네요. 이제부터 게임도 환상적
인 거 나오는 걸 해야겠어요. 감사합니다! 근데 김밥 말고
김치볶음밥 먹어도 되죠?"

"맘대로. 그럼 내일 오전 11시에 보자."

"옛썰! 근데 형, 저 궁금한 거 있는데요, 물어봐도 돼
요?"

"범준이는 궁금한 게 참 많구나. 이번엔 뭐가 궁금하
니?"

"형은 인생에서 가장 행복했던 순간이 언제예요?"

범준의 질문을 받은 해인이 자리에 서서 생각에 빠진
다. 해인을 스쳐가는 기분 좋은 기억들로 서서히 얼굴에
미소가 번진다. 해인은 대답 대신 범준에게 햇살 같은 미
소를 지어 보이고 밖으로 나선다. 해야만 할 일이 있다. 지
금 바로.

"알았다. 그 미소가 대답인거죠? 근데 지금 말하기 싫
죠? 이래 봬도 제가 눈치는 아주 쪼오금 있습니다! 뒷정리
는 제가 해두고 갈게요! 내일 봬요!"

범준은 해인의 뒷모습에 대고 소리친다. 범준은 자신
이 마신 찻잔을 들고 바 테이블로 가서 설거지를 하며 흥

얼홍얼 콧노래를 부른다. 종일 굶었는데 배가 고프지도 고단하지도 않다. 왜 이렇게 기분이 좋은 거야 정말. 이상한 곳이야.

"야박하게 알바는 왜 다섯 시간만 하는 거야. 기왕 일을 시키려면 일곱 시간이나 여덟 시간쯤 해야 제대로 일을 파악할 수 있는 거지. 안 되겠어, 내일부턴 자체적으로 근무 시간을 늘려야겠어."

범준은 고개를 절레절레 흔들며 중얼중얼 다짐을 한다. 마침내 설거지를 끝낸 범준이 사진관을 나서려다 문 앞에 멈춰 서서 공간을 둘러본다. 나무 향기 때문인가 이상하게 마음이 편안하네. 범준은 아까 자신이 쓰다 덮어둔 편지지를 손에 들고 쓰레기통에 버리려다 멈칫한다.

친해하는, 친애하는.

반으로 접어 청바지 뒷주머니에 꽂는다.

"지금처럼 살아도 나쁘지 않을 수도 있을 것도 같고."

집에 가서 '친애하는'으로 시작하는 편지를 써야겠다. 누구에게 쓸지는 걸어가며 생각해야지. 집에 도착하자마자 생각나는 사람에게 쓸 거다. 왜인지 모르게 기분이 좋다. 그러고 보면 모든 일에 이유가 꼭 있어야 하나 싶기도 하고. 이유 없는 이유도 있지 않을까. 그냥 기분이 좋다 오늘은. 기분 좋으니까 새로운 게임이나 발굴해서 한 판 하고 자야지.

❖

"왜 내가 너를 이제야 알아보았을까."

옥상에서 낙하하는 저녁놀을 보며 지은을 그리워하던 해인은 자신의 손을 잡아주던 꽃잎을 물끄러미 바라보다 순간 눈을 번쩍 떴다. 푸른 꽃잎들 중 이 하나의 꽃잎만 묘하게 색과 향이 다르다. 해인은 소중한 보물을 다루듯 양손을 포개어 꽃잎이 날아가지 않게 감싸 안는다. 꽃잎의 향을 맡다 기억이 났다. 해인이 상실의 아픔을 안고 떠난 여행지에서도 이 향기가 났었다. 해인의 마음에 슬픔이 몰려오거나 그리움으로 잠을 이루지 못할 때 푸른 꽃잎은 향을 뿜었다. 이 향을 맡으면 잠이 들 수 있었다. 그런데 왜 몰랐지 대체.

서둘러 내려와 범준의 질문을 듣고 해인은 지은을 떠올렸다. 지은과 함께한, 그리고 메리골드에서 사람들과 함께한 보통 날들이 모두 행복이었다. 해인은 심장 한쪽이 푸른 꽃잎으로 번지는 기분이 든다. 해인은 시들지 않는 꽃잎을 살포시 바닥에 내려두고 마음 사진관 입구 앞 정원의 흙을 손으로 판다. 적당한 크기로 공간이 만들어지자 시들지 않는 꽃잎을 그 안에 넣고 심는다. 조금씩 조금씩, 흙을 꽃잎 위로 덮으며 해인이 꽃잎에게 말을 건다.

"라벤더였어 너는. 그렇지? 다른 꽃잎들은 라일락인데

너만 라벤더였어. 라벤더의 꽃말은 진심 어린 사랑과 약속이잖아. 지은 씨는 스스로를 많이 사랑할 때, 그리고 나 역시 지은 씨에게만 기대지 않고 내 삶의 행복을 찾게 될 때 돌아오겠다는 약속을 하고 떠난 게 아닐까."

해인은 푸른 꽃잎들이 엄마의 라일락 꽃잎인 줄만 알았다. 언제나 해인의 곁에 있던 시들지 않는 꽃잎이 그저 잔흔인 줄만 알았다. 그러고 보니 지은이 떠난 순간부터 이 향이 해인의 곁을 맴돌았다. 해인과 지은은 서로를 만난 뒤 마음의 결계가 풀렸다. 지은은 오랜 시간 자신의 능력을 사용하는 법에 대해 고민하고 다시 태어나기를 반복했지만 해인은 스스로 인생의 의미를 찾을 여유도, 이 능력을 어떻게 사용해야 하며 어떻게 살아가야 하는지에 대해 고민할 여유도 없었다. 어쩌면 지은은 자신이 찾은 답을 해인도 알아가길 바라며 이 생을 떠난 게 아닐까? 얼결에 지은의 눈물을 찍어 행복 카메라를 처음 사용하게 되었던 해인은 홀로 남겨진 뒤에야 지금까지 하지 않았던 생각들을 마주하고 삶의 다양한 감정을 경험하고 있다. 해인은 지은이 떠난 뒤 훌쩍 커버린 마음의 키를 생각한다.

살아 있을 때 살고 죽어 있을 때 죽는 삶을 살아야겠다고 생각한 해인은 삶의 소중한 시간을 소중히 지키고 싶어 팔에 타투를 새겼다. 지은을 만나기 전까지의 해인은 살아 있지만 죽어 있는 듯 시간을 흘려보내며 살았다. 이제는 생생히 모든 시간의 삶을 누리며 소중히 살아가고 싶어졌다.
살고 싶어지다니. 엄마와 아빠가 동시에 세상을 떠난 그날
에 감정의 시계가 멈춰버렸는데, 지은을 만난 뒤부터 초침
이 움직이기 시작했다. 해인에게는 실로 놀라운 변화였다.
시간에 연연치 않고 시간의 주인이 되어 살고 싶어졌다. 자
유로이 시간을 운영하며 산다면 먼 훗날 지은을 만나는 순
간이 왔을 때 그녀에게 부끄럽지 않을 것 같다. 엄마와 아
빠에게도, 그리고 무엇보다 나 자신에게 부끄럽지 않기
위해 살아야겠다고 생각했다.

　　인도쯤이었나, 갠지스강에서 사람들의 생과 사를 보며
이런 생각도 했다. 이리 흘려보낸 시간이 방금 죽어간 누군
가에게는 간절히 살고 싶던 5분이었을 수도 있다고. 그렇다
면 나는 한 순간도 허투루 살 수 없다. 일회용 카메라를 들
고 사진을 찍었다. 그리고 글을 적었다. 여행의 날들은 온
전히 자신을 소중히 여기고 돌보아 주고 생각하는 시간이
었다. 여행에서의 삶만큼 나를 양육할 수 있다면 남은 날
들은 그리움을 안고 행복하게 살 수 있을 것만 같았다. 지
나간 것은 지나간 이유가 있을 테니. 의미 없어 보이는 사
소한 것들이 때로는 어떤 신호가 되기도 하듯이, 우리는 그
저 오늘 이 삶을 여실히 그리고 생생히 살아가면 된다. 기
쁨이든 슬픔이든 아픔이든 행복이든, 이름만 다른 소중한
삶의 한 부분들에 매몰되거나 휩싸이지 않고 살아간다면

어떨까.

어쩌면 엄마는 행복 카메라를 찍으며 행복이라는 감정도 스쳐가는 하나의 장면일 뿐이라는 것을 알았을까. 초침이 성실히 움직여 분을 만들고 시를 만들듯, 행복도 초침의 움직임이고 불행도 초침의 움직임일 뿐인 것이다. 엄마는 이 사실을 알려주고 싶어서 내게 행복 카메라를 남긴 것 같다.

"엄마, 나 좋은 친구들도 만나고, 사랑도 하고, 몸도 마음도 많이 자랐어. 행복 카메라를 사용할 줄도 알게 됐어. 스스로 사용법을 터득했어. 기특하지? 그러니까 이제 안심해."

오랜만에 그리운 이름을 불러본다. 초침과 분침과 시침이 성실히 제 갈 길을 가듯이 우리가 할 수 있는 건 삶이라는 이 여행을 포기하지 않고 가는 것 아닐까. 물도 보고, 하늘도 보고, 나무도 보고, 바람도 만지고, 운이 좋으면 무지개를 만나기도 하고, 울기도 하고 웃기도 하고, 낯선 이들과도 어울려 보며 전혀 무용할 수 없는 것들을 누리며 살아가는 것이다. 이 아름다운 순간을 간직하고 싶어서 우리는 사진을 찍는다. 슬픈 순간이 아닌 행복한 순간을 찍는 이유는 행복이 영원하지 않음을 알기 때문일 것이다. 순간의 행복을 영원으로 남기고 싶은 마음에 우리는 사진을 찍고, 안개 끼고 폭풍우가 몰려오는 날에는 어제처럼 선명한 행복의 사진을 꺼내보며 살아갈 힘을 낸다.

"오늘 살아 있다는 것 그 자체가 기적이구나."

기적을 바랐던 까닭은 기적 안에서 살고 있음을 인지하지 못했기 때문이었다. 해인은 문득 돌아갈 곳이 있다는 사실에 안도했다. 도망치지 않기로 했다. 인생의 문제는 어차피 도망치거나 해결하거나의 선택이 아닐까. 사랑하는 이들에게 배운 삶의 방식은 도망치지 않고 해결하고 방법을 찾는 것이었다. 잃었다고 생각한 길은 내 안에 있었다.

생각한 순간 타투를 하는 가게를 발견했다. 자고 일어나면 오늘의 다짐이 달라질 수도 있을 테니 오늘의 마음을 간직하고 싶어졌다. 해인은 타투 가게에 들어가 시침과 분침이 없는 시계를 직접 그려 보여주었다. 그리고 그 생각을 담은 그림을 오른팔에 새겼다. 언제나 이 시간이 지나면 행복해지겠지, 이 순간을 잘 넘기면 행복해지겠지 생각하던 해인이다. 인생에 어떤 큰 사건이 일어나야만 행복한 건 아닌데. 살아 있는 이 순간, 바람이 불고 해가 뜨고 밥을 먹고 친구와 이야기하고 할 일이 있는, 때론 아프고 슬프고 이유모를 짜증이 몰려오는 지금이 행복임을 해인은 여행을 떠나와 느꼈다. 돌아가고 싶은 그곳을 생각할 때면 이 향이 번졌다. 해인은 지은이 남겨준 소중한 삶의 의미를 생각하며 눈물을 흘린다. 해인의 눈물이 흙에 심은 라벤더에 떨어지자 신비로운 푸른빛과 보랏빛이 회오리처럼 피어오른다.

피어오른 빛은 순식간에 라벤더 꽃이 되어 정원을 덮었다. 보라색 라벤더 꽃이 가득한 정원을 해인은 지은을 바라보 듯 다정한 눈길로 바라본다.

"지은 씨, 내가 기다리고 있는 거 알고 있는 거죠? 햇살 로, 바람으로, 꽃잎으로, 나뭇잎으로, 때론 밤의 달로, 별 빛으로 나에게 와달라고 한 마음의 소망을 듣고 있는 건가 요? 나에게 대답해 줘요."

해인의 말소리에 바람이 불며 라벤더 꽃잎들이 해인을 향해 흔들린다. 아름답다. 지기 위해 피어나는 꽃이 아름 다워 보인 적이 있던가. 사랑을 잃고 감정 없이 살기만 하 던 해인에게 다가온 지은이라는 꽃처럼, 아름다운 사랑은 보기만 해도 너무 아름다워서 슬펐다. 피어나면 저버리는 꽃처럼 아름다운 사람이 언젠가 꽃처럼 날아가 버릴 것 같 았다.

"왜 울어요?"

"너무 아름다워서 슬퍼요."

"슬픔은 아름다운 감정이죠."

"꽃은 지기 위해 피잖아요. 시들지 않고 지지 않는 꽃은 없나요?

"꽃은 시드니까 아름다운 거예요. 시들 걸 알기 때문에 한철 아름다움을 화사하게 밝힐 수 있는 것 아닐까요. 그리 고 시들지 않는 꽃잎이 왜 없어요. 여기 있어요. 당신 마음에, 그리고 내 마음에."

해인의 질문을 바람결에 라벤더 꽃잎을 타고 지은이 대답해 주는 것만 같다. 정답은 사랑이었다. 진심을 다한 사랑이 있다면 그 시절이 한철이건 평생이건 사람의 마음을 피어나게 해준다. 피어난 마음으로 일상을 윤기 나게 살다 보면 사랑이 없는 순간에도 행복을 느낀다. 해인은 이제 즐겁거나 웃음 짓는 순간에도 미안해하지 않기로 했다. 그것이 아마도 지은이 바라는 삶일 것이다. 기쁠 때 기뻐하고, 슬플 때 슬퍼하고, 배고플 때 먹고, 졸릴 때 잠잘 수 있는 사소한 행복을 살기를 바랄 것이다. 주어진 삶에 충실히, 도망치지 않고, 질문을 피하지 않고, 성급하게 질문에 답을 내려 하지 않을 것이다.

"오늘을 살자, 그저 오늘을 살자. 후회도 회한도 슬픔도 번뇌도 모두 내 것으로 감싸 안으며 살자. 세상에서 무엇보다 나 자신을 사랑하며 살자. 그럴 수 있어. 나는 이제야 비로소 삶이라는 여행을 살아갈 준비가 된 것 같다."

해인의 혼잣말에 라벤더 꽃잎들이 일렁인다. 저녁 바람을 타고 기분 좋은 향이 온 마을에 번진다. 보랏빛 물결을 타고 밤이 찾아온 저마다의 창문에는 불이 켜진다. 매일 같은 일상을 사는 우리의 창문에 불이 켜지고 조금 지루하지만 평범하고 아름다운 오늘의 일상이 이어지고 있다. 하늘에는 별빛이 반짝이고 땅에는 일상을 살고 있는 우리 안의 별빛이 반짝인다.

"하늘에만 별이 반짝이는 게 아니었네. 밤에 반짝이는 별빛들이 우리들의 집 창문에도 있었어. 아름답다. 반 고흐 그림 같아. 별이 빛나는 밤에."

해인은 핸드폰 카메라를 열고 저마다의 창문에 켜진 별빛을 담는다.

"밤하늘의 별을 보고 있으면 난 항상 꿈을 꾸게 된다."

해인이 반 고흐의 그림을 보며 그가 남긴 글들을 읽을 때 좋아서 메모해 둔 글귀가 떠오른다. 밤하늘의 별을 보며 꿈을 꾸게 되는 행복한 감정이 좋아서 반 고흐는 그토록 별을 그렸나. 그렇다면 눈앞에 반짝이는 일상의 별빛들을 사진으로 찍을 수 있는 오늘의 나는 썩 괜찮은 오늘을 살고 있지 않은가. 행복을 행복으로 알 수 있고, 담을 수 있으니까.

"나는 바람으로, 햇살로, 별빛으로 언제나 해인 씨 곁에 있을 거예요. 내가 없어도 길게 자주 웃고 용기를 내어 살길 바라요. 무엇보다 나 자신을 가장 사랑하는 삶을 해인 씨는 일찍부터 살았으면 좋겠어요. 정말 자신을 진심으로 사랑하게 되는 날 우리는 만나게 될 거예요."

해인이 진심으로 오늘의 일상에 행복을 느낄 때 지은의 마지막 말이 라벤더 꽃물결을 타고 일렁이며 들려온다. 기적을 바라는 어떤 마음은 마법보다 강렬하기도 하다던데.

223

진보라색 라벤더 꽃물결이 온 마을에 번진다. 해인은 아름다운 꽃물결을 바라보다 카메라를 들고 와 간절히 기도하는 마음으로 사진을 찍는다. 사진을 찍은 해인은 카메라를 소중히 품에 안고 하늘을 향해 말을 건다.

"무언가를 간절히 바라면 생각하지도 못한 방법으로 그 소망이 이루어진다지. 오늘 밤은 나를 위한 소망 꽃이 피어나길 기대해 볼까."

"너는 참 나 같다."

화초에 물을 주던 상미가 오래되어 금이 간 화분을 만지며 혼잣말을 한다. 스물한 살, 상미가 우철과 결혼하던 해부터 오랜 시간 함께한 화분이라 더 마음이 간다. 고등학교를 졸업하고 놀이공원 매표소에서 일하던 상미와 대학교 등록금을 벌기 위해 인형탈 아르바이트를 하던 우철은 만난 지 1년 만에 결혼을 했다. 우철은 국화꽃 화분을 수줍게 건네면서 꽃이 상미와 닮았다고 했다. 상미는 이 화분이 프러포즈 같아 일곱 번의 이사를 하면서도 깨지지 않게 소중히 챙겼다.

우철은 결혼 후에 대학을 졸업하고 직업 군인을 선택했

다. 상미는 첫째 딸 민희를 낳아 기르면서 남편의 근무지를 따라 움직였고, 둘째 민영이 태어나고 3년 뒤에 우철은 군대를 전역하고 새로운 회사에 취직했다. 상미는 우철의 선택을 존중했다. 어느 지역이든 가족이 함께 살 수 있는 집이라면 넓건 좁건 문제가 되지 않았다. 그는 늘 가족을 위한 선택을 하는 사람이니까. 아이들이 초등학교에 입학하자 우철은 아이들의 교육을 위해 도시로 가자고 말했고 3개월 뒤 이직을 했다.

"당신 대단해. 목표한 걸 늘 이뤄내네. 가족을 위해 노력해 줘서 고마워 여보. 도시로 이사하면 생활비가 전보다 더 들겠지만 내가 아껴볼게."

상미는 엄마들과 커피 한잔 마시지 않고 아끼고 아꼈다. 하루에 믹스커피 한 봉이면 충분했다. 원룸에서 시작해 방하나 거실 하나인 집으로 이사했다가, 방이 두 개인 구축 18평 아파트로 넓혔고 삶에 만족했다. 하지만 돈을 모으는 속도보다 집값이 오르는 속도가 더 빨랐다. 아이들은 자신만의 방을 갖고 싶어 했다. 우철과 상미는 대출을 받아 방 3개에 화장실 하나가 있는 24평 아파트를 전세로 얻었다. 더이상 우철의 벌이로만 살 수 없었다. 아이들이 커갈수록 학원비는 많이 필요했고, 대출 이자와 원금을 내고도 시골에 계시는 양가 부모님들에게 생활비를 드려야 했다. 둘째아이가 초등학교 3학년이 되자 더 이상 마이너스 통장을 쓸 수 없다고 생각한 상미는 자신도 다시 돈을 벌어야겠다고 결심했다.

"민희 아빠, 아무래도 안 되겠어. 애들 중학교 고등학교 올라가면 학원비가 지금보다 두 배로 필요할 텐데, 나도 돈 벌어서 보태야지."

"…할 수 있겠어?"

"그럼 할 수 있지! 인사 잘하고 싹싹한데 일할 데 없겠어? 열심히 찾아보면 되지."

"당신 맘대로 해. 피곤하다. 먼저 잘게."

야근에 지친 우철은 상미의 어깨를 한번 툭 치고 화장실로 들어간다. 한번 들어가면 휴대폰 게임으로 30분이 금방이다.

우왕좌왕한 끝에 구인 구직 사이트로 캐셔 업무에 지원한 상미는 집에서 20분 거리에 있는 마트로 출근하게 되었다. 아이들 밥을 챙겨주고 뛰어나가 아침 9시부터 일을 시작했고, 일을 마치는 저녁 7시면 곧장 집으로 달려와 저녁밥을 준비했다. 밀린 청소와 빨래, 설거지까지 다 하고서야 상미는 쓰러지듯 잠이 들었다.

반복되는 일상에 시간이 화살처럼 흘러 어느새 첫째 민희가 고등학교 2학년이 되었고 둘째 민영이는 중학교 2학년이 되었다. 많은 계절이 흘러 아이들이 자라는 동안 상미는 스물한 살이 아닌 마흔아홉 살이 되었다.

"오래됐나 보네. 금이 간 줄도 몰랐어. 미안하다 애."

상미는 서랍에서 종이테이프를 꺼내 와 금 간 부분에 붙인 뒤 어루만진다. 여러 해 동안 화분에 어울리는 화초를 사 오고 그때마다 새 흙을 넣어 정성스레 가꾸었다. 쉬는 날이면 온 집안을 쓸고 닦으면서 덩달아 먼지 하나 없도록 화초의 잎을 닦았다. 그 덕분에 화초와 흙은 윤기가 나는데 화분은 언제부턴가 금이 가 깨져가고 있었다.

"갔다 올게."

첫째 민희가 제 몸집보다 큰 가방을 메고 방에서 나온다. 놀란 상미가 화분 앞에서 일어나 부리나케 부엌으로 간다.

"엄마, 나 아침 안 먹어. 속 안 좋아."

"아침을 왜 안 먹어, 너 요즘 공부하느라 힘들어서 소화도 잘 안 되잖아. 엄마가 미역국 금방 끓여줄게, 한 술이라도 뜨고 가."

"웬 미역국이야, 진짜 눈치 없게! 나 오늘 모의고사 보는 날인 거 몰라? 미끄러지라는 거야?"

"민희야, 그런 거 다 근거 없는 말이야. 뜨끈하게 먹어야 속이 편해서 시험도 잘 보지. 그리고 너 아직 고3도 아니고 2학년인데 쉬엄쉬엄해."

"무슨 소리야, 다른 애들은 나보다 학원도 많이 다니고 과외도 하는데! 답답하게 진짜! 엄마는 대학을 안 가봐서 몰라!"

"아… 그건 그런데… 엄마도 주변에서 보고 들은 게 있잖아, 왜 몰라."

"아 몰라, 짜증나. 오늘 시험 망치면 엄마 때문이야. 나 갈래!"

"민희야, 그럼 계란이라도 먹고 가. 엄마가 금방 부쳐줄게. 우리 공주 기분 풀어, 엄마가 미안해."

"그놈의 미안하단 소리 좀 그만해! 미안하면 미안할 행동을 하지 말든가. 아 몰라. 나 갈래!"

"……."

민희는 말을 뱉어놓고도 좀 심했다는 듯 후회하는 표정이었지만 가방을 메고 그대로 현관을 나선다. 상미는 물이 끓는 포트에서 눈을 떼지 못하다가 이내 서둘러 보온병을 챙겨 엘리베이터로 달려 나간다. 다행히 민희는 아직 내려가지 않았다.

"민희야, 날씨 추우니까 따뜻한 물이라도 마셔. 시험 잘 보고 와!"

"알겠어. 갈게."

민희가 가방에 보온병을 넣는 걸 보고서야 상미는 집 안으로 들어온다. 찬기에 몸이 떨린다. 상미가 우철의 오래된 점퍼를 걸치고 아침식사를 준비하는 사이, 방에서 나온 우철이 말없이 식탁에 앉아 국과 밥을 뜬다. 우철이 밥을 먹는 동안 상미도 씻고 출근 준비를 한다. 어느새 아침 7시 반이다. 소시지를 좋아하는 둘째 민영을 위해 전날 마트 세일 상품으로 사 온 소시지를 구워놓고 우철을 배웅하려는데, 현관을 나서려던 우철이 멈칫한다.

"왜 그래, 당신 무슨 할 말 있어?"

"어 그게… 아버지가 영 걱정되네. 전화 한번 드려봐."

"아버님 혼자 적적하시겠지. 주말에 우리가 다녀올까?"

"그것도 좋은데… 아버지 더 나이 드시면 병원 다니기도 불편하시잖아. 요즘 자꾸 깜빡깜빡하시는 것도 걱정되고. 내년에 민희 학교 들어가면 아버지 우리 집으로 모셔올까 해."

언제나 그렇듯 의논이 아닌 통보를 하는 우철의 말에 상미는 놀라 눈만 깜빡거린다. 지금까지는 상미가 감당할 수 있는 통보였지만 이번에는 상미의 머릿속이 복잡해진다.

"그… 그래? 병원은 모시고 가본 거야?"

"병원은 당신이 모시고 가야지. 며느리가 그런 거 하나 신경 안 쓰고 뭐 하냐."

"여보, 나도 일하잖아…. 쉬는 날도 하루밖에 없고. 아니다, 아침부터 언성 높이지 말자. 미안해. 그런데 우리 집에 아버님 모실 방이 없잖아."

"대출금 거의 갚았으니까 다시 대출 받아서 방 하나 더 있는 집으로 이사 가야지. 애들도 커서 이제 손 갈 일도 적은데, 당신도 일하는 시간 늘려서 더 벌면 좋잖아."

"요즘 금리가 높아서 너무 부담인데… 그리고 애들한테 손 갈 일이 적다니, 무슨 말이야 민희 아빠. 민영이가 미술하고 싶다 그래서 옆 동네로 학원 보내려 하는데, 밤늦게 애 혼자 얼마나 위험하겠어. 그거 때문에 내년부터 근무시간 두 시간 줄이려던 참인데… 집안 살림은 또 어쩌고."

"이자를 내면서 자산도 불리고 그러는 거야. 시간 날 때 경제뉴스 좀 보고 그래. 학원은 차 타고 가고, 밥은 밥솥이 하고, 청소는 청소기가 하는데, 살림 그거 뭐 힘들다고 유세야. 그리고 당신답지 않게 왜 이렇게 말이 길어? 나이 든 아버지가 안쓰럽지도 않나, 답답하다."

성난 표정의 우철이 상미의 대답을 듣지도 않고 가방을 챙겨 나간다. 멀어지는 우철의 구두 소리를 들으며 상미는 눈을 질끈 감는다.

"아침부터 왜 이렇게 시끄러워, 나 졸린데…."

"우리 민영이, 일어났니? 별거 아니야. 아침 먹어. 너 좋아하는 소시지 구워놨어."

"엄마, 내가 무슨 어린애야? 아직도 소시지나 좋아하는 줄 알고. 안 먹어. 다른 거 줘."

"……."

"알았어, 먹을게. 하암… 졸려."

입술을 삐죽이며 밥을 먹는 민영의 뒷모습을 물끄러미 바라보던 상미가 체념한 듯 겉옷을 입는다.

"엄마, 나 케첩!"

"케첩 정도는 네가 꺼내 먹을 수 있잖니."

상미는 말하는 동시에 냉장고에서 케첩을 꺼내어 접시에 짜주고 다시 냉장고에 넣는다. 몸에 익은 행동이 말보다 앞서 나간다.

"엄마가 해주면 되지! 엥? 근데 엄마 그거 입고 나갈 거야? 아빠가 입다 버리려고 한 거잖아. 그거 10년도 넘은 잠바 아냐?"

"괜찮아, 엄마는 일 나가면 유니폼으로 갈아입어서 아무거나 입어도 돼. 옷은 원래 한번 사면 10년 20년씩 입고 그러는 거야. 꼭꼭 씹어 먹어, 김치도 먹고."

민영의 젓가락 앞으로 김치를 담은 접시를 밀어주며 상미는 천 가방을 든다.

"엄마, 그 가방은 나 초등학교 때 박물관에서 기념품으로 받은 거잖아. 아 진짜, 너무 촌스럽게 하고 다니지 말어! 나 창피해! 내 친구들 엄마는 얼마나 예쁘게 하고 다니는 줄 알아? 머리도 노란 고무줄로 묶지 말고, 화장도 좀 하고!"

"엄마 시간이 없어서… 버스 놓치겠다. 나중에 이야기하자. 학교 잘 다녀오고, 학원 가면 도착했다고 문자해. 엄마

간다."

입술을 삐죽이는 민영을 뒤로 하고 서둘러 집 밖으로 나온 상미는 엘리베이터를 기다리며 현기증이 돌아 벽 한 쪽을 짚는다. 숨을 몇 번 고르자 엘리베이터가 도착한다. 힘없이 엘리베이터에 올라 고개를 드니 거울 속에 흰머리가 성성하고 푸석푸석한 여자가 서 있다.

몇 년째 승진 누락이 된 우철은 다음 달 승진 대상자 심사를 앞두고 있어 힘들 테고, 수험생 민희는 입시를 앞두고 한창 예민해져 있고, 민영이는 사춘기라 외모에 민감하다. 가족인데… 세상에서 가장 사랑하고 가장 소중한 가족인데, 내가 이해해 줘야지. 속마음 드러낼 데가 집밖에 없고 엄마밖에 없을 것 아닌가. 그래, 내가 이해해 줘야지. 내가… 내가 이해해야 하는데… 그럼 나는 누가 이해해 주지?

"아침부터 뭐가 이렇게 숨이 막히니."

코끝에 겨울이 차갑게 스쳐 지나가는데 속 안이 더운 상미는 괜스레 목 폴라를 잡아당겨 바람을 쐰다. '괜찮아. 시간이 지나면 괜찮아질 거야, 다 지나갈 거야.' 만원 버스에 몸을 싣고 옴짝달싹 못하면서도 속으로 생각한다. '별거 아

니야. 지나갈 일이야. 나만 참으면 돼….'

상미의 마음은 목적지 없이 흔들리고 상미를 태운 버스는 목적지를 따라 움직인다. 상미는 연신 흐르는 땀에 손으로 부채질을 한다. '왜 이렇게 더운 거야. 한겨울에 난방을 이렇게 세게 틀면 기름 값은 어쩌려고. 버스 기사도 참 생각이 없네. 나만 더운가? 내일 모레면 50인데 아직도 뭐 하나 쉬운 게 없네.'

상미를 태운 버스가 지하철역 앞에 멈춰 선다. 상미는 내리자마자 겉옷을 벗고 종종걸음을 걷는다. 출근 시간은 9시, 지금은 8시 40분. 걷자, 걸어. 걷는 거 말곤 지금 할 수 있는 일이 없다. 걸을 수 있는 두 다리가 성하니 얼마나 감사한가 생각하며 직장을 향해 걷는다.

마트에서 상미가 가장 좋아하는 일은 규격이 같은 물건을 가지런히 진열하는 일이다. 상표 라벨을 한 치의 오차 없이 정면을 보도록 진열한 뒤 한 걸음 물러서서 바라보면 왠지 모르게 웃음이 난다. 가지런히 하루를 시작하는 상품들을 손님들이 데려가고, 그 제품들로 손님들의 생활을 영위시켜줄 수 있다는 생각으로 정리를 한다.

"너희들은 효용감 있는 아이들이야."

상미가 정리를 마치고 두 손을 박수 치듯 두 번 부딪히며 계산대로 향한다. 계산대 포스에 물건 바코드를 찍고, 계산을 하고, 영수증을 건네는 행위가 한 편의 공연 같다고 생각한다. 상미는 어떤 책에선가 "우리의 인생은 모두가 한 편의 소설이다"라는 구절을 읽은 뒤로 자신의 인생이 한 편의 소설이자 영화라면 어디쯤에 와 있을지를 상상했다. 지금이 이 소설의 결말은 아닐 거라고, 소설이 계속 쓰이고 있는 중이라고 생각하면 오늘의 고단함은 견딜 만한 일이 되었다. 그저 한 줄 혹은 한 문단으로 기록될 하루일 뿐이니까.

"상미 씨, 오늘따라 기분이 좋아 보이네? 무슨 좋은 일 있어?"

단골손님이 상미를 보며 말을 건넨다.

"안녕하세요, 아니에요. 오늘 고등어 싱싱한 거 들어왔는데 못 보셨어요?"

"오늘은 삼겹살이 당기네. 이따 고기나 구워 먹을라고."

"고기도 좋죠, 마침 상추랑 깻잎도 싱싱해요. 2만 3천 원입니다. 봉투 필요하세요?"

"상추 겉절이도 좀 해 먹어야지. 봉투 안 줘도 돼요, 가방 여기에 가져갈게."

"가벼운 장바구니 가지고 다니면 편하죠. 넣어드릴게요."

"고마워! 상미 씨, 이거 요구르트 하나 마셔."

"어휴, 아니에요, 지난번에도 박카스 주셨잖아요. 괜찮아요."

"맨날 아니래. 상미 씨가 친절해서 내가 여기만 오잖아.

나 갈게!"

"잘 먹을게요, 어르신. 좋은 하루 되세요."

상미는 마트에 어르신들이 올 때마다 따뜻한 인사를 건
네며 마음을 나눈다. 긴 세월을 지나온 어르신들을 보며 자
신이 주인공인 책의 결말은 아직 완성되지 않았을 거라는
희망을 가진다. 그런데 이렇게 어르신들이 음료를 건네고
말 한마디에 고마움을 표할 때면 가슴 한편에 죄책감도 든
다. 그럴 때면 상미는 일말의 죄책감을 털어내고 싶어 일을
더 열심히 한다.

"이거, 사과 얼마예요? 어머, 민영이 엄마! 여기서 일
해?"

"어머, 안녕하세요, 서희 어머님."

"너무 오랜만이야! 어떻게 지냈어? 나 기억해?"

"그럼요, 기억하죠. 이 동네에 무슨 일이세요?"

"나 애들 학원 때문에 이사 왔어. 마침 잘 됐다. 민영 엄
마, 다음 주 월요일에 시간 있어?"

"월요일이요? 마트 휴점일이긴 한데…"

"잘됐네! 우리 이번에 엄마들 여행 가는데, 두 명이 일
이 생겼지 뭐야. 민영 엄마 불편하지 않으면 같이 갈래?"

"여행이요…?"

"응, 당일치기니까 부담 없어. 요즘 메리골드에 그 파란
꽃 뭐냐. 라벤더였나… 아무튼 그게 엄청 예쁘게 폈다네?

민영 엄마, 꽃 좋아하잖아. 시간 되면 같이 가자, 맛있는 거 먹고 사진 찍고 기분 전환하고 오는 거지 뭐."

"그건 또 어떻게 기억하시고. 고마워요."

"그러게, 아이고! 내가 오랜만에 만나서 너무 수다를 떨었나? 갱년기 오니까 자꾸 말이 많아져. 민영 엄마, 시간 되면 오고, 부담스러우면 안 가도 돼. 알았지?"

"그럴게요. 연락드릴게요."

"그나저나 요즘 왜 이렇게 덥니. 겨울이 겨울 같아야지 이렇게 더워서야. 어머, 전화 온다. 브런치 먹으러 가기로 했는데 늦었네. 그럼 연락 줘! 안녕!"

서희 엄마가 사과 봉지를 든 손으로 땀을 닦으며 다른 한 손으로는 열심히 인사를 한다.

"가만 보자… 서희 엄마 이름이 뭐더라? 뭐라고 저장이 돼 있지?"

휴대폰 연락처를 잠깐 살펴보던 상미는 마트를 둘러본다. 손님이 한창 몰릴 때는 정신없이 바쁘지만, 때론 이리 한적한 시간도 있다.

찰나의 정적을 깨고 휴대폰 진동이 울린다. 상미는 핸드폰을 꺼내어 메시지를 확인한다.

민영 엄마, 나 서희 엄마야. 번호 찾으려고 보니 민영 엄마라고만 돼 있네. 나는 김미경이야. 다음 주에 갈 수 있는지 시간 될 때 편히 답장 줘! 좋은 하루 보내고!

웃음기 가득한 이모티콘 메시지를 얼마 만에 받은 걸까. 상미는 핸드폰에서 웃음소리가 들리는 것만 같아 메시지 창의 스크롤을 쓸어내리다가 고개를 들어 마트를 살핀다. 아직 손님이 없다.

나는 이상미야. 다음 주에 갈 수 있을 것 같아. 장소랑 시간 알려 주면 그리로 갈게.

상미는 전송 버튼을 누르려다 말고 몇 마디를 더 적는다.

문자 줘서 고마워. 미경 씨도 좋은 하루 보내.

이모티콘을 눌렀다가 차마 쑥스러워 보내지 못하고 휴대폰을 집어넣는다.

"저기요, 우유가 어디 있어요?"

"네, 손님. 왼쪽 끝에 코너 돌아서 가시면 유제품 칸이에요."

손님이 미소를 지으며 우유를 향해 걸어간다. 상미는 물건을 사러 오는 이들의 모습과 물건을 고르는 모습, 그리고 물건을 사서 나가는 이들의 모습이 좋다. 물건을 고르는 이들을 보며 저 사람은 어떤 삶을 살고 있을까 상상하곤 한다. 그리고 자신의 삶을 본다. 이 정도면 되지 않았는가. TV나 잡지에 나오는 사람들처럼 대단한 성취를 이룬 삶은 아니지만 이 정도의 인생을 사는 것도 다행이지 않을까. 상미는 가지지 못한 것에 욕심내지 않고 주어진 삶에 만족하며 충실하게 살아왔다고 자부했지만, 요즘 들어 가슴 한편에 구멍이 뚫린 듯 바람이 숭숭 들어와 마음이 춥다.

"상미 씨 추워? 몸을 부르르 떠네. 여기 불 앞으로 좀 와 봐. 따뜻해. 근데 자기는 이번 쉬는 날에 뭐 할 거야?"

외주 업체에서 시식코너 담당으로 온 선희가 말을 건다. 고정으로 몇 년째 마트에 오다보니 자연스럽게 대화가 오간다. 시식용으로 나온 커다란 만두가 바삭하게 구워지면 가끔 상미에게도 한 개씩 건넨다. 친구를 만난 지도 오래된 상미에게 선희는 사적인 안부를 주고받는 친구와도 같다.

"민영이 친구들 엄마 모임에 가볼까 해."

"자기가 엄마들 모임도 나가? 일하느라 바쁠 텐데 수고가 많네. 자기 이번에 새로 출시된 신상 감자만두 한번 먹어볼래?"

"괜찮아. 곧 저녁거리 사러 손님들 오실 시간이라 양치할 여유가 없네."

"자기는 참 성격 깔끔해. 이 마트에서 아마 자기가 제일 부지런할 거야. 쉬는 날에도 맨날 살림하더니, 모처럼 잘 생각했다."

선희의 말에 상미는 수줍게 웃으며 시계를 본다. 바늘이 4시 55분을 넘어가고 있다. 마트에는 저녁거리를 준비하려는 손님들이 하나둘 들어선다. 상미도 덩달아 마음이 바쁘다. 야간 파트 직원이 교대하러 오기 전까지 분주히 일하고 집으로 가서 저녁을 해야 한다. 오늘은 뭘 해줘야 하나. 시험 보느라 수고한 민희한테 고기라도 구워줘야 하는 거 아닌가. 아침도 못 먹고 종일 긴장해서 피곤할 텐데. 이런 날 외식이라도 하면 좋으련만 네 식구가 고기를 먹으려면 적게 먹어도 10만 원이 넘는다. 그래서 외식하는 날이면 상미는 배가 고프다. 상미가 적게 먹어야 가족들이 한 점이라도 더 먹을 수 있으니까. 그런데 민영이 미술학원에 가면 학원비에 재료비가 추가돼 생활비가 빠듯해진다. 그냥 계란말이라도 해서 저녁을 차려야 하나 짧은 순간 고민한다.

"고마워. 일하러 가볼게."

"그래, 수고해 자기! 아 맞다, 오늘 전단지 보니까 치킨 원 플러스 원 행사하더라? 아까 슬쩍 보니까 큰 거 튀겨주던데, 퇴근할 때 사서 한 마리씩 나눌까?"

"치킨 행사하는구나? 그래 좋지."

잘됐다. 아이들과 우철이 좋아하는 치킨을 사 들고 들어가면 모처럼 웃는 얼굴을 볼 수 있을 것이다. 우철이 좋아하는 캔맥주도 사가야겠다. 그럼 아침에 기분 나빴던 일들이 고소하고 바삭한 치킨을 뜯어 먹으며 날아갈 거야. 잘됐다, 정말.

"계산해 주세요."

"네, 잠시만요."

미소를 지으며 손님이 집어 온 물건을 계산해 주다 보니 어느새 성실한 하루도 끝을 향해 간다. 치킨을 사 들고 버스를 기다리는 동안 둘째 민영에게서 메시지가 왔다. 기분 좋게 메시지를 연 상미는 순간 한참 동안 화면을 바라보다 정류장 벤치에 앉아 민영의 문자를 다시 읽는다.

엄마! 친구들이랑 우리 집에서 숙제하고 라면 끓여 먹기로 했으니까 두 시간만 늦게 와줘! 아빠는 야근이고 언니는 공부하다 온대. 애들 가면 문자할게! 그때 들어와야 해! 엄마 땡큐!

치킨 상자에서 풍겨오는 냄새에 상미는 진한 허기를 느낀다. 두 시간 뒤면 치킨이 식을 텐데… 민희가 공부하고 들어와 먹으면 맛이 없을 텐데… 어쩌지… 상미는 정류장 유리벽에 머리를 기대고 고단한 눈을 감는다. 어쩌지, 정말 어쩌지. 피곤이 짙은 건지 허기가 짙은 건지 정말 모르겠다. 품에 안은 치킨은 식어가고 버스는 벌써 여러 대 상미를 지나쳐 간다.

"어머, 민영 엄마 오랜만이야! 같은 동네 사는데 얼굴 보기 힘드네. 잘 왔어. 여기 티셔츠 받아요. 기념으로 단체 티셔츠 한번 맞춰봤어. 오호호호."

민영과 초등학교 내내 같은 반이었던 하린의 엄마가 진

보라색 티셔츠를 나눠준다. 가슴 한편에 손바닥만 한 크기로 '꽃보다 아름다워'라는 문장이 적혀 있다. 초등학교 내내 같은 학교를 오가면서 낯익은 엄마들이 모였다. 서희 엄마의 초청으로 입장한 단체 카톡방에는 열 명의 엄마들이 있었다. 아마도 오래전부터 이어져 온 사이 같았다. 상미는 말없이 메시지들을 지켜보다가 출발일과 시간이 정해지자 간단히 대답하고 아침 일찍 집을 나섰다.

"제가 일을 하느라 그간 연락드릴 여유가 없었어요… 반가워요."

"그럼 그럼, 일하면서 집안일 하고 애들 보느라 얼마나 바빠, 만날 시간이 없지. 이제 시간될 때 우리랑도 가끔 놀자. 우리도 오랜만에 놀러 가는 거야. 가면서 귤 좀 먹어봐, 요즘 귤이 새콤달콤하고 아주 맛있더라? 승우 엄마 출발하자!"

서희 엄마의 명랑한 사인에 9인승 카니발이 시동을 건다. 똑같은 티셔츠를 입은 엄마들은 신나게 이야기를 나누고 상미는 가끔 고개를 끄덕이다 창밖을 본다. 차창 밖으로 시시각각 바뀌는 풍경들이 신기하다. 그러고 보니 결혼하고 처음으로 아이들과 남편 없이 여행을 떠난다. 평소보다 일찍 일어나 식탁 위에 아침을 차려놓고 가족들이 깨지 않게 살금살금 나온 게 못내 미안한 상미다. 남편은 일하고 애들은 공부하는데 혼자만 좋은 데 가는 미안함이다.

현관을 나서려던 차에 본 우철의 낡은 구두 뒤축이 떠올라 더욱 그런지도 모른다. 구두굽은 유난히 오른쪽만 기울어져 닳아 있었다. 이 사람은 오른쪽으로 발을 끄는 습관이 있구나. 언제부터 우철이 오른쪽 발을 끌었지? 다리를 다쳤는데 말을 하지 않은 건가. 같이 산 지 오래되었는데 아직도 남편에 대해 모르는 게 많다는 생각이 든다. 다음 달에는 구두를 사줘야지. 창밖 풍경을 보면서도 상미는 내내 우철의 구두 뒤축이 마음에 걸린다. 노면을 달리는 자동차의 흔들림에 자연스레 몸을 맡기고 깜빡 잠이 든 사이 상미를 태운 차는 벌써 낯선 도시에 도착했다.

　"메리골드에 도착했습니다! 내려서 우리 단체복 사진 찍고 밥부터 먹자. 아우 배고파."

　"승우 엄마, 운전하느라 수고했어! 경민 엄마, 티셔츠에 글귀 너무 좋다. 근데 '사람이 꽃보다 아름다워'는 왜 쓴 거야?"

　"응, 내가 예전에 디자인 했던 사람이잖아. 의미를 부여해서 맞췄지. 메리골드의 꽃말이 '반드시 오고야 말 행복'이잖아. 우리 모여서 사진 찍으면 보라색 꽃다발처럼 나올 거 같아서. 깔깔, 재밌지?"

　"어머 역시 센스. 너무 이뻐! 민영 엄마, 이리 와봐. 사진 찍자! 민영 엄마는 음식 뭐 좋아해? 특별히 가리는 거 있어?"

"저는 다 잘 먹어요."

"그래? 잘됐다. 우리 사진 찍고 마을 꼭대기에 있는 분식집에 김밥 먹으러 가자. 인터넷 후기 보니까 할머니 사장님이 말아주는 김밥이 우리 어릴 적 할머니 김밥처럼 맛있대! 자 모여 모여, 김치!"

상미는 떠들썩한 엄마들 사이에서 수줍게 손가락을 올려 브이를 해본다. 고등학교 수학여행 이후로 이런 여행은 처음이다.

"아우, 근데 여기는 우리 동네보다 따뜻하네! 겨울인데도 왜 이렇게 봄 같아?"

"그러게. 마을 이름이 메리골드라 그런가 동네에서 꽃냄새가 나. 여기 누가 오자 그랬어? 너무 잘 골랐네. 호호호!"

다들 기분 좋게 상기된 목소리를 들으며 상미도 숨을 크게 들이 쉬어 냄새를 맡는다.

"라일락… 냄새랑 또 다른 꽃향기가 나는 것 같아요."

"어머, 이게 라일락 향기야? 나는 맡아도 모르겠어. 그냥 좋은 향! 깔깔!"

꽃내음을 맡으며 골목의 계단을 올라가던 상미는 무리의 맨 뒤에서 계단을 오르다 멈춰 서서 그들을 바라본다. 네 명의 엄마들은 잎사귀가 제각각 흔들리는 보라색 꽃처럼 흥겨워 보인다.

"정말 사람이 꽃보다 아름답네."

한참 올라온 듯해 뒤를 돌아보니 아름다운 전경이 눈앞에 펼쳐진다. 벽돌색 단층집들이 모여 한 폭의 그림 같다. 마을 여기저기엔 꽃과 나무가 가득하고 나비가 날아다닌다. 멀리 보이는 바다마저 비현실적으로 느껴지는 아름다운 풍광에 아득한 아찔함마저 느껴진다.

"아름다워… 동화 속에 들어와 있는 것 같아."

아름답다고 입으로 내어 말한 적이 얼마만인지. 상미는 마을의 전경에 취한 것인지 꽃향기에 취한 것인지 두 손을 가슴 앞으로 모으고 시간에 취한 채로 한참을 서 있다. 훈풍이 분다. 바람이 상미의 머리칼을 어루만지며 스쳐 지나가고, 작고 하얀 나비가 손등에 앉는다. 나비가 날아갈 새라 숨도 쉬지 않고 바라본다. 나비는 상미의 손등 주위로 나풀나풀 날아다니다 계단 위로 날아오른다. 나비를 따라 언덕 끝까지 올라가니 목조로 된 2층 건물 정원에 라벤더가 한가득 피어 있다. 누가 이리 아름다운 정원을 가꾸는 것인지. 호기심에 발걸음을 움직여 건물 주위를 둘러보니 작은 판넬의 간판이 있다.

"마음… 사진관?"

마음을 찍어주는 사진관인가? 짧은 생각이 스치는 동안 나비가 손짓이라도 하듯 날개를 팔랑거리며 첫 번째 계단 위를 빙글빙글 돈다. 나비를 따라 일곱 개의 나무 계단을 걸어 올라가며 상미는 1부터 7까지 초를 센다. 1, 2, 3, 4, 5, 6, 7…. 어쩌면 인생을 바꾸는 데 7초면 충분하지 않을까? 마침내 도착한 계단의 끝, 마음 사진관의 둥그런 아치에 라벤더와 라일락이 얼기설기 얽혀 있다.

"사진만 찍는 곳은 아닌 것 같은데… 문이 열려 있는 걸 보니 들어가도 되겠지?"

하얀 나비가 들어와도 괜찮다고 대답하듯 날아와 어깨에 앉는다. 나비의 날갯짓을 느끼며 숨을 크게 들이쉬자 들숨에 꽃바람이 들어오고 날숨에 풀내음을 내쉰다. 사진관 안으로 걸음을 내딛자 상미의 얼굴이 놀이공원 입장객들의 표정처럼 기대와 설렘으로 생기를 띤다. 존재만으로도 위로가 되는 사람이 있듯, 어떤 공간은 들어서는 것만으로도 치유의 기운이 온몸을 타고 흐르기도 한다. 지금 이 순간, 상미의 마음처럼.

"안녕하세요, 실례합니다. 문이 열려 있는데 들어가도 될까요?"

마침 청소를 마치고 나온 범준을 보고 상미가 인사한다. 범준은 사진관에서 처음 맞는 손님 앞에서 긴장한 나머지 손에 땀이 맺힌다. 얼른 청바지에 손을 문지른 뒤 범준도 꾸벅 인사를 한다.

"그럼요, 그럼요. 어서 들어오세요. 여기는 보고 싶은 마음을 찍어드리는 마음 사진관입니다."

❖

"엄마야, 심장이 고장 났나! 왜 이리 사방팔방 세게 뛰고 난리야!"

범준은 첫 번째 손님의 실루엣을 보자 쿵쾅쿵쾅 심장이 뛰기 시작했다. 상미를 바 테이블로 안내하고 위로 차를 내어준 뒤 옥상에 있는 해인을 불러 오려다 순간 무엇부터 해야 할지 머릿속이 깜깜해진다. 범준이 다시 사진관에 들어가 종이와 펜을 챙겨 상미의 찻잔 옆에 조심스레 내려둔다.

"고맙습니다."

"아… 네… 저… 제가 오늘 알바 시작하고 손님으로 처음 오셔서 좀 긴장했어요. 여기는 마음 사진관이고 기존의 사진관과는 좀 다른 환상적인 사진관입니다. 흠흠."

범준은 오른손으로 입을 가리고 헛기침을 한 뒤 다시 말을 잇는다.

"들어오시면서 간판에 적힌 안내 문구를 읽으셨을 텐데, 다시 말씀드릴게요. 나도 모르는 내 마음 있죠? 그런 마음을 찍을 수 있다고 보시면 됩니다. 내 마음의 행복이나 미래의 어느 날 어떤 감정을 가졌는지 사진으로 찍어보실 수 있어요. 아, 사기나 다단계 혹은 이상한 곳 아닙니다!"

손을 절레절레 흔드는 범준을 향해 상미는 고개를 끄덕인다. 이상하게도 들어오면서부터 긴장이 풀리고 나른하다. 나비의 날갯짓처럼 공간도 팔랑팔랑 살아 숨 쉬는 느낌이랄까. 사진관의 공기가 사랑을 가득 담아 품 안에 안아주는 듯 다정하다.

"그렇군요. 아름다운 공간이네요. 저도 마음 사진을 찍을 수 있을까요?"

"네, 물론이죠. 차 드시면서 여기 종이에 나에게 쓰는 편지를 적으시면 됩니다. 찍고 싶은 시점의 나에게 쓰시면 되는데요, 과거의 나와 미래의 나 모두 좋다고 합니다. 혹시 하실 말씀이 없으시면 적지 않아도 됩니다."

"그럼 이 편지는 제가 가져가나요?"

"저기 빨간 우체통에 넣으시면 저희가 보내드립니다! 아, 그리고 사진은 후불제인데요, 언젠가 타인에게 조건 없는 친절을 베푸시면 됩니다. 그럼 저는 사진관 사장님 모셔 올게요! 안녕히 계세요!"

귀까지 빨개져서 90도로 인사하는 범준을 향해 상미도 일어서서 90도로 인사를 한다. 범준은 부끄러워 도망치듯 계단을 뛰어 오른다.

'지금 오신 손님한테… 안녕히 계시라니…! 뭘 안녕히 계셔! 아… 진짜, 해인이 형한테 손님들 오시면 무슨 말 해야 하는지 물어봐야지. 창피해.'

불타는 듯 목까지 새빨개져 땀이 흐르는 범준의 얼굴은 긴장감과는 달리 개운하고 상쾌해 보인다. 실수를 했는데 기분이 좋은 건 무슨 이유일까. 범준은 단숨에 옥상 계단까지 뛰어 올라와 해인을 향해 소리친다.

"해인이 형! 사진관에 손님 오셨어요!"

모닥불을 피워두고 의자에 앉아 책을 읽던 해인이 소리치는 범준을 바라보며 부드럽게 웃는다.

"형! 저한테 그렇게 멋있게 웃어주실 일이에요? 와 근데 모닥불 피워놓으니까 캠핑 온 거 같아요. 멋져요!"

"그냥 웃어도 멋있는 걸 어쩌란 말이니."

"형…?"

"장난이야. 위로 차 내어드리고 편지지도 드렸어?"

"그럼요! 제가 누구예요. 척척 알아서 다 해드리고 올라왔죠. 근데 형, 사진관에서 사진 찍기 전에 왜 자신에게 보내는 편지를 써요?"

"마음은 물성이 없어서 보이지 않잖아. 매일 하는 생각도 그렇고. 나에 대해 돌아볼 수 있는 여유는 더더욱 없지. 사진 찍기 전에 생각할 수 있는 시간을 드리고 싶어서 쓰시라고 했어. 마음의 실체를 사진으로 만나기 전에 글자로 직접 써보면 어떨까 싶어서."

"소름 돋아요. 멋있는 건 형 혼자 다 해. 와…."

해인은 일어서며 오들오들 떠는 시늉을 하는 범준을 자

신이 앉았던 자리에 앉힌다.

"내가 사진 찍을 동안 범준이 해야 할 새로운 업무를 줄게. 여기서 모닥불이 꺼지지 않게 장작을 추가해 줘. 내가 올라올 때까지 불을 꺼뜨리기 없기야. 알겠지?"

"옛썰! 활활 불타오르게 하고 있겠습니다! 걱정 마시고 다녀오세요!"

거수경례로 번쩍 손을 들어 올리는 범준의 장난에 해인은 머리칼을 헝클이는 것으로 대답을 대신한다. 사람은 또 다른 사람의 온기로 채워지는 것인지, 사진관을 혼자 운영하던 때와 달리 범준이 오고 나서는 종종 웃을 일이 생긴다. 해인은 가볍게 농담 같은 삶을 살고 싶다 했던 지은의 바람을 떠올리며, 읽던 책을 왼쪽 옆구리에 끼고 계단을 내려온다.

해인은 계단의 맨 아래 도착해 바 테이블에 앉아 있는 손님을 바라본다. 인기척도 느끼지 못하고 편지 쓰기에 열중하는 상미다. 어떤 마음을 가진 이가 어떤 마음을 찍고 싶어 이곳에 왔을까. 그녀에게 방해되지 않도록 조심스레 서가에 책을 꽂고 벽면을 가득 채운 책장을 둘러본다. 지은이 있을 때 1층의 두 벽면을 나무 책장으로 채웠는데, 측면에서 보니 한쪽 벽면의 책장이 조금 튀어나와 있다.

'이상하네, 원래 저기가 튀어나와 있었나?'

고개를 갸우뚱하며 사진관으로 걸어 들어가 책장을 한 번 더 살펴본다. 착시인가? 이번엔 튀어나온 곳이 없어 보인다. 해인은 사진관 안에 들어가 카메라를 들어 초점을 확인한다. 한참 무언가를 써 내려가던 상미가 해인을 보고 반사적으로 일어선다. 카메라를 들고 있는 걸 보니 저분이 사진을 찍어주시는구나. 상미의 기척을 느낀 해인이 유리벽 안으로 들어오라고 손짓을 한다. 처음 사진관에 들어올 때와 달리 긴장감이 든다. 새로운 사람을 대하는 일에 익숙하다 생각했는데 마트 밖에서의 새로운 만남은 낯설게 느껴진다.

"안녕하세요, 저는 이상미라고 해요. 앞에 간판 보고 들어왔는데 어떤 학생이 안내를 해줘서 그대로 하고 있었어요. 혹시 지금 사진을 찍을 수 있나요?"

상미의 맞잡은 두 손에 힘이 들어가 있다. 해인은 카메라를 테이블에 내려두고 상미에게 고개 숙여 인사한다.

"잘 오셨어요. 원하시면 가능합니다. 저는 해인이라고 해요. 차는 입에 맞으셨어요?"

"맛있게 잘 마셨어요. 따뜻한 차라 그런지 마실수록 마음이 편안해지고 기분이 좋아요. 그런데 보고 싶은 날의 마음을 찍어주신다는 게 사실인가요?"

"네, 주로 보고 싶은 미래의 행복사진을 찍어드려요. 일단 여기 의자에 편히 앉으세요."

"좋은 일 하시네요… 이 공간도 너무 아름다워서 동화 속에 들어온 것 같아요. 꿈속 같아요."

"정말 간절하게 행복을 찾고 싶은 분들에게만 보이는 마법 같은 공간일 수도 있겠죠? 나가시면 이 공간이 신기루처럼 사라질지도 몰라요."

"정말요?"

해인의 말에 상미는 눈을 동그랗게 뜬다. 그러고 보니 놀이공원에서 보았던 환상의 나라 같기도 하고. 놀란 마음에 다물어지지 않는 입을 두 손으로 가리며 공간을 살펴보는 상미에게 해인이 멋쩍게 웃음을 터뜨린다.

"아… 농담인데 너무 진지했죠. 공간이 사라지지는 않지만 일종의 마법 같은 일이 일어나기는 합니다. 조금 있으면 꽃잎들이 나타날 건데 놀라지 마세요."

"아름답네요. 여기 오는 길에 나비가 날갯짓을 하도 곱게 해서 따라왔어요. 마치 이리로 오라고 안내해 준 것처럼요. 메리골드에는 처음 왔는데 일행이랑 왔다가… 아 맞다! 일행이 있어요! 제가 여행을 너무 오랜만에 와서 정신을 잃었네요."

"그러셨군요. 사진 찍고 일행분들과 다시 오세요. 제가 사진 찍어드릴게요."

"감사합니다. 그런데 누구나 행복사진을 찍을 수가 있나요?"

"그럼요. 누구에게나 미처 간직하지 못한 행복의 순간들이 있으니까요. 사진으로 보고 싶은 때를 한번 생각해 보세요."

"아… 누구나 행복한 때가 있다… 해인 님도 행복하신가요?"

행복인지 불행인지 구분할 겨를 없이 정신없이 지나온 날들이었다. 잠시 기분이 나쁘거나 좋은 적은 있었지만 그 찰나의 감정을 깊게 파고들 여유가 없었다. 상미의 질문을 듣고 해인도 잠시 생각에 잠긴다.

"글쎄요… 행복이 노력으로 되는 건지 모르겠지만… 지금 생각해 보니 어쩌면 저의 행복이 무엇인지 알고 싶어서 이 사진관을 운영하는 것 같아요."

"행복을 찍는데 행복을 모를 수 있군요."

"그러게요. 하지만 우리 모두가 삶의 의미를 알고 살아가는 건 아니잖아요. 왜 태어났고, 무엇을 위해 살고, 어떻게 살아야 할지 찾아가는 여정이 삶인 거 같아요."

상미는 해인의 말을 듣다 순간 눈을 커다랗게 뜨며 손뼉을 탁 친다.

"행복을 위해 애써 노력하지 않는 것이 오히려 행복한 거 아닌가요?"

"그런가요?"

"굳이 행복의 이유를 찾지 않는다면… 오늘을 충분히 만족스럽게 살 수 있지 않을까요."

"아… 그럴 수 있겠군요. 좋은 생각입니다. 사실 상처받지 않으려고 아무와도 교류하지 않았던 적이 있었어요. 마음의 거리를 지키며 살았죠. 안전거리라고 생각했어요. 어느 날 우연히 마음의 거리를 지킬 겨를도 없이 누군가 문을 열고 들어왔고, 그 후로 삶이 훨씬 더 즐겁게 느껴졌어요. 그 뒤로 행복이 무엇일지가 궁금해졌고요."

해인은 무언가 알아낸 표정으로 상미를 바라보았다. 위로 차가 상미의 마음을 녹이고 속마음을 꺼내게 했듯, 상미의 진심이 해인의 마음도 움직인다.

"그런데 상미 님은 어떤 순간에 행복하세요?"

"저요? 저는 아침에 일어나서 가족들 밥 배불리 먹이고, 출근하는 마트에 들어설 때 행복한 것 같아요. 저는 마트에서 일해요. 마트에 들어서면 절대로 먹을거리가 떨어질 리 없는 안전한 공간에 들어선 것 같아요. 먹어도 먹어도 끝이 없는 마법 창고에 들어온 느낌이랄까. 먹을 게 떨어지면 가족들이 배고프잖아요. 제 속도 아프고."

"마트에서도 마법이 일어나는군요?"

해인과 상미는 동시에 웃는다.

"제가 처음 뵌 분 앞에서 별소릴 다 하네요. 너무 오랜만에 속마음을 이야기해서 그런가…."

"저도 이야기를 나누니 즐거워요. 그럼 이제 어느 시점의 자신이 보고 싶은지도 생각해 보세요."

보고 싶은 내 모습이라. 미래를 보고 싶다는 생각을 한 적이 없다. 만약 어느 과거로 돌아간다면 결혼 전으로 가보고 싶다. 놀이공원의 귀여운 캐릭터 복장으로 손님들을 환영하던 시절, 입장객들의 설렘과 기분 좋은 발걸음을 지켜보던 그때로. 동물 탈을 쓰고 아르바이트 하던 우철도 참 풋풋했던 것 같다.

"불만스럽지는 않은데 마음이 허해지는 순간이 종종 있어요. 외로운가 싶기도 하구요. 지금보다 작은 집에 살았어도 아이들에게 엄마가 전부였던 시절이 그립기도 해요. 아이들이 좀 자라니 이제 나에게 시간을 쓰려고 해도 뭔가 시작할 엄두가 안 나고, 대체 무얼 좋아하는지 대답할 수가 없더라고요. 가족들이 좋아하는 대로 같이 먹고, 같이 입고 하다 보니 제 취향은 사라졌나 봐요. 다른 사람들도 다 이렇게 사는데 저만 유난 떠나 싶어서 마음속에 담아두고 있었는데… 이제 저를 찾고 싶기도 해요. 제가 너무 우유부단한가요?"

"아니요. 제가 아이를 키워보지는 않았지만 어떤 마음인지는 이해할 수 있어요."

"고마워요. 어쩌면 저를 잃어버린 것 같기도 해요. 가족들에게 제 사랑을 모두 나눠주었는데, 가족들은 이제 저와 함께하는 시간보다 각자의 시간이 필요한가 봐요. 저희 남편 회사에서 참 성실하고 일 잘하는 사람인데, 친구도 안 만나고 주말에도 일하느라 바빠요. 그 사람 취미라곤 기껏해야 화장실에 들어가 핸드폰으로 이런저런 영상 보는 건데, 집에 화장실이 하나라 오래 있지 말라고 문 두드릴 수밖에 없어요. 저이도 저리 사는데 나만 나 찾자고 하면 이기적인 거 아닌가 싶어서 죄책감도 들어요."

"상미 님, 무엇보다도 나부터 사랑해 주어야만 그 힘으로 타인을 사랑할 수 있지 않을까요. 자기 자신을 제외하면 모두 타인이고, 가족도 사실은 가장 가까운 타인이잖아요."

해인의 말에 상미는 조금 놀라며 주머니에 넣어둔 편지를 꺼낸다.

"어… 아까 나에게 쓰는 편지를 쓰라고 종이랑 펜을 주셔서… 딱히 쓸 말은 없고 '나를 사랑하자'라고 여러 번 적었는데 어찌 아시고…."

대답 대신 해인은 웃으며 행복 카메라를 다시 든다. 마음의 행복을 떠올릴 수 있을 만큼 상미의 표정에 여유가 돈다. 해인이 카메라를 들자 상미는 옷매무새를 살핀다. 손으로 턴다고 구겨진 주름이 펴지는 것은 아니지만 손 다림질도 해본다.

"보고 싶은 날의 행복을 찍어드릴게요."

"그럼… 저는 첫째가 대학 가고 둘째가 고등학교 가면 제가 어찌 살고 있을지 궁금해요. 너무 먼 날도 아니고, 너

무 가까운 날도 아닌… 한… 3년 뒤의 오늘을 보고 싶어
요."

"보고 싶으시면 봐야죠. 이야기 나누다 보니 보고 싶은
걸 보고 사는 것도 행복이 아닐까 하는 생각이 드네요. 그
럼 지금부터 눈을 감고… 가장 행복한 미래를 상상해 보세
요. 숫자 열을 셀게요. 하나 둘 셋…."

찰칵.

눈을 뜨자마자 라일락 꽃향기가 진하게 번지며 푸른색
꽃들이 아름답게 흩날린다. 꽃이 흩날리는 황홀한 풍경에
놀란 상미는 온 얼굴로 웃음을 터뜨린다. 이렇게 크게 웃
어본 적이 언제였는지, 해인은 행복해하는 상미를 보며 함
께 웃는다. 흩날리던 꽃잎이 상미의 두 손에 동그랗게 소용
돌이치며 모여들고, 상미는 한 장이라도 떨어뜨리지 않으
려 손바닥을 오므린다. 마지막 한 장의 꽃잎까지 손 안으로
들어오자 사진 한 장이 눈에 들어온다. 보고도 믿기지 않는
광경에 상미는 눈을 깜빡거리며 귀한 선물을 받은 듯 꽃잎
들에 공손히 인사를 한다.

"30분쯤 뒤에 사진을 뒤집으면 행복사진을 확인하실 수
있어요. 3년 뒤 오늘 상미 님의 가장 행복한 마음을 찍은
사진입니다. 사진을 보시고 2층으로 올라가시면 영사기로
짧은 필름 영상이 상영됩니다."

"와… 영화 같아요!"

"우리의 인생은 모두 한 편의 영화니까요. 그럼 편히 보세요."

해인이 낮은 소리로 노래를 흥얼거리며 나가고 어느새 시간이 흘렀다. 계속해서 시계를 확인하던 상미가 한쪽 눈만 살짝 뜨고 사진을 뒤집는다. 희미하게 보이는 사진 속 장면에 깜짝 놀란 상미가 두 눈을 번쩍 떴다.

"이 사람들은 대체 누구야…? 처음 보는 분들인데?"

사진 속 상미는 눈이 보이지 않을 만큼 활짝 웃고 있다. 평소라면 이를 드러내고 웃을 일이 없는데, 사진 속의 상미는 피아노를 치며 목젖이 보일 만큼 시원하게 웃는다. 상미의 옆에서 처음 보는 세 명의 할머니들도 활짝 웃고 있다.

"새댁 피아노 칠 줄 알어?"

"그래, 이 아가씨는 피아노 잘 칠 겨. 손이 곱잖아."

"어르신들, 저 새댁 아니에요. 오십이 넘었어요!"

"위메 오십이면 아직 한창 애기제. 저기 저 형님은 팔십일곱이고, 이 형님은 구십 하나여. 오십이면 돌도 막 씹어 먹을 나이제. 임플란트 하나도 안 하고. 그챠 형님?"

"그럼 그럼! 인생도 2차전이라고, 젊어서는 바쁘다고 거르던 끼니도 그때부터 제대로 챙겨 먹었다니까. 김치 담그는 법부터 새로 배웠잖여?"

"김치 담그는 법을 새로 배우셨어요? 가족들 해주시려고요?"

"아니니! 평생 먹었는데 뭘 또 해 먹여! 나 맛있게 먹을라고 했지! 내 입에 맞는 김치 해 먹을라고 김치 담그는 수업도 듣고, 식당 가서 비법도 물어보고! 나는 김치 없음 못 살어!"

"형님 김치가 제일로 맛있지. 형님 올해도 김치 담글 거야?"

"해야지. 파는 김치는 내 김치만큼 맛있지가 않어. 내가 김치 없으면 밥을 못 먹잖아."

"이 형님은 기운도 좋아. 아흔이 넘었는데 아직도 그리 밥이 맛나요?"

"맛나지. 아주 달아. 김장 안 하려고 꾀부리지 말고 2주 뒤에 시간 비워놔! 배추는 내가 절여놓을 거니까."

"형님을 어찌 말려요."

"그나저나 새댁, 우리 같이 피아노 한번 쳐볼까?"

"좋지요, 어르신들 피아노 치실 줄 아세요?"

"당연히 모르지! 그냥 치면 되는 것이지 뭐가 중헌디?"

"맞네요. 눈앞에 있는 피아노, 치고 싶으면 그냥 치면 되는 거죠. 그럼 우리 젓가락 행진곡 한번 쳐볼까요?"

"그랴. 우리 다 같이 한 음씩 쳐봐!"

건반 위를 춤추는 손가락들이 자꾸만 불협화음을 만들어 내지만 아무렇지 않게 웃어넘기며 다음 건반을 누른다.

뜻밖의 사진을 보다가 무언가 생각난 듯 2층으로 뛰어 올라간 상미 앞에, 기다렸다는 듯 곧바로 영사기가 돌아갔다. 상미는 앉을 새도 없이 우두커니 서서 인생의 아름다운 한 장면을 쭉 바라보았다.

"내가 피아노를 치고 있네? 초등학교 이후로 쳐본 적이 없는 피아노를 친다고? 내가?"

피아노 앞에 앉아 웃는 상미 곁으로 마음 좋아 보이는 할머니 셋이 피아노에 기대기도 하고 만져보기도 하며 깔깔 웃는다. 네 명이 피아노 앞에 모여 뭐가 그리 즐거운지, 상미는 두 눈을 비비고 다시 한번 영상을 본다. 상미가 입은 앞치마에 핑크색 자수로 글자가 써 있다.

"아름다운 요양원? 그럼 내가 요양보호사야? 마트 일을 관둔 거야? 아니면 봉사활동을 간 건가? 다른 사람을 잘못 찍은 거 아니야?"

모두가 고개를 젖히고 웃는 영상 앞에서 상미는 아직 멀게만 느껴지는 3년 뒤의 저 모습이 자신의 인생이라 생각하니 갑자기 행복해진다. 지금도 못 치는 피아노를 3년 뒤에도 저리 못 친다니. 상미는 자신인 듯도 하고, 아닌 듯도 한 웃음을 보며 따라 웃어본다. 사진 속의 표정은 자연스러운데 오늘의 웃음은 조금 어색하다.

"자주 웃어야겠네. 웃는 연습을 해야겠어."

상미는 사진을 품에 안고 사진 속 자신처럼 웃는다.

"어머어머, 여기 왜 이렇게 예뻐, 사진관이 아니라 카페 같다 애. 어머! 민영 엄마 여기 있었어? 전화해도 안 받고 한참 찾았네. 벌써 사진 찍은 거야?"

우리분식에서 식사를 마친 보라색 꽃다발 같은 엄마들이 떠들썩하게 올라온다. 그들의 시끌벅적한 소리에 상미는 사진을 주머니에 넣고 수줍게 웃는다. 오늘 여러 이유로 참 많이 웃네. 1년 치 웃음을 하루에 다 얻은 것 같다.

"먼저 연락했어야 하는데 미안해요. 식사는 하셨어요?"

"그럴 수도 있지, 미안은 무슨! 우리는 이 옆에 우리분식에서 식사하고 왔어. 김밥 너무 맛있더라. 상미 씨 배고프지? 우리 여기서 사진 찍고 있을 테니까 가서 식사하고 와. 다 먹으면 요 앞에 스티커 사진 기계에서 단체사진 찍고 가자! 오호호호!"

"승우 엄마는 참 사진 찍는 거 좋아해."

"사진 찍어야지! 기록하지 않으면 흘러가! 좋은 건 찍어 놨다가 기분 안 좋을 때 탁 꺼내서 보고 힘내고 그러는 거야. 생각해 봐. 슬프고 기분 나쁠 때 사진 잘 안 찍잖아?"

"그렇긴 하지. 민영 엄마, 어서 밥 먹고 와. 우린 여기 구경 좀 더 하고 있을게."

　상미는 고개를 숙이고 계단을 내려와 들어왔던 문 앞에 선다. 문을 나서기 전 사진관을 둘러본다. 발걸음을 떼고, 길을 나서고, 차에 타고, 문을 열고 행복을 만났다. 행복을 만나는 길은 문을 여는 일부터가 시작인 걸까. 아름다운 동화 속에서 깨어나 이제 현실로 돌아갈 때다. 이 문을 나서면 신데렐라의 호박 마차가 사라지듯, 행복이 사라지는 건 아니겠지.

　"저… 작지만 선물입니다."

　상미가 몸을 돌려 바라보니 해인이 정원의 라벤더 모종을 옮겨 담은 작은 컵을 내밀었다.

　"너무 예뻐요. 제가 꽃을 정말 좋아하거든요. 이렇게 받기만 하고 미안해서 어떡하죠, 감사해요."

　"괜찮습니다. 때론 호의를 받기만 해도 됩니다. 덕분에 마음의 허기가 채워진다면 다른 사람에게도 그 마음을 조건 없이 나눠주면 돼요. 좋은 마음을 나누는 건 전혀 미안할 일이 아닌걸요."

　"네… 고맙습니다. 오늘 일은 잊지 못할 거예요. 정말 고마워요."

　라벤더 모종을 받아든 상미가 꽃보다 더 아름다운 미소를 머금으며 사진관 계단을 지나 우리분식으로 향한다. 상미가 가는 길을 눈길로 배웅하며 해인이 손을 흔든다. 상미도 해인을 보고 덩달아 손을 흔든다. 때론 가장 뜨거운 위로가 낯선 타인의 마음을 타고 온다.

"'사람이 꽃보다 아름다워'라고 적힌 옷을 입고 라벤더를 선물 받는 날이 올 줄이야. 인생 살 만하네. 그나저나 너무 배고프다. 김밥 많이 먹어야겠어."

김밥 세 줄을 시켜 허겁지겁 먹는 상미가 체할까 염려된 연자가 오뎅 국물을 가져다준다. 우리분식 사장이 병원에 가는 날이라 오늘은 낮부터 연자가 나와 있다. 방금 다녀간 손님들과 같은 옷을 입은 손님인 걸 보니 일행인 듯하다. 손님의 표정이 말갛고 개운하다. 연자는 왜인지 알 것 같아 괜스레 기분이 좋다. 식사를 마친 손님이 행복한 포만감으로 가득 차서 계산을 하러 일어선다.

"방금 다녀가신 분들과 일행이시지요?"

"네 맞아요. 너무 맛있게 잘 먹었어요. 이 도시는 처음 왔는데 밥도 맛있고 참 아름답네요."

"살림하는 사람들은 남이 차려준 밥이 제일 맛있지요. 이 마을은 너무 아름다워서 저절로 사치 부리게 되는 동네예요. 저는 요즘 여기서 사치 부려요. 제가 먹으려고 깎았는데 사과 한 쪽 드세요."

"고맙습니다. 그런데 사치요?"

상미는 사과를 받아 들고 연자를 본다. 사치라곤 조금도 찾아볼 수 없는 수수한 차림에 의아해 눈을 동그랗게 뜬다. 사치의 정의가 바뀌었나? 상미의 얼굴에 가득한 물음표를 보며 연자가 답한다.

"네, 저 진짜 사치해요. 아침에 일어나면 아침은 뭐 먹지, 생각하고 아침 먹으며 점심은 뭐 먹지, 생각하고. 오후 되면 저녁은 뭐 먹지, 생각해요. 다른 걱정 하지 않고 해결해야 할 문제에 치이지 않고 '오늘 뭐 먹지' 같은 하루의 끼니만 걱정하면 되는 사치스러운 삶을 오랫동안 바라왔거든요."

"아… 그런 사치요."

"저 사치 부리려고 식품영양학 공부도 했어요. 손님도 사치 부리고 싶을 때 자주 와요."

"네… 고맙습니다. 그런데 유튜브나 블로그만 봐도 레시피를 금방 알 수 있잖아요."

"저는 글로 익히고 직접 해보는 걸 좋아해요. 한창 공부하고 싶었을 때엔 집안이 어려워서 공장에 나가야 했고, 나중엔 아들이랑 끼니만 해결하기에도 바빴거든요. 이제는 무엇을 먹을지 고민하고 재료를 다듬고 준비할 여유가 생겼어요. 사랑하는 사람들이 맛있게 먹어주는 상상만으로도 저절로 행복하죠. 마음의 여유가 없으면 이런 게 어렵잖아요."

"그렇네요. 오늘 식사도 잘하고 덕분에 사치 부리고 갑니다."

"네, 사치 부리고 싶을 때 또 오세요."

기분 좋은 포만감에 얼굴에 윤기를 띤 상미가 사과 한쪽을 깨물며 우리분식 문을 나선다.

행복은 달콤한 사과 한쪽, 커다란 김밥 몇 줄, 그리고 라벤더 모종에 있었다. 상미는 핸드폰을 꺼내 인터넷 서점에 들어가 책을 하나 주문한다.

"오늘은 사과도 이렇게 달고 맛있네. 좋은 날이다. 참 좋은 날이야. 행복하네."

"엄마! 택배 왔어! 책 주문했어? 나 문제집 필요 없다니까, 왜 시켰어?"

민희가 현관에서 상자를 들고 들어오며 짜증을 부린다. 상미는 부엌 식탁에 앉아 노트북으로 강의를 듣다가 민희를 본다. 벌써 밤 11시다.

"네 거 아니고 엄마 책이야. 그리고 말 예쁘게 해줘. 짜증 부리면 엄마 기분도 안 좋아."

상미는 쓰고 있던 안경을 벗어 내려놓고 택배 박스를 받아 뜯는다. 어느 때고 짜증을 다 받아주던 엄마의 달라진 반응에 민희가 놀라 책가방을 내려놓고 엄마를 살펴본다.

"요양보호사 자격증 책을 샀어? 엄마 요양보호사 되게? 하고 있는 일은 어쩌고?"

"인생 길다. 마트에서 영원히 일할 건 아니니까. 요양보호사가 될 수 있을지는 모르겠지만 관심이 생겨서 일단 공부 좀 해보게."

"엄마 마트 관뒀어?"

"안 관뒀어. 너 대학 등록금 내야 하는데 벌써 관두면 어떡해. 걱정 마. 퇴근하고 와서 저녁에 보거나 쉬는 날 공부해야지."

"힘들게 일하고 공부했는데 떨어지면?"

"떨어지는 거지 뭐. 그런데도 정말 하고 싶으면 다음 시험에 또 도전하면 되고, 뭐가 걱정이야."

"엄마 요즘 좀 달라졌어. 엄마 나이에도 새롭게 하고 싶은 일이 있어? 지금 하는 일이 별로야? 요양보호사가 갑자기 왜 하고 싶어졌어?"

"마트 일은 할 수 있어서 시작했는데 하다 보니 좋아졌어. 그리고 요양보호사가 정확하게 하고 싶은 일인지는 잘 모르겠어."

"어른인데 그걸 몰라? 그럼 시간 아깝게 공부는 왜 해?"

"가슴을 두근거리게 하니까. 왜 두근거리는지 이유를 알고 싶어서 이번에는 정말 하고 싶은 일이 맞는지 보려고 하는 거야. 가보려면 공부를 하고 일을 직접 해봐야지. 요양보호사 시험 합격해도 마트 일은 당분간 계속 할 거야. 그 일도 보람 있거든. 쉬는 날에 실습 나가서 어떤 일이 더 엄마한테 맞는지 찾아볼 생각이야."

"멋있다! 사실 말이야… 내가 올해 진짜 답답한 게 뭔 줄 알아? 학교에서 맨날 공부해라, 공부해라, 그러잖아. 기껏 열심히 공부해서 좋은 성적 만드니까 이제 대학원서 넣어야 된다고 꿈을 정하고 목표를 정하고 가고 싶은 과를 찾으래. 나는 그런 거 찾을 겨를 없이 공부만 했는데! 공부 말고 뭐가 하고 싶은지 모르겠거든."

"그럼 공부하는 일을 좋아하는 거 아닐까? 공부할 수 있는 학과를 찾으면 어때?"

"그것도 어려워. 어떤 공부를 할 거고, 그러려면 또 어떤 과에 가야 하는지 모르겠어. 이런 것도 학원에서 숙제 내듯이 정해주면 좋겠어. 너무 머리 아파."

"그럴 수 있지. 너희는 학교에 학원 다니느라 뭘 좋아하는지 찾을 겨를도 없었을 테니까. 우리 딸 힘들겠다. 그럼 대학 안 가고 여러 가지 아르바이트를 해보거나 워킹 홀리데이 가보는 건 어때? 여러 일을 해보면 네가 하고 싶은 일을 찾을 수 있지 않을까?"

진심을 담아 말하는 엄마의 표정을 보며 민희가 놀란다.

"엄마, 내 성적 안 아까워? 다른 엄마들 같으면 지금 공부 더 하라고 난리일 텐데. 내년에 성적 떨어지면 어떡하려구?"

"공부를 잘하면 물론 좋지만 성적이 인생의 전부는 아니야. 대학도 인생의 전부는 아니고. 엄마는 공부 잘하는 민희를 사랑하는 게 아니라, 민희 그 자체를 사랑해. 네가 공부할 때 행복하면 옆에서 지지해 주고, 네가 다른 일을 하고 싶다고 하면 그것도 응원할 거야. 네가 어떤 삶을 살든, 그저 너라는 이유로 엄마는 민희의 선택을 믿어. 그게 무엇이든. 그러니까 당장 무언가를 선택해야 한다는 압박 갖지 않아도 돼."

"그래도… 엄마랑 아빠 고생하는 거 다 아는데…. 우리한테 새 옷 사주면서 엄마는 우리가 안 입는 옷 가져가서 입고… 나도 다 알아. 그래서 좋은 대학, 좋은 회사 가서 빨리 돈 벌고 엄마 일 그만하게 해주고 싶어."

속 깊은 민희의 말에 상미는 눈물이 핑 돈다. 어느새 이만큼 커버렸구나. 천천히 어른이 되어도 되는데. 상미는 민희를 품에 안고 말한다.

"우리 딸 언제 이렇게 컸어? 민희야, 천천히 해도 괜찮아. 엄마 아직 돈 더 벌 수 있어. 엄마는 일하는 거 좋아. 너는 좋은 대학, 좋은 회사 말고 네가 좋아하는 걸 찾아."

"내가 좋아하는 거? 이름 있는 학교에 알아주는 회사 가면 좋은 거 아니야?"

"그런 데 가면 네가 행복해?"

"몰라… 다들 가고 싶어 하니까."

"민희야, 엄마는 대학교도 안 나오고 이름 있는 회사에 다니지도 않지만 지금 내 인생이 너무 좋아. 나는 내 인생이 마음에 들어. 나이 쉰이 다 되어서야 무얼 할 때 행복한지 이제 조금 알겠는데, 우리 이쁜 공주님은 엄마보다는 이른 행복을 맛보았으면 좋겠어."

"그래…?"

"일이 인생에서 차지하는 시간이 생각보다 많아. 그러니 남들 보기 좋은 거 말고 네가 느끼기에 좋은 일을 해. 그게 꼭 내년이 아니어도 되니까. 무엇을 할 때 즐거운지 어렴풋하게라도 느껴지면 그때부터 시작해도 늦지 않아. 엄마도 마트에서 일하면 생각보다 꽤나 즐겁다? 열 맞춰서 물건 정리하면 얼마나 쾌감 드는 줄 아니?"

"정리병이야 그거… 근데 엄마, 즐거운 줄 알았더니 잠깐 반짝거려서 착각한 거면 어떡해? 확실하지 않잖아. 실패할까 봐 겁나."

"엄마가 확실하게 말해줄 수 있는 건, 인생에 확실한 건 아무것도 없다는 거야. 가보지 않고 미리 걱정하지 마."

"고마워… 엄마. 오늘 되게 감동이다… 시험 평계로 자주 짜증 부려서 미안해. 나도 안 그러고 싶은데, 초조해서 그런지 조절이 잘 안 돼."

"알지. 살다보면 내 감정인데 내 마음대로 안 되고 유독 예민한 시기가 있어. 그럼 이제 짜증 덜 부리는 거다? 그런데 너 배 안 고프니? 라면 끓여줄까?"

"좋지. 아니다 엄마, 오늘은 내가 라면 끓여줄게. 잠깐만!"

금세 웃음을 되찾고 물을 끓이는 민희를 본다. 물이 끓기를 기다리는 동안 상미는 젓가락과 그릇을 놓고 책을 펼친다.

"엄마 공부할 거야? 그럼 나도 옆에서 문제 좀만 더 풀다 잘래."

"그럴래? 라면 먹고 우리 딱 한 시간만 공부하다 자자."

"좋아! 으앗, 물 끓는다!"

전기 포트에 보글보글 물이 끓어오르고 상미의 부엌에도 행복이 수증기처럼 피어오른다.

"뭐야 치사하게… 나 빼고 라면 먹어?"

잠든 줄 알았던 민영이 잠옷 차림으로 눈을 부비며 나온다.

"그럴 줄 알고 네 젓가락이랑 그릇도 놨지. 어서 와!"

냄새를 맡고 나온 민영까지 합세해 한밤에 라면 파티가 벌어진다. 행복은 어쩌면 늦은 밤 아쉬운 듯 두 젓가락씩 나누어 먹는 라면에 있는 건 아닐까, 민희는 입맛을 다시며 생각한다.

"하나 더 없어? 벌써 끝났네, 배고픈데."

"야, 얼굴 부어. 그만 먹어."

"치, 내가 언니보다 얼굴 작거든? 라면 더 없으면 아빠한테 사 오라고 문자 보낼까?"

"아빠 이미 들어와서 주무셔. 현관에 신발 있잖아."

"그래? 자느라고 몰랐어."

민희와 민영의 대화를 심각하게 듣고 있던 상미가 젓가락을 탁 내려놓고 비장하게 입을 연다.

"안 되겠다 애들아. 찬밥 말자."

아, 행복은 운이 좋게 남아 있는 찬밥인 것 같기도 하고.

다음날 아침 출근하려던 우철이 식탁 위에 어질러진 그릇과 책을 보고 눈살을 찌푸린다. 냉장고에서 우유를 꺼내고 찬장에서 시리얼을 꺼내 지난밤의 흔적들을 피해 식탁 가장자리에 겨우 앉고 보니, 엎어진 책의 제목이 눈에 들어온다.

"요양보호사 자격증? 그럼 그렇지."

기분이 좋아진 우철이 시리얼을 꼭꼭 씹어 삼킨다. 잠에서 깬 상미가 부엌에 나와 식탁을 정리한다. 우철은 먹던 그릇을 그대로 두고 일어나서는 상미에게 말한다.

"당신, 아버님 모신다고 요양보호사 공부까지 하게? 성의는 가상한데 이런 거 공부한다고 일 관두려는 건 아니지?"

"여보. 내가 생각해 봤는데 효도는 우리 셀프로 하자. 그게 요즘 트렌드래."

"셀프? 트렌드? 어디서 그런 이상한 말을 듣고 온 거야?"

"당신은 시골에 계신 우리 부모님 모실 수 있어? 내년에 우리 부모님도 집으로 모셔 올까?"

"이 좁은 집에 어떻게 어른 셋을 모시냐. 말이 되는 소리를 해!"

"그치, 말이 안 되지. 말이 안 되는 일을 나한테만 하라는 당신이 더 말이 안 돼. 요양보호사 따면 우리 부모님한테 내려갈 거야. 외동딸이 부모님 챙겨야지. 당신은 아버님 챙겨."

"나라고 그런 마음이 없겠어? 일하는 사람이 어떻게 그러냐? 돈은 누가 벌고?"

우철의 말에 상미가 주머니에서 통장을 꺼낸다.

"애들 돌반지 판 돈이랑 그동안 보너스 받은 거 모아둔 거야. 회사 휴직하고 이걸로 아버님한테 가. 거기서 새 직장을 구하든 요양원에 모시든 당신 마음대로 해. 주말에는 당신이 집에 왔다 갔다 하면 되잖아."

"여보. 아니 상미야. 아침부터 뭐 잘못 먹었어? 갑자기 일까지 휴직하라니. 그럼 우리 애들은 어쩌라는 거야?"

"애들 핑계 대지 말고 당신도 인생에 쉼표를 좀 둬. 당신 맨날 핸드폰으로 자연에서 집 짓고 사는 사람들 보잖아. 자연으로 가는 게 그리 소원이면 소원대로 해야지. 월세 얻어서 살다가 정착하고 싶을 때 당신 퇴직금 정리하면 아버님 계신 동네에 집 얻을 정도는 되잖아. 정 안되면 민희 대학교 앞에 자취시키고 여기 전세금 빼서 작은 집으로 이사하면 돼."

"당신 진짜 뭐 잘못 먹었어? 갑자기 왜 이래?"

"아직 아침도 안 먹었는데 뭘 잘못 먹어. 우리라고 세컨드 하우스 짓지 말라는 법 있어? 학교 다니는 애들도 방학이 있고 수업 50분 하면 10분을 쉬는데, 당신이나 나나 쉬는 시간 없이 전력질주하며 살아왔잖아. 소풍 한번 못 가보고. 인생이 방학을 맞이하는 거라 생각하고 잘 결정해. 이 편지 한번 읽어봐. 나 빨래 돌려야 하니까 당신 먹은 건 당신이 설거지하고 나가. 빨래는 세탁기가 한다지만 빨랫감 분류해서 세탁기에 넣고, 다 된 빨래 널어 말리는 건 사람이 하는 거 그동안 몰랐지?"

상미가 어안이 벙벙하게 서 있는 우철의 손에 편지를 쥐어주고는 베란다로 향한다. 우철이 받아 펼친 종이에는 같은 문장이 여러 줄 적혀 있다.

"나를 사랑하자, 나를 사랑하자, 나를 사랑하자…? 뭐야 이게? 대체 왜 이러는 거야?"

"잘 읽어봐! 뒷장도 있어! 나는 이제부터 나를 더 사랑할 거니까 당신도 당신을 사랑해!"

상미는 빨래를 세탁기에 집어넣으며 우철을 향해 외친다. 마음 사진관에서 썼던 편지를 우체통에 넣지 않고, 직접 우편배달부가 되어 우철에게 전달한 것이다. 우철은 머리를 긁적이며 편지의 뒷면을 읽는다.

"그동안 참 애썼어. 고생 많았어. 수고 많았어. 잘했어. 잘 견뎠어."

우철이 편지를 읽는 걸 확인한 상미가 건조대에 널려 있던 마른 수건들을 거실로 가져와 접는다. 수건 다섯 개가 상미의 손에서 금세 반듯하게 접힌다.

"그리고 이제부터 나도 안 참아! 할 말은 하고 살 거야. 당신도 나를 함부로 대하지 말아줘. 세상에서 가장 소중한 관계가 가족이면, 가족한테 제일 잘해야 하는 거야. 알지?"

"내가 언제 당신한테 함부로 대했다 그래. 말을 왜 그렇게 하냐."

"가슴에 손을 얹고 생각해 봐. 그리고 당신, 젊어서는 어머님 병환으로 고생하고 결혼해서는 애들 키운다고 하고 싶은 거 못 했잖아. 이제 조금씩 하고 싶은 거 하면서 살자.

우리가 그렇게 사는 모습을 보여야 애들도 자기 살고 싶은 대로 인생을 대차게 살지. 보고 배운다잖아!"

상미가 흘끗 시계를 본다. 아직 6시 반이다. 외투를 걸치고 밖으로 나서려던 상미가 걸음을 멈추고 말을 잇는다.

"당신 출근하려면 한 시간 정도 남았지? 빨래 다 되면 널고 나가. 당신 아버님한테 내려가기 전까지 이제 아침은 당신이 차려줘! 계란프라이이든 빵이든, 아니면 밥에 김만 있어도 상관없으니까."

"민희 엄마, 잠이 덜 깼어? 그리고 새벽부터 어디 가는데?"

"수영 새벽반 끊었어. 오늘부터 한 시간씩 수영하고 출근하려고. 건강해야 오래 돈 벌지! 아, 그리고 화분에 물도 좀 주고. 먼저 갈게."

신발장 앞에 선 상미가 가방에서 깨끗한 로퍼를 꺼낸다. 며칠 전 백화점을 열심히 돌면서 고른 가장 편안한 구두다. 우철의 낡은 구두는 신발장으로 들어가고, 새 로퍼가 구두코 가지런히 현관 앞에 놓인다.

"좋은 신발이 좋은 곳으로 데려다 준대. 이제 우리 편한 신발 신고 편히 걷자."

상미가 문을 열고 나가자 상쾌한 겨울바람이 코끝을 스친다. 마음 사진관에서 찍은 행복사진처럼 앞으로 그토록 밝게 웃게 된다면, 오늘부터도 행복하게 살 수 있다고 상미는 깨닫게 되었다. 그리 마음먹으니 잘 살아온 자신에게도 고맙다. 주민센터까지 걸어가는 길에서 코끝에 차가운 무언가가 떨어진다.

"눈… 눈이잖아…! 코끝에 겨울이 걸렸네. 참 좋다."

찬바람 불면 감기를 달고 살던 상미가 이번 겨울엔 어째서인지 옷깃에 스미는 바람도 시원하고 상쾌하게만 느껴진다. 눈을 크게 뜨고 내리는 눈을 바라보다 불쑥 혀를 내밀어 눈의 맛을 본다.

"입맛이 좋아지니까 눈도 맛있네. 이렇게 하니까 꼭 애들 같다."

태어나 처음 눈을 보는 사람처럼, 태어나 처음 겨울을 맞이하는 사람처럼 눈을 맞고 선다.

"어휴… 근데 춥긴 춥다. 내일은 더 두껍게 입고 나와야겠어."

몸이 떨리도록 한기가 느껴지는데도 수영장으로 향하는 상미의 발걸음은 가야할 길을 알고 걸어가는 사람만의 리듬으로 경쾌하다.

"내년에 민희 대학 입시 끝나면 메리골드에 함께 가야지."

"아이고 꼬수운 냄시가 온 동네에 진동을 하네 그랴. 둘이 뭔 전을 이렇게 부친대? 동네 잔치하는 겨?"

우리분식 사장이 지팡이를 짚고 절룩이며 가게에서 전을 부치고 있는 영미와 연자에게 함박웃음을 짓는다. 부쩍 다리가 아파 힘들어하는 우리분식 사장의 제안으로 연자와 영미가 일주일에 반은 가게를 운영하고 있다.

"사장님 나오셨어요? 오늘 영미네 야채가 좀 남았다고 다 전 부쳐서 같이 먹자고 해서요. 보리새우 넣어 미나리전 부치고, 배추 송송 썰어 배추전 부치고, 부추랑 당근이랑 썰어 부추전까지 부쳤더니 양이 많아져 버렸어요. 다 같이 나눠 먹을 수 있으니 얼마나 좋아요. 그죠."

"그럼 그럼, 모쪼록 사람은 따수운 음식을 노나 먹으면서 정이 붙는 것이제. 추억의 반은 음식 아니여. 배 속이 뜨뜻해져야 마음속도 뜨뜻해지는 거여."

우리분식 사장이 의자에 앉아 전을 부치는 영미와 연자를 흐뭇하게 바라본다.

"택배 왔습니다."

"영희 삼촌 왔는가? 이리 와서 한 장 먹고 가."

택배 배달을 왔던 영희가 불판 위에서 지글지글 부쳐지는 전을 보며 침을 꿀꺽 삼킨다.

"감사합니다. 그럼 저는 부추전 먹을게요."

"으잉, 여기 부추전 하나요! 껄껄, 연자야. 재하는 언제

온다냐? 마음 사진관에 손님들 왔을지도 모릉께 저기는 여러 장 부쳐서 좀 갖다 줄까?"

"재하 금방 올라올 거예요. 요즘 퇴근하고 달리는 재미에 빠졌대요. 뱃살도 좀 뺀다나 봐요. 어, 영미야. 사진관에 전은 이거 가져가면 돼."

연자는 전을 수북이 쌓아 일어서는 영미를 향해 전이 더 높이 쌓인 쟁반을 건넨다. 영미는 손으로 입을 가리고 웃더니 쟁반을 내려놓고 주머니에서 수첩을 꺼내어 적어 보인다.

부침개 탑 같아.

연자와 영미는 마주 보며 깔깔 웃는다. 메리골드에서 만난 두 사람은 조용하고 차분한 성미와 내면의 강인함으로 인생을 살아가는 삶의 지향이 잘 맞아 친구가 되었다. 매일 밥을 같이 먹고, 분식집에서 일을 같이 하는데도 다툼 없이 사이가 좋다. 서로 배려하는 성향과 적정선의 영역을 침범하지 않는 조심스러움이 닮았다. 좋은 관계란 함께 노력해야만 오래 유지가 가능하다.

"오늘은 부침개 잔치해요? 마을 초입에서부터 고소한 냄새가 나서 마음이 급해 달려 올라왔어요. 지글지글 전 부치는 소리가 꼭 비 오는 소리 같아. 너무 맛있겠다!"

퇴근 후 고픈 배를 부여잡고 들어오던 연희가 가방을 던지고 손으로 커다란 부침개를 찢어 입에 넣는다. 기름이 잔뜩 묻은 손가락을 쪽쪽 빨고 있는 연희를 우리분식 사장이 따뜻한 눈길로 바라본다.

"천천히 묵어. 여기 사이다 한잔 하고."

"네, 고맙습니다! 요즘 왜 이렇게 배가 자꾸 고픈지 몰라. 밥 먹고 뒤돌면 또 배고파요. 근데 우리 마을 사람들은 참 가족 같아요."

연희가 부침개를 두 장째 찢어 먹다 말고 말한다. 우리 분식 사장은 고개를 끄덕이며 연희에게 대답한다.

"그렇제, 우리는 피가 섞이지 않았지만 가족이제. 이리 모여 맛난 거도 묵고 기쁨도 나누고 슬픔도 나누며 살아가는 게 가족 아니겠으. 근디 연희야. 결혼은 언제 할 겨?"

"사장님, 밥 먹는데 설마 결혼 얘기하시는 거예요? 요즘 싱글한테 결혼 재촉하시면 5만 원 벌금 내야 하는 거 아시죠?"

"아이고 벌금이 비싸네. 껄껄. 그믐 두 번 얘기함 10만 원이겠고만? 껄껄."

"사장님은 특별히 50프로 할인해 드릴게요."

"흐미흐미 마음씨도 고와라. 근디 정말 결혼은 안 할겨? 애인이랑 좋아 보이던디."

"사장님, 저 비혼주의인 거 모르셨어요?"

"비혼주의였어? 몰랐제. 하도 사랑을 열심히 하길래 나는 결혼이 하고 싶은 줄 알았지."

"이제부터 알아주세요! 사랑을 하는 거랑 결혼을 하는 거랑은 다르다고요. 전에는 사랑하면 당연히 결혼을 해야 한다고 생각했는데 아픈 이별을 겪고 나니까 제가 더 잘 보이더라고요. 그 사람이 떠날까봐 결혼으로 잡아두고 싶었던 것 같아요. 사실 결혼이 제 인생에서 정말 필요하고 원하는 일인지 잘 모르겠어요. 때가 되어서 한다기보다는 평생을 함께해도 편안하고 즐겁겠다는 그림이 그려질 때 결혼하려고요. 완전한 비혼주의는 아니에요. 근데 연자 이모, 나 이거 몇 장 싸줄 수 있어요?"

"얼마든지 싸줄 수 있지. 그래 연희야, 네가 원하는 대로 해. 다른 사람이 뭐라고 해든 네 생각이 옳아. 누가 대신 살아주지 않는 네 인생이니까. 이만큼이면 돼?"

"완전 좋아요. 영희 삼촌, 전 더 드세요! 오늘 배추전이 왜 이렇게 맛있어요?"

"배추가 달아. 요즘 영미네가 배추 농가에서 직거래로 들여오는데 품질이 아주 좋더라고."

"역시네 역시. 근데 연자 이모는 여기서 음식 하는 거 안 힘들어요? 이제 쉬실 때도 됐잖아요."

"안 힘들어. 이게 쉬는 거지. 있잖아, 나는 놀라운 상상을 했었어. 어떤 책에서 읽었는데 놀라운 상상을 하면 정말 그렇게 된대. 재하한테 맨날 전 부쳐주던 시절에 언젠가 돈 걱정 없이 마음 편히 사람들과 전 부쳐 먹는 날을 상상했는

281

데, 봐봐. 오늘 이렇게 이루어지잖아. 나는 이렇게 음식 나누어 먹을 때가 행복해. 내가 해주는 음식을 먹고 배불러하고 기분 좋아하는 표정을 보면 내 마음도 얼마나 좋은지 몰라."

"연자 이모는 어떨 때 보면 천사 같아. 잘 먹었습니다! 이따가 제가 운동하고 와서 설거지 할게요. 두세요!"

"그래 연희야, 다녀와!"

"저도 잘 먹었습니다. 감사합니다. 가게에 도와드릴 일 없나요?"

"영희 삼촌, 오늘은 없고 며칠 있다가 물탱크 청소하는 날에 오셔서 도와주실 수 있나요?"

"그럼요. 연락 주시면 시간 맞춰 오겠습니다."

영희 삼촌이 고개를 꾸벅 숙이자 연자가 전을 포장한 봉지를 내민다. 영희는 습관적으로 봉지를 받기 전 시계를 차던 손목을 만진다. 양쪽 손목에 차던 시계를 이제 하나만 차고 다녀서 편안하지만 왠지 손목이 허전해 가끔 쓰다듬게 된다. 습관적으로 빈 손목을 만져보던 영희는 포장된 봉지를 받아 들고 정중하게 인사하며 가게를 나선다. 몇 걸음 걸어 도착한 택배 트럭의 조수석 문을 열고 소중한 사람을 태우듯 전이 든 봉지를 내려둔다. 두툼하고 거친 손으로 가만히 봉지에 두 손을 가져다 댄다.

"따뜻하네."

영희는 핸드폰을 꺼내 검은 봉지에 따뜻하게 담겨 있는 전을 사진으로 찍는다. 오늘 블로그에 쓸 글의 제목은 '살아 있는 따뜻한 행복'으로 해야지. 영희의 무뚝뚝한 얼굴에 작은 미소가 번진다. 사진을 찍고 이내 누가 볼 새라 모자를 고쳐 쓰고 택배 트럭에 시동을 건다.

"살아 있길 잘했다, 김영희."

영희 삼촌이 떠나는 뒷모습을 바라보던 우리분식 사장이 행복하게 웃는다. 우리분식 사장은 지난달부터 주민 센터에서 컴퓨터를 배우기 시작했고, 영희의 블로그와 이웃을 맺어 글을 구독하고 있다.

"내가 새 메뉴 개발하지 말라 그랬지? 왜 온 동네에 고소한 냄새를 풍기고 난리야. 기왕 부친 거니까 나도 한 장 먹어볼게. 뭐, 생각보다 맛있네."

지은 사장이 있었다면 입으론 툴툴대도 눈으로는 잔뜩 행복하게 웃으며 그 참새 같은 입술로 따뜻한 정을 오물오물 받아 먹었을 텐데.

"기다려이, 이 늙은이 갈 날 얼마 안 남았응께 외로워하지 말고 거 있어. 지은 사장 있는 곳에 나도 갈 테니까. 재미지게 잘 살다 만나자고."

우리분식 사장은 하늘을 보며 그리움을 달랜다. 사장의 눈가가 촉촉해지는 걸 본 영미가 다가와 오른쪽 팔을 톡톡 두드린다. 눈시울을 훔치며 고개를 돌린 사장에게 영미는 두 손을 코앞까지 들어 올려 컵을 내민다. 우리분식 사장도 두 손으로 따뜻한 컵을 받아 든다.

"뭐여 이 따뜻한 건? 오뎅 국물이고만. 영미가 끓인겨?"

영미는 대답 대신 고개를 끄덕거린다.

"시원하네. 무랑 디포리를 더 넣었나. 맛있네. 꽃게도 큰 놈 하나 들어갔구만? 역시 음식은 정성이고 사랑이제. 고마우이."

우리분식 사장은 맛있게 국물을 비운다. 영미는 사장이 국물을 끝까지 다 마실 때까지 앞을 지켰다가 컵을 받아 온다. 이제 저녁 장사를 준비할 시간이다.

영미와 연자가 근무하는 날에는 심야 식당으로 그날의 요리가 준비된다. 매일 봉수와 영미의 야채 트럭에 들어오는 재료에 따라 그날의 메뉴가 바뀌는데, 오늘은 뼈 없는 고등어를 올린 가지덮밥과 닭꼬치구이가 메인이다. 그날의 요리에 따라 반주를 하는 손님들도 늘어갔다. 기름때가 눅진하던 테이블은 영미의 야무진 손놀림으로 반질반질해졌다.

금요일마다 가게 일을 돕는 연희가 집에서 옷을 갈아입고 도착했다. 연희는 머리카락을 단단히 올려 묶고 베이지색 앞치마를 멘다. 연자와 영미도 같은 앞치마를 멘다.

"그럼 심야 식당 오픈 준비를 시작해 볼까? 어서 오세요, 여기는 마음의 고단함을 풀어줄 만큼 따뜻한 국물이 있는 우리분식입니다."

연희의 말에 사람들은 웃는다. 그리움을 안고, 즐거움을 안고, 슬픔을 안고, 고단함을 안고, 그럼에도 불구하고 오늘을 행복을 살아가는 사람들이 웃는다. 웃는 사람들 곁엔 웃고 싶은 사람들이 온다. 웃고 싶은 사람들이 와 함께 웃고 나간다. 사람들은 즐겁다.

해인이 근처 카페에서 버려지는 테이크아웃 컵을 받아
와 라벤더 모종을 옮겨심기 시작했다. 꽃에 물을 주고 정원
을 가꾸는 일도 좋았는데, 정성스레 키운 꽃을 나누어 주는
기분은 더 좋았다.

선물은 받은 사람보다 하는 사람의 기쁨이 더 큰 순간이
있다. 좋아하는 상대방의 모습을 상상하며 선물을 준비할
때 먼저 행복해지고, 선물을 들고 나서는 길에도 행복해지
며, 선물을 받고 기뻐하는 이를 보면서 또 행복해진다. 해
인은 사진관에 들어오지 못하는 누군가를 위해서 일곱 개
의 라벤더 모종을 사진관 입구에 세워두고 메모가 적힌 작
은 팻말을 꽂는다.

향이 좋은 라벤더입니다. 말려서 차로 마실 수도 있어요. 편히 가
져가세요.

"형! 여기 계셨어요? 저 옥상에서 불씨 지키려고 장작
하나씩 집어넣었어요! 근데 군고구마 구워 먹으면 맛있을
것 같아서 고구마 좀 사 오려고요. 형도 드실래요?"

"좋지. 여기 카드 줄게. 이걸로 사 와."

"아이 참, 형! 저도 고구마 살 돈… 있지만 감사히 잘 긁
겠습니다! 간식 더 사도 되죠?"

"그래. 먹고 싶은 거 사 와. 그런데 범준아, 너 사진 찍
어봤니?"

"핸드폰으론 많이 찍어봤는데, 사진기로 찍어본 적은 없
어요."

"그럼 다녀와서 군고구마 익는 동안 사진 하나 찍어줄
래?"

"에이… 제가 어떻게 찍어요. 저는 형처럼 마법 못 써
요!"

범준이 손사래 치자 해인이 사진관 안에 있는 카메라를
가리키며 말한다.

"행복 카메라는 저거 딱 한 대야."

"진짜요? 그럼 나머지는 전부 보통 카메라였어요?"

"그럼. 나도 저 카메라들로 사진 찍어서 책도 내고, 전
시회도 했는걸. 너 카메라 볼 때 눈이 빛나더라. 내가 사진

이 필요해서 그래. 부담 없이 한번 찍어봐."

"아… 부담스러운데. 그래도 정 사진이 필요하시다면 해볼게요!"

해인은 범준이 카메라를 볼 때마다 눈이 빛나는 걸 보았다. 눈은 마음의 창이 아닌가. 해인의 친구 재하가 그랬다. 입은 거짓말을 하지만 눈은 거짓말을 할 수 없다고. 눈동자까지 거짓말을 할 수 있다면 그야말로 완벽하게 타고난 거짓말쟁이일거라고. 맑은 범준의 눈동자가 생각보다 한발 앞서 마음을 보여준 것이다.

라벤더 모종을 가지런히 정리하고 범준에게 줄 카메라를 고르려 사진관 안으로 들어오던 해인이 벽면 책장에 어깨를 부딪혔다.

"책장이 원래 이렇게 튀어나와 있나? 이상하네."

벽 크기에 딱 맞추어 제작된 책장이라 튀어나올 리가 없는데, 얼마 전부터 튀어나와 보이더니 이제 어깨까지 부딪히다니. 나무가 오래되어 틀어진 건가. 해인은 책장의 균형을 맞추기 위해 양팔로 힘껏 책장을 민다.

"들어간 것 같은데. 조금 더 넣어야 하나. 자, 하나 둘 셋… 어…! 어…?"

벽에 밀착된 듯한 책장에 한번 더 살짝 힘을 더 가하자 부드럽게 책장이 밀리면서 벽면이 열린다. 대체 어찌된 영문인지, 해인은 놀라서 반쯤 열린 벽 앞에 섰다. 크게 놀라는 일 없는 해인이지만 이번에는 그 자리에서 굳은 듯 숨도 쉬지 못하고 서 있다. 지금까지 책장 뒤에 숨어 있던 이 벽은 그냥 벽이 아니었다. 정확히 말하자면 바로 문이었다. 넘지 못할 벽이라고만 생각했던 그곳에 어떤 이유에선지 틈이 생기고 벽을 밀어볼 용기를 낸 순간, 해인의 앞에 새로운 문이 열렸다.

"정원이잖아…!"

벽 너머에는 시들지 않을 것 같은 이름 모를 꽃들이 가득하고 아름다운 나비가 날아다녔다. 창밖은 겨울인데 벽면 너머의 세상은 봄인지 가을인지 모를 따스한 온기를 바람으로 실어 날랐다. 해인은 정원에 들어가려고 걸음을 떼다 멈칫했다.

"이 세계로 들어가면 다시는 나오지 못하는 걸까?"

정원에 들어가려던 해인은 뒤돌아 문을 닫으려다가 다시 생각을 바꿔 문 앞으로 간다. 사는 일은 계단을 오르내리는 일이라는 생각을 했는데, 이제 보니 사는 일은 문을 열고 닫는 일인 것 같기도 하다. 예상치 못한 순간에 새로운 문을 만나고, 문을 열고 닫는 건 자신의 의지다. 해인은 닫으려던 책장의 반대편으로 가 문을 활짝 연다. 심호흡을 크게 하고 정원 안으로 들어선다.

"다른 마을로 들어가는 입구인가? 한 걸음 내딛었는데도 벌써 공기가 순해. 왜 이리 평화롭지? 누구도 미워하고 해칠 수 없는 세상에 온 것 같아."

처음 만난 세계가 마냥 낯설지만은 않은 해인은 용기를 내서 몇 걸음 더 걸어본다. 해인이 걸음을 옮길 때마다 새로운 꽃들이 한 송이씩 피어난다. 본 적 없는 형형색색의 꽃들이 해인의 걸음을 따라 봉우리를 연다. 문득 뒤를 돌아보니 생각보다 더 멀리 와 있다. 들어올수록 더 아름답게 펼쳐지는 꽃밭을 바라보며 요정의 숲 같은 풍경을 사진으로 남기고 싶은 해인이다.

"아름다운 호수가 있네."

걸음을 옮기던 해인 앞에 맑은 호수가 나타났다. 몇 걸음 앞에서는 에메랄드 색으로 빛나더니 가까이 다가가 들여다보니 거울처럼 반짝이는 투명이다. 해인은 손으로 물을 떠 마른 목을 축이다가 호수에 비친 자신의 얼굴에 시선을 멈췄다. 너무 맑아서 속마음까지 투명하게 투영될 것 같은 수면에 손가락을 대어본다. 고요했던 수면이 파동을 일으키며 퍼져나간다. 물결이 잔잔해지기를 기다리며 한참을 물속을 바라본다.

"편안해 보인다."

해인의 말에 호수 속 해인이 물결에 따라 흔들리며 대답한다.

"편안해 보인다."

대답하는 자신의 모습을 보며 해인이 웃는다.

"행복해 보인다."

해인의 말에 호수 속 해인이 대답한다.

"행복해 보인다."

대답을 들은 해인이 턱에 손을 괴고 생각에 잠긴다.

"행복이 뭔데?"

대답하는 물결 속 자신을 보며 해인이 말한다.

"행복이 무엇인지는 모르겠지만, 몰라도 되는 거 같아. 행복 카메라에 행복과 불행 필름이 맞닿아 있듯 행복과 불행도 어깨를 나란히 하고 살아가는 감정 아닐까. 불행한 순간이 오면 행복했던 날을 기억하며 견뎌내고, 행복한 순간이 오면 다시는 불행하지 않을 사람처럼 행복해하고 싶어. 이제 나는 그렇게 살고 싶어졌어. 오늘이 마지막인 것처럼."

물을 한 번 더 떠 마시고 일어서려던 해인은 호수에 비친 자신에게 손 인사를 건넨다. 해인이 이 정원으로 계속 걸어 들어간다면 새로운 세계가 열릴 것이다. 미지의 세계를 만날 수 있을지도 모른다. 하지만 해인은 망설임 없이 뒤를 돌아 자신이 왔던 길을 향해 걸어간다. 해인의 발걸음을 따라 피어났던 꽃들이 해인의 뒷모습을 따라 다시 사라진다. 이윽고 들어왔던 문 앞에 서서 다시 뒤를 돌아보니 아름다운 꽃들이 흔적 없이 사라지고 푸른 잔디만 무성하다. 그 많던 나비들은 어디로 갔을까.

해인은 마지막으로 찬찬히 정원을 둘러보고 돌아서 나가려다 멈춰 섰다. 아름다웠던 정원으로 걸음을 옮기자 해인의 발끝을 따라 다시 꽃이 피어난다. 세 걸음만치의 꽃밭을 만든 해인이 다시 뒤로 돌아 사진관으로 향한다. 입구에서 뒤를 돌아보니 역시나 꽃밭은 흔적 없이 자취를 감추고 남은 건 잔디뿐이다.

걸어갈 길이 꽃길인 줄 알았는데 뒤돌아보니 흙과 풀만 뒤덮인 길이다. 꽃길도 흙길도 잔디 깔린 길도 모두 좋지만 해인은 어떤 길인지 모르고 가는 오늘을 살고 싶어졌다. 내가 가는 길이 꽃길인지 잔디밭길인지 고민하며 길을 만들어 가고 싶어졌다.

마지막 걸음을 떼서 사진관 안으로 들어오니 한 걸음 차이로 사진관 안이다. 열려 있는 벽을 힘주어 다시 당기자 문은 순식간에 닫히고 책장은 벽에 매끈하게 딱 들어맞는다. 언제 튀어나와 있었냐는 듯 빈틈없는 책장을 바라보고 있으니 범준의 목소리가 들린다.

"형! 형! 왜 이렇게 대답이 없어요! 고구마 다 익었어요! 옥상으로 올라오세요!"

"어, 금방 갈게!"

범준이 고구마를 굽는 동안 다녀온 아름다운 세계를 떠올리며 해인이 계단을 올라간다. 문득 계단을 오르는 일이 즐겁다고 느낀다. 배가 고파서인가, 서둘러 올라가고 싶다.

옥상에선 범준이 불을 꺼뜨리지 않고 고구마를 굽고 있다.

"범준아, 너 지금 되게 아름답다."

"네에? 형 많이 배고파요? 고구마 하나 구웠다고 이러시기예요?"

"그런가. 노을 지는 하늘을 등지고 고구마를 굽는 네 모습이 아름다워 보여서. 범준아. '아름답다'가 무슨 뜻인 줄 알아?"

"뭐 그냥… 이쁘단 말 아니에요?"

"'아름답다'의 어원에 대한 가설이 여러 가지인데, 그 중에서 '아름답다'가 '나답다'로 해석될 수 있다는 설도 있어. 즉 '아름답다'는 '나답다'인 거지."

"아… 그러니까 가장 나다울 때 가장 아름답다는 거네요?"

"그렇지. 그래서 자연스러운 모습이 가장 아름다워 보이잖아? 사진을 찍을 때도 마찬가지야. 나다울 때 아름다운데, 보통 우리가 카메라 앞에 서는 일이 많지 않으니까 사진 찍으려고 하면 긴장하는 경우가 많아."

"그래서 마음을 열고 자연스러울 수 있도록 위로 차를 주시는 건가 봐요? 앗 뜨거, 이제 고구마 다 빼야겠다. 형, 이 고구마 되게 맛있네요. 하나 더 드세요."

"고마워. 여기서 아르바이트를 하면서 언젠가 네가 사진을 찍고 싶은 날이 오면 이 말을 기억해. 피사체가 가장 나다운 순간을 기다리면 가장 아름다운 사진을 찍을 수 있어."

"뭔가 되게 오묘하고 철학적인 말인데 멋있어요 형!"

"형은 원래 멋있어."

해인의 말에 범준이 온 얼굴 근육을 사용해 놀라는 시늉을 한다. 장작을 넣느라 장갑에 묻은 그을음이 범준의 볼에도 묻는다. 그 모습을 바라보며 해인이 웃는다.

"형도 이렇게 웃을 줄 아는 사람이었어요? 저 형이 잇몸만개한 거 처음 봐요! 형은 미소만 짓는 줄 알았더니!"

범준이 너스레를 떨자 해인이 더 크게 웃는다. 범준과 해인이 마주보며 눈물이 맺히도록 웃는다. 이렇게 배가 아플 만큼 웃을 수 있다니. 아무 거리낌 없이 단순한 마음으로 이리 웃는 게 얼마만인지.

어쩌면 벽 뒤에 숨겨진 미지의 세계에서 상상할 수 없는 매력적인 일들을 만날지도 모른다. 공기에서 느껴지는 순한 기운처럼 마음 아플 일 따위 없을 것만 같다. 하지만 해인은 가보지 못한 세계보다 오늘을 살기로 선택했다. 마음이 내키지 않은 게 아니라, 살아가는 오늘이 행복하다고 어렴풋이 느꼈기 때문이다. 사실 행복이 무엇인지 아직도 정확히 모르겠다.

"너무 웃었더니 뱃가죽까지 아파요 형! 기분 좋다. 맞다, 그거 알아요? 제가 어제 유튜브에서 강연을 들었는데 행복은 강도가 아니라 빈도래요."

"빈도?"

"네. 강한 즐거움이나 기쁨은 자주 오지 않을 뿐더러 기대할수록 실망도 크니까, 매일의 작고 소소한 기쁨이나 즐거움을 늘리면 행복한 일상을 살 수 있대요."

"좋은 말이네. 그러고 보면 즐겁고, 기쁘고, 살짝 설레고, 웃음이 나고, 왠지 기분이 좋고. 그런 감정들도 행복의 표정일 거야."

범준이 웃는 모습을 보며 어쩌면 행복은 표정이 많은 얼굴이라 구운 고구마를 먹을 수 있는 적당한 허기 같은 것일지도 모른다고 생각한다.

무엇이 됐건 나의 행복은 지금 여기에 있다. 내가 옮기는 발걸음 끝에. 그 끝에 꽃이 피건, 빗물이 튀건, 자갈밭이건 상관치 않는다. 걸음을 멈추지만 않는다면 원하는 길을 모두 만날 수 있을 테니까. 그 길이 어떤 길이건 나답게 걸어간다면 아름답게 받아들일 수 있을 테니까. 가지 못한 길에 대한 미련을 버리고 스스로 걷는 길을 아름답게 받아들인다면 아름다운 인생이었다고 자부할 수 있지 않을까.

해인은 장작불에 차가워진 손을 녹인 뒤 온기를 간직한 채 주머니에 손을 넣고 의자에 몸을 비스듬히 기댄다. 어느새 캄캄한 밤이다. 쏟아질 듯 많은 별이 하늘에서 반짝거린

다. 눈앞의 별을 헤며 낮은 허밍으로 좋아하는 음악을 흥얼
거린다. 행복하다. 한 치의 의심도 없이 행복하다. 순한 밤
이다.

"별이 빛나는 건 어둠이 있기 때문이겠지."

에필로그

    평일은 도시에서 보내고 주말은 메리골드에서 보내는 수현이 마을에 책방 문을 열었다. 음악을 틀고 커피를 내리며 느리게 흘러가는 책방에서의 일상이 요즘 수현에게는 충전의 시간이다. 환기로 열어둔 문들을 닫으려고 보니 어느새 손님이 한 명 들어와 있다. 방해가 되지 않게 수현은 멈춰 서서 조용히 노트북을 열고 책의 재고를 살핀다.

    책방 한쪽에서는 하나로 내려 묶은 길고 검은 머리에 와인색 야구 모자를 쓰고 고개를 푹 숙인 여자가 해인의 책을 소중히 쓰다듬고 있다. 모자를 쓰고 있어도 하얀 피부와 빛나는 생기가 가려지지 않는 사람이다. 여자는 책 끝을 덮으며 마지막 문장을 읊조렸다.

"모든 것은 흐르고 시간도 흐릅니다. 시간의 흐름을 우리는 꼭 시계를 봐야 알 수 있을까요? 행복한 사람은 시계를 보지 않는다고 합니다. 저는 이제 시침과 분침을 지우려 합니다. 굳이 행복을 찾으려 애쓰지 않겠다고 마음먹는 순간 행복해졌습니다. 허나 자주 궁금합니다. 당신도 지금 행복한지요? 분명 행복할 거라 믿어요. 그리고 언제나 행복하길 바라요."

그녀의 나지막한 목소리를 끝까지 듣고 있던 수현이 카운터에서 돌아 나와 말을 건넨다.

"그 책 정말 좋죠? 저도 참 좋아하는 문장이에요."

"네, 참 좋네요."

"우리 마을에 사는 분이 쓰신 책이에요. 마을 꼭대기에서 마음 사진관을 운영하시는 해인 님인데요. 여행 오신 거면 돌아가시기 전에 잠깐 들르셔도 좋을 것 같아요."

"고마워요."

"약간… 낯이 익은데… 예전에도 마을에 오신 적 있으세요?"

"처음은 아니죠. 저는 이 마을을 굉장히 좋아하는 사람이에요."

"어쩐지… 친근하게 느껴져서요. 저는 주중에는 도시에서 회사를 다니고 주말에만 여기 내려와 책방을 열어요. 평일에는 주민들이 돌아가면서 책방을 지키고요. 신기하게,

메리골드는 오기만 해도 마음이 편안해져요. 뭘 먹어도 맛있어서 살쪄서 돌아간다니까요."

"메리골드가 그런 매력이 있죠."

"한두 번 오신 게 아니구나! 실례가 되지 않는다면 이름을 여쭤봐도 될까요?"

"제 이름이요, 제 이름은…."

여자가 말하려는 순간 열어둔 문 앞으로 지나가는 커다란 트럭의 소음에 수현은 미처 대답을 듣지 못했다. 큰 소리에 놀라 황급히 문을 닫고 돌아오니 여자는 어디론가 가고 없다.

"어디 가셨지? 어, 책값을 두고 가셨네. 누구신지 몰라도 다음에 오시면 제대로 이야기 나눠봐야지. 기품이 흘러나오시던데. 같은 여자가 봐도 반하겠어."

수현은 카운터에 턱을 괴고 앉아 밖을 바라본다. 서점의 시간이 느리게 흐르고 손님들이 들어왔다 나간다. 들어오는 이도 나가는 이도 얼굴이 편안하다. 책을 읽다가 졸다가 손님들과 이야기를 나누고 커피를 내려 나누어 마신다. 자연스레 흘러가는 책방 풍경 안에서 치열했던 어제의 마음은 비워지고, 비워진 마음은 새롭게 살아갈 힘으로 채워진다. 주말마다 메리골드의 책방에서 얻는 힘으로 수현은 일상을 잘 살아가는 중이다. 수현이 창밖을 보며 멍하니 생각에 잠긴 사이 문이 스르륵 열린다.

"문이 왜 열리지? 제대로 안 닫혔나? 어머, 네가 열었구나, 레이지? 물그릇 줄게. 조금만 기다려."

"야옹."

서점에 자주 오는 흰 고양이가 새하얀 털을 뽐내며 우아하게 걸음을 내딛더니, 서점에서 볕이 가장 잘 드는 자리로 올라가 눈을 감는다. 자리가 마음에 드는지 햇볕에 실눈을 뜨고 뒹굴 때마다 마치 웃는 얼굴처럼 보인다. 더 바랄 게 없이 만족스러운 듯한 고양이는 나른한 잠에 빠져든다. 온전한 무해함 속에서 늘어지게 게으름을 만끽한다. 조금만 더 자야지. 조금만 더 이렇게, 살고 싶은 대로 살아야지. 아니… 조금 아니고 이대로 오랫동안 살아도 괜찮고.

"한낮의 나른한 낮잠 같은 삶이라니. 달콤한 인생이야. 이번 생, 마음에 들어. 낭만적이잖아."

고양이는 목에 걸린 와인색 리본에 코끝을 문지르다가 기분 좋게 다시 눈을 감는다. 시계를 볼 필요도 없이, 느리게 흘러가는 오늘이다.

가벼운 산책 같은, 즐거운 농담 같은.

메리골드 마음 사진관

ⓒ 윤정은, 2024

초판 1쇄 발행 2024년 1월 12일
초판 9쇄 발행 2024년 11월 11일

글 윤정은
기획편집 정다움
표지 일러스트 송지혜
디자인 형태와내용사이
콘텐츠 그룹 정다움 이가람 박서영 전연교 정다솔 문혜진 기소미

펴낸이 전승환
펴낸곳 책읽어주는남자
신고번호 제2024-000099호
이메일 book_romance@naver.com

ISBN 979-11-985303-2-5 03810